KB253346

Fantastic Oriental Heroes
무공총람
武功總覽

무공총람 5

임하 新무협 판타지 소설

초판 1쇄 찍은 날 § 2006년 5월 15일
초판 1쇄 펴낸 날 § 2006년 5월 25일

지은이 § 임하
펴낸이 § 서경석

편집장 § 문혜영
편집책임 § 최하나
편집 § 장상수 · 문정흠

펴낸곳 § 도서출판 청어람
등록번호 § 제1081-1-89호
등록일자 § 1999. 5. 31
어람번호 § 제2-0911호

주소 § 경기도 부천시 원미구 심곡1동 350-1 남성B/D 3F (우) 420-011
전화 § 032-656-4452 팩스 § 032-656-4453
http://www.chungeoram.com
E-mail § eoram99@chollian.net

ⓒ 임하, 2006

ISBN 89-251-0123-8 04810
ISBN 89-5831-911-9 (세트)

武功總覽

Fantastic Oriental Heroes

무공총람

|개방 방주를 노려라|

5

임하 신무협 판타지 소설

도서출판 청어람

목차

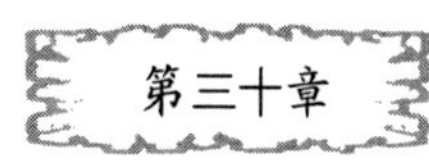

변해 버린 사문

강호는 평화로웠다. 자세한 사항은 어찌 되었든 겉보기에는 확실히 평화로웠다. 야차산에서의 마교와의 결전은 정파의 승리로 끝이 났고, 기타 지역에서의 분쟁도 잠잠했다. 현재의 평화가 마를 멸하고 얻은 평화인지, 아니면 폭풍 전의 고요인지는 알 수 없었지만…….

"당연히 이렇게 끝이 날 리가 없지."

야차산에서 멀리 떨어진 객점의 방 안에서 장소산은 연신 음식을 먹으며 말하자, 앞에 앉아 있던 강연수가 눈살을 찌푸리며 말했다.

"입 안의 음식이나 삼키고 말하지? 그런데 끝날 리 없다니, 뭐가 말이야?"

꿀꺽!

장소산은 한 잔의 물과 함께 음식을 넘기고는 말을 이었다.

"천명회의 목적은 어디까지나 강호 일통이니 이대로 끝나 버리면 아무엇도 안 될 것 아니오. 안 그렇소?"

"그런가? 현재 상태로 볼 때 곧 현 무림맹주 남궁현이 물러나고 천뢰가 맹주가 될 것 같은데. 그럼 목적 달성이 끝나는 것 아닌가?"

"단순히 무림맹주가 되는 것이 목표였으면 이렇게까지 일을 벌일 필요가 없지. 그리고 현재 무림맹의 영향력이 커졌다지만, 이대로 평화가 지속되면 금방 예전의 이름뿐인 종이호랑이가 되어버릴 것 아니오? 정파들이 무림맹에 보낸 힘을 다시 빼버릴 테니까. 맹주가 되어봤자 예전처럼 있으나마나 한 직책이 된다면 별 의미도 없지."

"과연……."

강연수는 고개를 끄덕이고는 물었다.

"그럼 천명회가 다음에 노리는 것은 뭐지?"

"공격당하는 것."

"공격을 당해?"

"그래, 마교의 후예인 무명회는 어찌 되었든 살 터전을 잃고, 많은 동포들의 목숨을 잃었지. 천명회는 그들이 복수에 불타 공격해 오기를 바라겠지. 그래야 무명회에 대항해 정파는 더욱 힘을 합칠 테고… 그것이 천명회가 바라는 강호 일통의 길이겠지."

강연수는 장소산의 설명에 새로운 의문이 생겼다.

"그런데 과연 무명회가 복수에 나설까? 아니, 그 이전에 복수할 힘이 있을까?"

"힘이야 있겠지."

무명회의 본거지인 야차산은 그들에게 있어 신앙의 중심지였지 힘의 중심지가 아니었다. 타인의 눈에 신경 쓰지 않고 신앙 생활을 할 수 있는 장소. 그러다 보니 살고 있는 사람들의 수 역시 산속에서 자급자

족을 할 수 있을 정도 이상이 될 수 없었다.

그랬기에 일반 신도가 상당수를 차지했고, 그 수도 적어 정파의 공격에 힘없이 무너질 수밖에 없었던 것이다.

'설죽산장과 같이 일반 문파나 무가로 숨긴 세력이 천하 각지에 있겠지. 그것이야말로 무명회의 진정한 힘, 아니, 어쩌면 그것 외에도……'

분명 청류는 스스로를 지킬 힘을 기르고 있다 했다. 그렇다면 야차산의 세력이 전부는 절대 아닐 것이다. 최소한 강호 최대 문파인 소림, 무당과 대등할 정도의 힘을 어딘가에 숨기고 있을 것이라 생각된다.

"하지만 무명회의 지도자 청류는 절대 전면적으로 정파와 싸울 생각이 없을걸?"

청류는 지금까지 계속 천명회의 도발을 받으면서도 응하지 않았고, 야차산에서도 경전을 모두 태우며 싸우기보다는 도망을 택했다. 만약 그가 싸울 생각이었다면, 비록 지금은 패하더라도 훗날의 승리를 위해 함정을 파서 정파에 막대한 피해를 입힐 궁리를 했을 것이다.

'그랬다면 지금처럼 정파가 마냥 승리를 축하할 수만은 없었겠지.'

강연수가 물었다.

"그렇다면 아무 문제 없는 것 아닌가? 무명회라는 것이 전혀 싸울 생각 없이 이대로 숨어 있으면 정파들은 마교가 멸망했다 생각하고 흩어질 것 아니야. 그럼 천명회는 아무 힘도 쓰지 못할 테고."

장소산은 입맛을 다셨다.

"그렇게 되면 좋겠지만……."

천명회는 소수의 집단이다. 정파의 영향력있는 주요 인물들이 소속되어 있어 여론을 조작하고 마교와 싸우자며 선동할 수는 있어도, 직접적으로 그들만으로 행동하기에는 힘이 모자란다. 그것은 지금까지의 일을 생각해 보아도 쉽게 알 수 있는 일이다.

사실 따져 보면 지금까지 천명회가 한 일은 별로 없다. 작은 소문파들을 부수며 마교의 짓이라고 소문을 낸 것이 전부이다.

그럼에도 이렇게까지 일이 벌어진 것은 정파가 가진 마교에 대한 선입견과 적대감 때문이다. 아마 천명회와 관련된 정파의 중심 인물들이 그 점을 더욱 부채질했겠지.

'하긴 무명회의 다섯 사람이 쓸데없이 나서지만 않았어도 천명회로서는 무명회의 본거지를 알아낼 방도가 없으니 흐지부지 끝났을 텐데…….'

그러나 장소산은 한 가지 의문이 들었다. 과연 정말로 그렇게 되었을까?

확실히 지금까지 천명회는 천뢰가 모습을 드러낸 것을 제외하고는 실제로 한 일은 별것 없다. 하지만 그것은 대외적인 모습일 뿐, 장소산이 알기로만 개방과 숭산파에 접근하여 장문인을 포섭하려 했다.

'그들이 개방 외에도 다른 문파들을 포섭하여 한편으로 만들었다면?'

개방만 해도 강호 최대의 문파로, 소림, 무당에 결코 뒤지지 않는다. 그 외의 다른 문파들과 관계를 맺었다면 그 세력은 강호 전체를 뒤흔들기에 충분하다. 천명회 자체의 힘은 작을지 몰라도 그들과 관계된 세력은 거대한 것이다.

'천명회가 지금까지 활동을 최소한으로 한 것이 힘이 없어서가 아닌, 굳이 그럴 필요가 없어서라면?'

그렇다면 무명회가 복수하려 하지 않을 시 천명회는 더 이상 방관하지 않고 능동적으로 뭔가 일을 벌이려 할 가능성이 높다. 아마도 그때는 무명회의 공격을 더 이상 기다릴 수 없다고 판단했을 때이겠지.

'그렇다면 시간이 그다지 없군.'

야차산에서의 싸움이 벌써 한 달 전의 일이다. 그동안 장소산은 상처를 치료하며 설죽산장, 수초의 집, 개방 장사 분타 등으로 야차산을 탈출할 때 합류하게 된 무명회의 고수들을 통해 연락을 보낸 후, 자세한 정보를 듣고 대책을 세우기 위해 강연수와 함께 연락을 기다리는 중이었다.

'일단 사공 방주의 행방을 알아야 할 텐데……'

장소산은 천명회에 대항하기 위해서는 먼저 개방을 양경청의 손에서 되찾아야겠다고 판단했다. 그러기 위해서는 전 방주인 사공방이 필요하다. 그래서 그는 개방 장사 분타에 편지를 보내 사공방의 행방을 물었다.

개방 장사 분타주인 여삼통과 친분이 있어 장소산은 그에게 부탁을 한 것이지만……

'날 믿어줄까?'

여삼통이 장소산을 믿지 않고 그를 마교도와 한패라고 생각한다면 거짓된 정보로 함정에 빠뜨리거나, 개방의 고수들이 몰려올 것이다. 편지를 보내고 답장을 기다리는 것 자체가 사실 엄청난 모험이었다.

하지만 장소산은 여삼통을 믿기로 했다. 야차산에서 강연수를 만나고 나서 그는 깨달았다. 남을 의심하기만 해서는 아무것도 할 수 없다. 남에게 신뢰를 받으려면 자신이 먼저 신뢰를 보내야 한다.

다음날, 설죽산장으로 보냈던 무명회의 고수가 돌아왔다. 청류는 무사하며 무명회 사람들은 안전한 곳에서 피해를 수습하고 있다는 정보였다. 또 며칠 후에는 장사 분타로 보낸 사람이 여삼통의 답장을 받아왔다.

답장의 내용은 간단했다. 사공방은 현재 은둔 중이라 있는 곳을 알 수 없지만, 제자인 여태환이라면 알지 모르니 찾아가 보라는 것이었다. 편지의 끝에는 신뢰하는 형제라고 적혀 있었다.

'여 형이 날 믿어주었군!'

함정에 빠뜨리려는 생각이라면 굳이 사공방이 있는 곳을 모른다고 할 필요가 없다. 장소산은 속으로 기뻐하며 말했다.

"여태환은 개봉에 있다는군. 가보기로 합시다."

아직 수초에게 보낸 사람이 돌아오지 않았지만 더 이상 기다리고 있을 수는 없었다. 장소산은 무명회의 고수에게 수초가 오면 자신이 개봉으로 갔다고 전해줄 것을 부탁하고 강연수와 함께 개봉으로 향했다.

한편 장소산과 강연수가 개봉으로 향하고 있을 무렵, 무림맹에서는 맹의 주축이 되는 육대문파, 즉 소림, 무당, 아미, 곤륜, 공동, 화산의 장문인들이 한자리에 모여 맹주 교체에 대한 논의가 한창 진행되는 중이었다.

"현재 천뢰는 강호의 우상이 되어 있소. 그가 맹주가 되는 것만으로도 맹에 가입하겠다고 나서는 무인들이 상당하겠지. 또한 그의 명성이나 무공도 맹주가 되기에는 손색이 없으니 문제가 없을 것 같소만."

무당 장문 연풍 진인이 말을 꺼내자 소림 장문 영선 대사는 반대 의견을 내었다.

"하지만 현 맹주인 남궁 시주의 임기가 아직 삼 년이나 남아 있습니다. 그를 억지로 자리에서 물러나게 한다는 것은 좀……."

곤륜 장문 하연선이 나섰다.

"남궁현은 제가 볼 때 맹주 직에 적합하지 못한 것 같습니다. 마교 문제가 한창 대두될 때도 그가 아닌 다른 적합한 맹주를 찾자는 말이 있었지 않습니까?"

"하지만 이젠 마교의 본거지를 격파했으니 당장 큰 문제는 없지 않겠소?"

"그건 그렇지가 않지요. 보고에 의하면 마교도들의 반수 이상이나 흩어져 도망쳤습니다. 확실하게 발본색원하지 않으면 다시 그들은 세력을 키울 것입니다. 이 문제는 굉장히 중요하기에 확실한 사람에게 맡기지 않으면 안 됩니다."

공동 장문 경엽자가 살짝 눈살을 찌푸리며 한마디 했다.

"하지만 천뢰, 그는 신분이 확실하지가 않소. 갑자기 무언계의 제자라고 나선 것도 그렇고……."

화산 장문 엽전취가 목소리를 높였다.

"우리 화산의 풍 장로와 아미의 정 장로가 확실히 그의 신분을 증명했는데도 믿지 못하겠다는 거요?"

"아니, 꼭 믿지 못하겠다는 것이 아니라 나이가 어리기도 하고…… 무엇보다 남궁세가는 지금까지 무림맹에 많은 지원을 하지 않았소?"

회의는 천뢰의 맹주 직을 맡기는 것을 찬성하는 무당, 아미, 화산과 반대하는 소림, 곤륜, 공동으로 나뉘어져 대립했다. 결국 회의는 결론을 내지 못한 채 흐지부지 끝나 버렸고, 그 소식은 천뢰의 귀에 들어왔다.

"역시 늙은이들은 이래서 문제라니까. 확실히 결정하지 못하고 질질 끌기 일쑤니."

천뢰의 투덜거림에 부복하고 있던 우경이 말했다.

"남궁현이 장문인들을 만나며 설득하고 있습니다. 우리도 뭔가 하지 않으면 안 될 것 같습니다. 화산의 장문은 우리 회의 풍파천 장로가 꽉 잡고 있으니 문제없지만, 무당과 아미는 확실히 우리 편이라고는 할 수 없습니다. 언제 형세가 역전될지 모릅니다."

"그럼 어떡한다? 남궁현을 죽여 버릴까? 마교도의 짓으로 꾸며서."

"남궁현도 만만한 인물이 아니고 잘못하면 자칫 큰 문제가 될 수도 있습니다. 이 문제는 정석대로 하는 것이 좋을 것 같습니다."

"정석대로?"

"장문인들을 포섭하여 과반수를 확보하는 것 말입니다."

"할 수 없군. 아, 맞다."

천뢰가 생각나는 것이 있어 손가락을 튕겼다.

"양경청을 부르자. 개방 방주의 발언이라면 판도를 바꾸기 부족함이 없겠지."

"그것도 한 방법이겠지만 현재 개방은 칠성방과 한창 대립 중이라고 하던데, 부른다고 올지 모르겠군요."

"흥! 그가 안 오고 배길 수 있을까? 당장 불러라. 우리와의 관계가 있는데 올 수밖에 없을걸."

2

장소산과 강연수는 여행을 계속하여 개봉으로 향하고 있었다. 도중에 둘은 객점에서 휴식을 취하며 앞으로의 일을 이야기했다.

"개봉은 개방 총타가 있는 곳으로, 방주인 양경청이 있을 것이오. 그러니 행동에 조심을 해야……."

말을 하던 장소산은 누군가 이쪽으로 오는 것을 감지하고 입을 다물었다. 돌아보니 삼 인의 거지가 다가오고 있었다.

강연수가 전음으로 말했다.

"개방 총타가 가까워지니 개방도가 많은가 보네."

장소산은 의아하게 생각했다. 다가오는 개방도들은 기운 옷을 입긴 했지만 복장이 깨끗하고 지저분한 데가 전혀 없어 거지 같지가 않았다.

'단체로 빨래와 목욕이라도 했나?'

세 명의 개방도는 목적지가 장소산과 강연수가 있는 곳인지 곧장 그들을 향해 왔다. 그리고는 장소산에게 고자세적인 말투로 말했다.

"이보게, 친구, 미안하지만 자리 좀 양보해 주게."

장소산은 주변을 둘러보았다. 빈자리가 많이 보였다. 장소산과 강연수는 남들의 시선을 신경 쓰지 않고 대화를 나누기 위해 일부러 구석진 자리에 앉았다. 즉, 그다지 좋은 자리도 아니었다.

"아니, 자리도 많은데 왜 그래요?"

강연수가 항변했다. 하지만 앞에선 개방도는 피식 웃고는 말했다.

"자리도 많으니까 그대들이 다른 자리에 앉으면 될 게 아닌가."

화가 난 강연수는 한판 벌이려 했으나 장소산의 전음에 참았다.

"쓸데없이 문제 일으키지 맙시다."

현재 장소산과 강연수는 평범한 여행객 차림을 하고 있었다. 여기서 무공을 보여 주목받게 되면 자칫 개봉에서의 일에 차질이 생길 수도 있었다.

"알았어."

장소산과 강연수는 자리에서 일어나 근처의 다른 빈자리에 앉았다. 개방도들은 둘에게는 더 이상 신경 쓰지 않고 그들이 비워준 자리에 앉았다.

개방도들은 술과 안주를 주문했다. 그 모습에 장소산은 눈살을 찌푸렸는데, 하는 짓이 도무지 개방도 같지 않았기 때문이다.

'남에게 억지로 자리를 요구하고 대낮에 술과 고기를 먹다니.'

물론 개방도라 해서 객점에 들어가지 말란 법은 없고, 술과 고기를 먹지 말란 법도 없다. 하지만 저들이 하는 행동은 개방도라기보다는 무인에 가깝지 않은가.

장소산은 귀를 쫑긋 세우고 개방도들이 무슨 이야기를 하는지 들어 보기로 했다. 아무래도 저들의 태도가 심상치가 않았기 때문이다.

"여남과 태현의 형제들이 온다고……."

"…칠성방 녀석들이 감히 우리의 앞마당인 개봉의……."

"본때를… 적의 수는……."

단편적인 내용이지만 사정을 짐작하기에는 충분했다. 아무래도 칠성방과 싸움이 있는 모양이었다.

'칠성방은 역사는 짧지만 개방과 함께 천하이대방파로 불리는 만만치 않은 세력이다. 두 방파 간의 싸움이 일어난다면 보통 큰일이 아니다.'

장소산은 보통 일이 아니라 생각하며 일단 이 삼 인의 개방도를 미행하기로 했다. 그는 강연수에게도 사정을 말하고 개방도들이 객점을 나서자 그녀와 둘이서 몰래 뒤를 따랐다.

개방도들이 향한 곳은 이곳의 개방 분타였다. 이미 싸울 준비가 전부 끝나 있는지 그곳에는 오십여 명의 개방도들이 무기를 들고 있었다.

'이거 본격적인데?'

숨어서 상황을 지켜보던 장소산은 걱정이 들었다. 분위기를 보니 단순한 일부 지역의 다툼 정도가 아닌 모양이었다. 옆의 강연수가 소곤거리며 물었다.

"어떡할 거야? 도와줄 거야?"

장소산은 잠시 생각하다 고개를 저었다.

"아무것도 모른 채 무턱대고 사문이라고 도와줄 수는 없겠지."

분타에 모인 개방도들은 날이 지면 공격하기로 결정하고 고기를 굽고 술을 마시며 놀기 시작했다. 장소산이 살펴보니 육결제자 두 명과 칠결제자 한 명이 있었다. 이곳 개방도들은 세 지역의 분타가 모인 것으로, 이 세 명이 분타주이자 우두머리인 모양이었다. 셋 모두 전에 개방 대회 때 만나본 사람으로, 장소산은 기억을 더듬어 세 명의 이름을 기억해 냈다.

'저 칠결은 죽은 육 장로의 제자인 경합문, 두 명의 육결은 무형지,

구병하였지.'

당시 간단히 인사만 나누었기에 이름 외에는 기억나는 것이 없었다. 하지만 분타주쯤 되면 무공이 상당할 것이다. 장소산과 강연수는 들키지 않도록 숨은 자리에서 꼼짝도 하지 않았다.

해가 지고 달이 떠올랐다. 가장 지위가 높은 칠결제자 경합문이 기세 좋게 소리쳤다.

"자, 출진 준비를 하자!"

개방도들이 힘차게 대답하며 무기를 들고 일어났다. 오십여 명의 개방도 무리는 기세등등하게 이동을 시작했다. 그들이 가는 것을 뒤따라가던 장소산과 강연수는 도착한 문파의 간판을 보고 잠시 멍해졌다.

'개한문?'

다름 아닌 예전 영물 잡이를 할 때 속였던 그 문파가 아닌가?

'하필이면 개한문이라니! 하긴 개한문은 사실상 칠성방의 휘하에 있는 문파이긴 하지. 개한문주 후태추가 오늘 고생 좀 하겠구나.'

개방도들이 개한문 앞에 이르자마자 앞장선 구병하가 정문을 발로 찼다. 낡은 문은 그대로 부서지며 큰 소리가 울려 퍼졌다. 잘 준비를 하던 개한문의 사람들은 갑작스런 사태에 당황했다.

"무, 무슨 일이냐?!"

예전에 만났던 후태추가 옷을 고쳐 입으며 허겁지겁 뛰어나왔다가 안으로 들어온 개방도 무리를 보고 굳어버렸다.

"개, 개방에서 무슨 일이오?"

경합문이 앞으로 나서서 물었다.

"네가 여기 문주인 후가냐?"

"그, 그렇소."

"이 몸은 개방 태현 분타주 경합문이라고 한다. 듣기로 네가 우리 형제를 모욕하고 발로 차기까지 했다며?"

후태추는 무슨 소리냐며 펄쩍 뛰었다.

"난 그런 적 없소!"

"발뺌해도 소용없다. 여기 피해자가 있으니."

거지 하나가 앞으로 나와 후태추를 가리키며 말했다.

"저자의 마흔 살 생일 잔치 때 제가 구걸하러 갔습니다. 그런데 내가 잔칫상의 음식 몇 개를 손으로 집어 먹었다고 재수없다며 욕하고 내쫓았습니다."

장소산은 속으로 웃었다.

'거지가 더러운 손으로 잔칫상의 음식을 집어 먹으면 누가 좋아하겠나? 주는 것이나 구석에서 조용히 먹어야지. 내쫓겨도 이상할 것 하나도 없다.'

후태추의 말을 들어보니 더욱 황당했다.

"이보게, 난 이제 오십하고도 셋이네. 십삼 년 전의 일을 이제 와서 따진단 말인가? 난 도무지 기억도 안 나네."

경합문이 소리쳤다.

"원래 아무렇지 않게 저지른 가해자는 쉽게 잊어버리지만, 피해자는 뼛속까지 한이 새겨지는 법이다!"

개방도들의 태도는 누가 봐도 시비를 걸려는 것으로밖에 보이지 않았다. 후태추는 속으로 온갖 욕을 퍼부으면서도 일단 고개를 숙였다.

"그런 일이 있었다면 미안하게 되었소."

경합문은 피식거리며 웃었다.

"사과만으로 해결될 일이면 세상에 원한이 어디 있겠나."

"그럼 어쩌라는 거요?"

"그때처럼 잔치를 벌여라. 물론 네 생일 잔치가 아닌 우리들을 위로하는 잔치이지. 우리가 만족하고 옛일을 잊을 수 있도록 잘 대접하면 돌아가 주지."

후태추의 얼굴이 일그러졌다. 거지 오십 명이 실컷 먹을 정도의 잔치를 벌이려면 엄청난 돈이 들 것이다. 게다가 문제는 하루 잔치로 끝난다는 보장도 없다는 점이다. 한 달, 아니, 일주일만 눌러앉아 먹고 마셔대면 문파의 재산이 거덜이 나버릴 것이다.

'이 거지 새끼들이 우리 문파 기둥뿌리까지 뽑아가려고 작정을 했구나!'

그러는 사이 개한문의 제자들이 무기를 들고 후태추 뒤로 모였다. 후태추가 뒤를 돌아보니 삼십 명 정도 된다. 어느 정도 자신감이 생긴 후태추는 손가락질하며 소리쳤다.

"억지 소리 좀 작작해라! 이 거지 새끼들아!"

경합문이 코웃음 치며 물었다.

"평화적으로 해결할 방법을 가르쳐 주었는데도 폭력으로 해결하겠다는 거요?"

"평화 좋아하시네. 거머리 같은 자식들아! 너희 같은 놈들은 죽기 직전까지 패서 시궁창에 버려야 한다! 이 세상에 하등 도움이 안 되는 인간쓰레기!"

후태추의 속마음이 그대로 우러나온 욕설에 개방도들의 분위기가 험악해졌다. 경합문도 화가 난 표정으로 말했다.

"저 주둥이를 가만 놔둬서는 안 되겠군."

구병하가 앞으로 나섰다. 싸움이 시작, 후태추는 자신이 나설까 하다가 상대편의 우두머리인 경합문이 그대로인데 자신이 나설 수는 없다 생각하며 대제자를 불렀다.

"우순아!"

"예!"

대제자 우순이 대답과 함께 앞으로 나섰다. 구병하와 우순은 마주 섰다. 개한문도와 개방도들은 자기편을 응원하며 난리법석을 벌였다.

"조져라! 조져라!"

"구 분타주님, 멋쟁이!"

"저 새끼, 죽여! 갈아!"

"사랑해!"

"돌려! 밀어!"

"반해 버릴 것 같아~"

개방이나 개한문이나 출신이 밑바닥 쪽이라 응원 역시 듣기 좋은 소리는 나오지 않았다. 저질스런 응원이 오가는 가운데, 서로를 노려보던 둘은 한순간에 맞붙었다. 우순은 현란한 초식을 펼치며 순식간에 구병하의 대혈들을 노리며 찔러갔다. 반면 구병하는 단순하게 그냥 발을 들어 걸어찼다.

변화는 단순함 앞에 그대로 무너졌다. 구병하의 발길질 위력 앞에 우순의 팔은 힘없이 부러지고 가슴을 걸어차여 나가떨어졌다. 개한문의 제일가는 속도와 정교함을 자랑하는 우순이었지만 일격에 산을 가른다는 각법의 달인인 구병하의 상대는 되지 못했다.

뜨거운 응원과는 달리 너무나 간단히 끝나 버린 싸움이었다.

"……!"

후태추의 안색이 변했다. 개한문의 뜨겁게 타오르던 기세는 소나기를 맞은 것처럼 픽 사그라져 버렸다. 반면 개방 쪽은 신이 나서 야단이다.

"오늘 밤 당신은 내 거야!"

"나 어떡해, 뜨거워져 버렸어~"

경합문이 팔을 들어 개방도들을 진정시키고는 으스대며 말했다.

"어디 얼마든지 덤벼보시오. 그쪽에서 누구 하나라도 우리 구 동생을 이길 수 있다면 깨끗이 물러가 주지."

후태추는 뒤의 제자들을 둘러보았다. 누구 하나 나서겠다는 사람은 없고 모두 그의 시선을 피했다.

'할 수 없군. 내가 나설 수밖에.'

자신도 솔직히 자신이 없지만 이대로 굴복할 수는 없었다.

"내가……."

그런데 그때 지붕 위에서 목소리가 들려왔다.

"내가 나서지!"

말이 끝남과 동시에 한 인물이 뛰어내려 후태추의 앞에 섰다. 헌양한 기도가 넘치는 삼십대 남자로, 등에는 커다란 도를 메고 있었다.

경합문이 상대를 알아보고 살짝 인상을 쓰며 말을 내뱉었다.

"칠성방의 소방주께서 누추한 이곳에는 웬일이시오?"

나타난 사람은 가신중, 칠성방주 가규의 첫째 아들이자 가신풍의 형이었다.

3

갑작스런 가신중의 등장에 개한문 쪽은 표정이 환해졌고, 개방 쪽은 긴장감이 더해갔다. 개한문과 칠성방의 관계를 아는 이상 그가 어느 쪽을 편들기 위해 나타났는지 안 봐도 뻔했기 때문이다.

애초에 개방이 개한문의 쳐들어온 이유는 칠성방의 휘하 문파를 꺾어 칠성방의 힘을 약화시키려는 것이었다. 그러나 문제는 오늘 목표가 어디까지나 개한문이었지 칠성방이 아니라는 점이다. 칠성방과 싸울 생각이었다면 좀 더 확실한 준비를 하고 왔을 것이다.

경합문은 인상을 쓰며 생각했다.

'칠성방이 미리 알고 가규의 아들놈을 보낸 모양이로구나. 저놈 하나쯤이야 처리하기 어려운 일이 아니지만 혼자 왔을 리가 없다.'

그는 주변을 둘러보며 목소리를 높였다.

"칠성방의 친구들, 숨어 있지 말고 어서 나오게. 도둑놈처럼 숨어 있지 말고."

가신중이 웃으며 손을 들었다. 그러자 일곱 명의 인영이 지붕에서 나타나 그의 뒤에 섰다. 경합문은 코웃음 치며 말을 내뱉었다.

"옥형칠성께서 오셨군."

칠성방의 칠성은 바로 북두칠성을 가리키는 것이다. 칠성방은 천추(天樞), 천선(天璇), 천기(天璣), 천권(天權), 옥형(玉衡), 개양(開楊), 요광(搖光)의 칠성에 각기 일곱 명의 고수를 두었으니 일곱에 일곱을 곱해 모두 마흔아홉 명이다. 이들이 바로 칠성방의 중심이자 최고 고수들이었다.

이제 입장은 역전되었다. 개한문 측에 가신중을 포함해 여덟 명이나 되는 고수가 늘어난 것이다. 후태추는 언제 그랬냐는 듯 의기양양한 표정이 되어 소리쳤다.

"이 거지 새끼들아, 어디 계속 억지를 써보시지!"

경합문은 여전히 웃는 얼굴로 말했다.

"여기 일은 우리 개방과 개한문과의 일이니 칠성방은 물러가시지."

가신중이 대꾸했다.

"개한문과 칠성방은 수십 년 전부터 친분을 쌓아왔소이다. 오늘날 개방이 억지를 써서 개한문을 핍박하니 형제 문파로서 이를 방관할 수 없소."

"억지라니? 내가 무슨 억지를 부렸다는 것이오?"

"십 년도 전의 일을 이제 와서 따지는 것이 억지가 아니면 뭐란 말이오."

"허허, 자고로 군자의 복수는 십 년이 지나도 늦지 않는다고 했소."

가신중은 황당하다는 표정으로 웃고는 대꾸했다.

"개방의 경 분타주께서 이토록 억지를 잘 쓰실 줄은 정말 몰랐습니다. 실로 감탄을 금할 수가 없군요."

경합문은 능청스럽게 말했다.

"억지라니? 내가 무슨 억지를 부린단 말이오?"

가신중의 인상이 굳어졌다.

"말로 해선 소용없겠군. 좋소, 당신들이 하자는 대로 합시다. 그쪽의 구 분타주를 이쪽에서 이기면 순순히 물러가겠다고 했지?"

"물론 그렇게 말했지. 하지만 그건 개한문을 상대할 때나 해당하는 말이고, 칠성방이 상대라면 이야기가 다르지.”

“그럼 어떡하겠다는 거요?”

경합문은 어떻게 하면 승산이 있을지 열심히 머리를 굴렸다. 수는 아직 이쪽이 많지만 상대방은 고수의 수가 많으니 정면 대결로는 승산이 없다.

‘일 대 일로 싸워볼까? 나라면 저기 옥형칠성 누구와 싸워도 충분히 이길 자신이 있다. 문제는 가신중이 상대일 때인데…….’

강호 활동을 활발하게 하여 신진고수로 이름을 날리는 동생 가신풍과는 달리 가신중은 칠성방 내에 틀어박혀서 거의 모습을 드러내지 않고 있다. 가끔 사람들 앞에 나서는 것도 방주인 가규를 대신하여 회합 등에 참여하는 것이 전부라 진정한 무공을 드러낸 적은 단 한 번도 없었다. 무공 쪽에는 소질이 없다는 말도 있고, 가규로부터 무공의 정수를 전수받고 있다는 말도 있다.

경합문은 고민 끝에 제안했다.

“삼 대 삼으로 싸워서 2승을 한 쪽이 이기는 것으로 하는 것이 어떻소? 개방이 이기면 우리의 요구대로 우리가 개한문으로부터 잔치 대접을 받을 것이고, 당신들 쪽이 이기면 우리는 다신 개한문을 귀찮게 하지 않겠소.”

가신중은 쾌히 승낙했다.

“좋소, 그렇게 합시다.”

개방에서 세 명이 나온다면 경합문, 구병하, 무형지, 이들 세 명의 분타주가 나올 것이 뻔했다. 가신중은 승산을 점치며 자신들 쪽에서 싸울 사람을 정했다.

“우리는 나와 여기 옥형칠성의 첫째인 하연지, 둘째인…….”

"잠깐!"

경합문이 손을 들어 가신중의 말을 막고는 말했다.

"세 번째 사람은 개한문주인 후태추가 나서야 하오."

가신중의 표정이 굳어졌다.

"또 억지를 부리는 거요?"

"억지가 아니오. 오늘 일은 개방과 개한문과의 문제요. 그런데 정작 당사자인 개한문은 단 한 명도 나서지 않고 모두 칠성방에 맡긴다는 것이 말이 되오? 누가 보면 개한문이 칠성방의 분타인 줄 알겠소."

확실히 일리가 있는 말이었다. 실상이야 어찌 되었든 개한문은 엄연한 독립된 문파이다. 칠성방의 사람만이 전부 출전해서는 모양이 좋지 않다.

그러나 후태추가 나선다면 이쪽의 승산이 현저하게 줄어버린다. 후태추도 명색이 일문의 문주인 이상 어느 정도의 무공은 되겠지만, 칠성방의 고수보다 약할 것이라는 계산이 섰기에 경합문이 말을 꺼냈을 것이다.

가신중이 경합문의 제안을 받아들인 이유는 자신이라면 확실히 1승을 거머쥘 수 있다는 자신이 있었기 때문이다. 자신이 이기고 남은 두 판 중 하나만 이기면 된다고 보았던 것이다. 하지만 후태추가 나서서 무조건 진다고 보면 이제 1승 1패가 되어 승부는 나머지 하나에 달려 있게 된다. 그렇게 되면 승부의 행방을 짐작할 수 없다.

"그렇게는 안 되겠소. 정 개한문의 참가를 원하면 오 대 오 승부를 합시다."

오 대 오가 되면 고수 세 명이 전부인 개방으로서는 승산이 없는 시합이기에 경합문으로서는 당연히 받아들일 수 없다.

"분명 자기 입으로 방금 전에 삼 대 삼으로 싸우겠다 하고서 불리할 것 같자 금세 말을 바꾸다니. 칠성방의 소방주가 이토록 이랬다 저랬다 하는 사람인 줄은 몰랐구려."

"그때야 개한문의 참가 조건을 듣지 못했을 때가 아니오. 우리야 삼 대 삼으로 해도 좋소. 단, 개한문 참가를 따지지 말아야 하오."

"허허, 자기 문파 일에 문파 사람이 나서는 것은 당연한 일이니 조건이고 뭐고 어디 있나."

숨어서 보고 있던 장소산은 눈살을 찌푸렸다. 보고 있자니 개방의 하는 짓이 참으로 마땅치가 않다. 처음부터 말도 안 되는 소리로 개한문에 쳐들어오더니, 지금도 꼬투리를 잡아 늘어지고 있는 것이다.

'도저히 못 봐주겠군. 혼 좀 나아겠구나.'

그는 전음으로 가신중에게 말을 걸었다.

"잠자코 내 말을 들으시오."

가신중은 갑자기 누군가 전음을 전해오자 놀랐다. 그런데 그 누군가가 가르쳐 주는 방법이 꽤나 괜찮은 생각이었다.

'어떤 고인이 우리를 편들어주고 있구나.'

그는 장소산이 가르쳐 주는 대로 하기로 마음먹고 경합문에게 물었다.

"그러니까 당신은 일단 무조건 한 명의 개한문 사람이 출전자로 들어가야 한다는 것이오?"

경합문은 고개를 끄덕였다.

"그렇소."

"좋소, 그렇게 하도록 하지."

가신중은 뒤를 돌아보며 옥형칠성의 첫째 하연지에게 말했다.

"지금 당장 후 문주님께 절을 하고 사부로 모셔라."

"예."

하연지는 이유는 몰랐지만 무조건 시키는 대로 후태추에게 절을 했다. 가신중은 절이 끝나자 경합문에게 말했다.

"이제 하연지는 개한문의 제자가 되었소. 그가 개한문 대표로 출전할 것이오."

경합문은 깜짝 놀라며 따져 물었다.

"저 사람은 칠성방 사람이 아니오?!"

"물론 칠성방 사람이오. 그리고 동시에 개한문 제자이지."

문은 스승과 제자 관계로 묶인 집단을 말하며, 방은 어떤 직업이나 공동의 이익 등으로 모인 집단을 말한다. 그렇기 때문에 개한문의 제자이면서 칠성방의 방도가 될 수도 있는 것이다. 이는 특별한 것이 아닌 강호의 일반적인 일이었다.

경합문의 표정이 똥 씹은 것처럼 변했다. 개방의 경우도 개방도이면서 다른 문파 출신인 사람이 많이 있다. 여기 있는 구병하가 개방도이면서 무쌍파의 제자로, 그 예 중에 하나라 할 수 있었다. 억지라고 주장하게 되면 자신 쪽도 구병하가 출전 불가가 되어버리게 된다.

"이는 억지요!"

"뭐가 억지요? 분명 하연지는 제자의 예를 올렸으니 개한문의 제자가 되었소."

"개한문의 제자면 개한문의 무공을 익혔어야 할 것 아니오!"

"허허, 세상에 자기 문파의 무공만 익혀야 한다는 법도 있단 말인가!

많은 문파가 육합권이나 삼재검 등을 배우는데 어디 그들 문파에게 소림이나 무당 제자만 익혀야 한다고 해보시지?"

"……."

가신중이 경합문이 입을 다물고 있자 말했다.

"말이 길어졌군. 이의없으면 밤도 늦었고 하니 빨리 싸우고 승부를 내기로 합시다. 이쪽의 선봉은 개한문 대표인 하연지요. 그쪽은 누구요?"

개방 쪽에서는 구병하가 나섰다. 구병하와 하연지는 양측의 응원을 받으며 대결을 펼쳤다.

구병하의 각법의 위력은 바위도 부술 정도였지만 개한문 제자와 싸울 때처럼 일격에 하연지를 격파할 수는 없었다. 하연지의 무공도 그 못지않았기 때문이다.

하연지는 아까 구병하가 싸우는 모습을 보았기에 절대 위험을 무릅쓰려 하지 않고 차분히 빈틈을 노렸다. 싸움은 장기전으로 갔고, 결국 초조해져 빈틈을 드러낸 구병하의 패배로 끝이 났다.

경합문의 얼굴이 일그러졌다. 기대했던 구병하가 패한 이상 이쪽의 패배는 결정난 것이나 다름이 없었다.

승리를 확신한 후태추가 신이 나서 소리쳤다.

"개방 놈들이 하는 짓도 형편없더니 실력 역시 형편없구나! 이러고도 감히 칠성방과 나란히 한다고 하다니 정말 뻔뻔스럽군!"

경합문은 당장이라도 후태추를 두들겨 패고 싶었지만 칠성방이 가로막고 있으니 손을 쓸 수 없었다.

가신중이 말했다.

"이젠 그쪽에서 출전자를 내보낼 차례요. 누굴 내보내겠소?"

그때였다. 갑자기 하늘을 울리는 휘파람 소리가 끊어질 듯 끊어질 듯하면서도 계속해서 이어지는 순간, 그 소리에 내공이 약한 사람들은 어지러움을 느끼며 비틀거렸고, 고수들은 안색이 변했다.

'엄청난 내공!'

돌연 경합문의 표정이 환해졌다. 그는 소리에 화답하듯 자신도 휘파람을 불었다. 어디선가 들려오는 휘파람 소리는 경합문이 내는 소리에 호응하며 그들을 향해 다가왔다.

"이거… 안 좋군."

장소산이 굳은 표정으로 중얼거렸다. 강연수 역시 휘파람 소리에 담긴 내공에 놀라던 참이라 그에게 물었다.

"누가 내는 소린지 알아?"

"물론."

고개를 끄덕인 장소산은 대답했다.

"현 개방 방주인 양경청이오."

4

개방도들도 누가 오는지 알아챘는지 환성을 질러댔다.

"방주님이 오셨다!"

소리가 들리는 쪽으로 돌아보니 저편에서 다섯 명의 인영이 나타나 다가오고 있었다. 이 다섯 인영은 놀라운 속도로 점점 가까워지더니 어느 순간 개한문의 부서진 문을 통과하여 앞마당에 서 있다. 다섯 인영 중 앞장선 노인에게 경합문이 고개를 숙였다.

"방주님!"

양경청은 주변을 둘러보고는 경합문에게 물었다.

"어떻게 된 일이냐?"

경합문이 그의 귀에 대고 자초지종을 설명했다. 양경청은 고개를 끄덕였다.

"무림맹으로 가는 길에 들러보길 잘한 것 같군."

그리고는 가신중에게 말했다.

"삼 대 삼이든 오 대 오이든 원하는 대로 해라. 우리 개방은 어떤 조건이든 응해줄 테니."

가신중은 굳은 표정으로 물었다.

"방주님께서 출전하실 생각이십니까?"

"내가 나설 필요까지 있겠나. 여기 내 제자들이면 충분하지."

양경청과 함께 온 네 사람은 바로 십간의 일원들이었다. 양경청은 고개를 쳐들고 미소를 지으며 말했다.

"어디 칠성방의 칠성과 개방의 십간 중 누가 위인지 이참에 확인해보자꾸나. 구을!"

"예!"

부름을 받은 구을이 앞으로 나섰다. 그는 아무 말 없이 구병하를 이기고 마당의 중심에 서 있는 하연지에게 손을 뻗었다.

"피해라!"

가신중이 다급히 소리쳤지만 이미 때는 늦었다. 그사이 구을은 하연지의 어깨를 움켜쥐고 있었다.

우득!

뼈가 부서지는 소리와 함께 하연지가 비명을 토해냈다.

"으악!"

구을은 비명 소리에도 아랑곳없이 하연지의 몸을 발로 차버렸다. 칠성방 사람들이 있는 곳으로 날아가는 하연지를 가신중이 급히 받아 살펴보니 어깨뼈가 완전히 부서져 있었다.

'엄청난 힘이다!

조각조각으로 부서져 치료는 불가능했다. 하연지는 이제 오른팔을 영원히 쓰지 못할 것이다. 하연지와 동고동락한 옥형칠성의 남은 육인이 분노를 참지 못하고 구을을 향해 달려들었다.

"안 돼!"

가신중이 외쳤지만 무의미한 외침일 뿐이었고, 이미 양경청 뒤에 있는 십간의 남은 셋이 앞으로 나서 구을과 합류하여 대응하고 있었다. 사 대 육의 싸움이었지만 실력의 차가 너무나 확연했다. 특히 십간의 둘째 서열인 구을의 무공은 옥형칠성과는 비교가 되지 않았다.

구을은 이번에도 옥형칠성 중 한 명의 다리를 움켜잡았고, 상대는 다리뼈가 박살나며 비명을 토해냈다. 일단 그의 손에 잡히면 무엇 하나 견디지 못하고 무조건 산산조각이 나버렸다.

"이놈이!"

부하가 당하는 것을 보다 못한 가신중이 달려들었다. 그는 등에 멘 'ㄱ' 자 모양의 기형도를 구을을 향해 내려쳤다. 구을은 도를 피하고는 가신중의 사지를 노리고 팔을 뻗어왔다. 가신중은 구을의 손이 가진 위력을 충분히 보았기에 정신을 집중하고 피했다. 양쪽은 상대가 강적임을 깨닫고 한순간도 방심하지 못하고 전력으로 싸웠다.

둘이 십여 초를 겨루었을 때였다. 보고 있던 양경청이 소리쳤다.

"물러나라!"

명을 받자 구을은 미련없이 뒤로 물러났다. 가신중은 쫓아가려다 정신이 들어 주변을 살펴보니 다른 십간들이 옥형칠성을 모조리 격파한 후였다. 패한 옥형칠성은 하나같이 평생 회복할 수 없는 중상을 입은 채 쓰러져 있었다.

"큭!"

칠성방의 칠성 중 하나가 완전히 무너져 버렸다. 이는 칠성방 전체의 전력 하락을 가져올 엄청난 타격이었다. 가신중은 입술을 깨물며 양경청을 노려보았다.

양경청은 그의 시선에 재미있다는 듯 웃으며 말했다.

"칠성방의 칠성이라는 것도 생각보다 별 볼일 없군."

가신중이 이를 갈며 외쳤다.

"옥형은 칠성의 하위 서열이오! 천추나 천선이 왔으면 이야기가 달라졌을걸!"

양경청은 피식 웃고는 말을 내뱉었다.

"가신중이라고 했나? 가규의 첫째답게 무공이 상당하구나. 가신풍이라는 녀석보다 곱절은 낫군. 분명 네가 가규의 후계자겠지. 여기서 네가 죽으면 가규 녀석이 어떻게 나올지 궁금한데?"

가신중의 안색이 변했다. 현재 그의 부하들은 모조리 중상을 입은 상태. 개한문은 아무 도움도 되지 않는다. 구을 하나도 상대하기 벅찬 이 상황에 양경청이 자신을 죽이려 든다면 꼼짝없이 당할 수밖에 없었다.

상황을 지켜보던 장소산도 당황하고 있었다. 그와 칠성방은 아무 연관이 없지만 가신중이 죽으면 칠성방주 가규가 가만히 있지 않을 것이고, 개방과 칠성방은 누가 먼저 쓰러지기 전에는 끝이 안 날 전쟁을 벌일 것이다.

가신중이 식은땀을 흘리며 물었다.

"정녕 개방은 우리 칠성방과 사생결단을 낼 생각이오?"

양경청은 코웃음을 치며 말했다.

"우리 개방은 수백 년의 역사를 가진 천하제일방이다. 그런데 감히 생긴 지 삼십 년도 안 된 칠성방 따위가 우리와 어깨를 나란히 한다 떠들고 있다. 네가 내 앞에서 무릎을 꿇고 '칠성방은 개방의 발끝에도 미치지 못합니다. 영원히 개방의 휘하에 들기를 소망합니다' 라고 말하면 특별히 놓아주지."

그런 말을 했다가는 자신뿐 아니라 칠성방 전체가 수치를 안게 된다. 가신중은 강경하게 소리쳤다.

"죽으면 죽었지, 그렇게는 못하겠소!"

"그럼 죽어야지."

"그래, 어디 싸워보자!"

양경청은 나서려다 돌연 무슨 생각이 들었는지 발을 멈추었다.

"내가 이런 어린 녀석과 손발을 겨루어서야 체면이 말이 아니지. 좋아, 네가 살길을 열어주마."

그는 발끝으로 바닥에 선을 긋고는 그 앞에 섰다.

"네가 공격하여 나를 이 선 뒤로 물러나게 한다면 놓아주겠다. 대신 패하면 내가 손을 쓸 것도 없이 스스로 자결해라."

가신중은 어차피 죽을 목숨 한 번 시도해 보는 것도 나쁠 것 같지 않다 생각했다. 또한 아무리 상대가 개방 방주라 해도 충분히 승산이 있어 보였다.

'내 도는 위력만 따지면 아버님의 도에 못지않다. 아무리 네 무공이

대단하다 할지라도 물러서지 않고는 배기지 못할 것이다.'

그는 고개를 끄덕였다.

"좋소!"

그는 즉시 호흡을 가다듬고는 자세를 바로 잡았다. 그리고 괴성과 함께 도를 집어 던졌다.

"파산투!"

던져진 도는 회전하며 양경청을 향해 날아들었다. 가신중이 펼칠 수 있는 가장 강력한 위력의 초식이었다.

'이 초식의 위력에는 아버님도 몸을 피하지 않을 수 없었다! 아무리 너라도……!'

그러나 그의 예상은 틀렸다. 양경청은 두 팔을 들고 도가 다가오기를 기다리다가 돌연 눈을 부릅뜨더니 기합과 함께 양손을 모아 내려쳤다.

"하압!"

콰앙!

순간 대지가 진동했다. 사람들은 펼쳐진 광경에 놀람을 금치 못하였다. 가신중이 던진 도는 양경청의 바로 앞쪽 땅에 반쯤 박혀 있었다.

"이럴 수가!"

가신중은 경악했다. 그가 전력으로 펼친 파산투의 위력을 양경청은 아무 기교 없이, 오로지 힘 하나로 굴복시켜 버린 것이다.

지켜보던 장소산도 놀라 혀를 내둘렀다. 제자인 진갑의 무공도 놀라웠지만 사부인 양경청은 그 이상이었다.

백전연마! 단련에 단련을 거듭하여 다져진 압도적인 강함! 그것이 양경청의 진정한 무공이었다.

'엄청난 실력이다! 저 정도면 천뢰 못지않다!'

양경청은 박힌 도를 뽑아 가신중의 앞에 던져 주고는 말했다.

"초수 제한 따위는 두지 않았다. 어디 네가 충분히 납득할 수 있을 때까지 공격해 봐라. 난 결코 반격하지 않을 테니."

가신중은 도를 주워 공격하려다가 고개를 저었다.

"그만두겠소."

"어째서지?"

"내 비록 아버님의 도법의 반의반도 미치지 못하지만, 남이 함부로 보게 할 수는 없지."

양경청은 웃었다.

"똑똑한 녀석이구나."

그는 가신중이 도법을 펼치게 함으로써 나중에 싸우게 될 때를 대비해 칠성방주 가규의 도법을 엿보려 했던 것이다.

"공격을 그만두면 네가 자결해야 한다. 알고 있겠지?"

가신중은 고개를 끄덕이고는 자신의 도를 목에 대었다.

"내 비록 핍박받아 죽지만 내 아버님이 당신의 목을 잘라 내 혼을 위로해 줄 것이오."

양경청은 코웃음 치며 말을 받았다.

"네 아비 역시 널 따라 내 손에 죽을 것이다."

장소산은 더 이상 보고 있을 수는 없다고 생각했다. 어떻게든 가신중을 구할 생각으로 몸을 날리려 하는데, 강연수가 그를 잡고 전음을 전했다.

"너나 나나 양경청의 상대는 못 돼."

"하지만 보고 있을 수는 없지 않소?"

"개방은 네 사문이잖아. 칠성방을 편들어도 괜찮은 거야?"

"사문이 문제가 아니라 누가 옳고 그르냐의 문제요."

강연수는 한숨을 내쉬었다.

"결국 나설 생각이구나. 그럼 할 수 없지."

그녀는 품에서 대나무 패를 꺼내 장소산의 손에 쥐어주었다.

"이걸 써."

장소산은 패가 무엇인지 알아보고는 환한 표정이 되었다. 그는 즉시 소리치며 몸을 날렸다.

"멈추시오!"

막 목을 그으려던 가신중은 구원군이 온 줄 알고 표정이 환해졌다가 장소산 혼자인 것을 보곤 곧 실망했다. 양경청 역시 갑작스런 인물의 등장에 긴장했다가 금세 웃음 지었다.

"네놈은 뭐냐?"

양경청은 장소산이 변장하고 있을 때 한 번 만나본 것이 전부였기에 그를 알아보지 못했다. 장소산은 앞으로 나서 당당히 말했다.

"더 이상 개한문과 칠성방을 괴롭히지 말고 물러나시오."

개방도들이 가소롭다는 표정을 지으며 웃어댔다. 양경청도 피식 웃고는 물었다.

"뭘 믿고 감히 큰소리냐?"

"이걸 믿지!"

장소산은 강연수가 준 대나무 패를 내밀었다.

"개방 방주가 이걸 모르지는 않겠지?"

양경청의 표정이 변했다.

"그건 어디서 났느냐?"

그 대나무 패는 죽부채라고 하여 예전 사공방이 자신을 구해준 은혜에 대한 고마움의 표시로 강연수에게 준 것이었다.

장소산은 말했다.

"이 죽부채는 개방의 은인에게 빚을 졌다는 뜻에서 주는 것으로, 이것을 가진 사람에게는 딱 한 번 개방 방주를 비롯한 방의 제자 모두가 어떤 부탁이든 성심을 다해 들어주도록 되어 있지. 당신이 개방 방주인 이상 내가 하는 말을 들어주어야 할 것이오."

양경청은 인상을 쓰며 다시 물었다.

"넌 누구냐? 네가 어떻게 그걸 가지고 있지?"

장소산은 웃으며 말했다.

"선대로부터 물려받은 것이오. 그 이상은 대답할 수 없소. 개방의 은인을 곤란하게 해서는 안 되겠지? 당신은 잠자코 내 요청을 받아들이면 되는 것이오."

양경청은 노하여 외쳤다.

"개방과 칠성방 문제는 방 전체의 운명이 달린 중대사다. 아무리 죽부채라 하더라도 개방의 중대사까지 간섭할 수는 없다!"

"하지만 오늘 이 문제는 한 거지가 잔치에서 쫓겨나 벌어진 일이 아니오? 그 정도도 죽부채로 해결할 수 없다면 말이 안 되지."

장소산의 말은 합당했다. 양경청은 죽부채 따위는 무시한 채 손을 쓰고 싶었지만 보는 눈이 너무 많았다. 칠성방과 개한문 측은 다 죽여 입을 막을 수 있겠지만 자기편을 그렇게 할 수는 없는 노릇이다.

누구 하나라도 이 일을 소문내어 방주 본인이 수백 년간 내려온 전통을 무시했다는 사실이 알려지면 개방 방주의 권위가 손상될 우려가 있다.

'할 수 없군, 오늘은 여기까지 하는 수밖에.'

양경청은 깨끗이 포기하기로 했다. 개한문 정도야 큰 문제도 아니고, 칠성방의 전력에도 손상을 주었으니 손해는 없다.

"우리 거지는 가진 것은 없지만 빚도 없지. 그럼에도 빚을 졌으니 어찌 잊을 수 있겠는가. 죽부채의 부탁을 받아들이겠다."

장소산은 죽부채를 그에게 던져 주며 답했다.

"준 것이 있으니 받았고, 받은 것이 있으니 주겠소. 이것으로 아무것도 남지 않았구려."

죽부채를 받아 든 양경청은 가짜가 아님을 확인하고는 즉시 부러뜨려 던져 버리고는 몸을 돌렸다.

"가자!"

개방도들은 김샜다는 표정으로 물러갔다. 상대가 순순히 물러나자 장소산이 안도하는데, 가신중이 다가와 고개를 숙였다.

"구해주신 은혜에 감사드립니다."

5

가신중은 장소산에게 물었다.

"오늘의 이 은혜를 잊지 않겠습니다. 혹시 아까 전에 전음으로 가르침을 주신 분도 은공이 아닙니까?"

장소산은 고개를 끄덕였다.

"그저 한 번 훈수를 둔 것뿐입니다."

가신중은 새삼 다른 눈으로 장소산을 보았다. 전음을 쓸 정도라면 무공 역시 대단할 것이다.

"존성대명을 알려주실 수 없겠습니까?"

장소산은 손을 흔들었다.

"죄송하지만 사정이 있어 이름을 밝히기는 곤란하군요. 단지 말할 수 있는 것은 저 역시 개방과 관련된 사람이고, 오늘 일로 개방에 악감정을 가지지 않기를 부탁드립니다."

가신중은 그가 죽부채를 가지고 있던 것을 떠올리고는 고개를 끄덕였다.

"은공께서 그리 말하신다면 그리하겠습니다. 그러나 현재 개방은 오늘 여기에서뿐만 아니라 각지에서 우리 칠성방과 관계된 문파들에 시비를 걸며 분쟁을 일으키고 있습니다. 개방 방주 양경청이 한 말을 생각해 보십시오. 개방은 이미 칠성방과 싸울 생각을 하고 있는 것으로 보입니다. 상대방이 공격을 한다면 우리로서도 안 싸울 수가 없습니다."

"그야 그렇겠지요. 그렇다면 만약 개방이 지금까지의 행동을 사과하고 화해를 청한다면 어떻겠습니까?"

가신중은 잠시 멍해졌다가 물었다.

"과연 그렇게 될까요?"

장소산은 웃으며 대답했다.

"어디까지나 만약입니다. 싸움은 말리고 흥정은 붙이라고 하지 않습니까."

가신중은 생각해 보았다. 현재 상태로는 가망 없는 일 같지만 그건 자신도 바라는 일이다. 개방과 싸우면 승리를 자신할 수 없는데다가, 설사 이기더라도 그 피해가 막대할 것이기 때문이다.

"물론 그래야지요. 개방이 우릴 건드리지 않으면 우리도 개방을 건드릴 생각은 없습니다."

"감사합니다. 그럼 전 갈 길이 바빠 이만 가보겠습니다."

장소산은 인사를 하고 개한문을 나섰다. 어느 정도 개한문에게서 멀어지자 강연수가 따라붙었다. 그녀는 장소산의 표정을 살피고는 물었다.

"소득이 있었나 보네?"

"일단 양경청만 몰아내면 칠성방과의 싸움은 피할 수 있을 것 같소. 당신이 죽부채를 준 덕분이오. 귀한 물건을 주어서 고맙소."

"나야 쓸 일도, 쓸 생각도 없었으니까. 하지만 좀 아깝다는 생각이 들기도 하네. 아껴두었다면 나중에 좀 더 중대한 때 쓸 수도 있었잖아."

장소산은 고개를 저었다.

"아니, 지금이 쓸 때였소. 가신중이 죽었다면 개방과 칠성방은 둘 중 하나가 남을 때까지 싸울 수밖에 없을 테니까."

"그래 봤자 어차피 지금도 싸울 것 같은데?"

"화해할 가능성을 남기지 않았소. 양경청을 몰아내고 사공 방주가 다시 방주 직을 되찾으면 모두 잘 풀릴 것이오."

"그렇게 되면 좋기야 하겠지만……."

강연수는 뒤에 이어지는 말을 안으로 삼켰다.

'과연 잘될까?'

장소산과 강연수는 계속해서 개봉으로 향했다. 개봉에 가까워질수록 개방 거지들의 모습을 많이 볼 수 있었다. 그런데 일부 개방의 거지

들은 구걸을 하지는 않고 가게들을 돌며 상납금을 받고 있는 것이 아
닌가?

방파들이 자기 세력권 하의 상가에서 상납금을 받는 것은 일반적인
일이었다. 그러나 개방은 이제까지 구걸을 통해 먹고살았지 그런 일을
한 적이 한 번도 없었다.

'저래서야 더 이상 개방이 아닌 일반 무림방파가 아닌가!'

장소산은 황당해하다가 예전 개방 방주를 노리고 음모를 꾸몄던 심
경초가 한 말이 떠올랐다. 그는 개방이 무력을 가지고 있으면서 제대
로 쓰지를 않는다며, 다른 무림방파처럼 세력을 모으고 힘을 과시해야
한다고 했다.

'완전히 심경초의 주장대로 되어버렸군.'

얼마 후 둘은 개봉에 도착했다. 개봉의 거리에서는 심심치 않게 무
리 지어 다니는 개방 거지들을 볼 수 있었다. 사람들은 개방 거지들을
두려워하며 슬슬 피하였다.

그 모습을 보고 장소산은 혀를 찼다.

"완전 거지 판이로군."

개방 대회 같은 것이 있지 않는 한, 한 지방에 이렇게 많은 거지들이
모일 수는 없다. 한곳에 거지들이 우글우글해서야 구걸이 제대로 될
리 없을 뿐만이 아니라 구걸이 아닌 상납금으로 먹고살고 있다는 것은
안 봐도 뻔하다.

장소산이 알아보니 개봉에 터를 잡고 있는 문파들은 모두 개방에게
굴복하여 휘하에 들어간 지 오래고, 개봉 근처에는 감히 개방에 맞설
자가 없다고 했다. 관아조차 제재를 가할 엄두를 못 내고 있는 상황이
라, 개방 거지들이 마음대로 객점 등에 들어가 먹고 마셔도 아무도 뭐

라 하지 못한다는 것이다.

‘이래서는 거지도 아니고, 개방도 아니다. 정말 기가 막히는군.’

장소산은 빨리 손을 써야겠다 생각하고 여태환을 찾았다. 넓은 개봉 시내에서 그를 찾는 것은 의외로 간단했다. 여태환은 세상에서 가장 게으른 거지로 개봉의 명물이 되어 있었다.

여태환이 있는 곳은 개봉 시내에서 많이 떨어진 가난한 사람들이 주로 사는 빈민촌이었다. 그곳으로 가서 조금 둘러보니 많은 아이들이 둘러서서 왁자하니 떠들고 있는 것이 눈에 띄었다. 뭐 하고 있나 다가가 보니 아이들은 길가에 누워 있는 거지에게 욕을 하며 돌멩이를 던지고 있었다.

“야, 이 멍청한 거지야! 일어나 봐라!”

“바보! 바보!”

문제의 거지, 여태환은 등을 돌리고 있다가 가끔 주먹을 들고는 소리쳤다.

“이 망할 꼬맹이들! 내가 자리에서 일어나는 날이 너희들 제삿날이다!”

그러나 무서워하는 아이는 단 하나도 없었다. 지금까지 그가 일어나는 꼴을 한 번도 보지 못했으니 그럴 만도 했다.

“어디 일어나 보시지!”

한 아이가 소리치며 돌멩이를 던졌다. 그런데 그 돌이 하필이면 벽에 튕겨 여태환의 이마에 정통으로 맞아버렸다. 여태환이 고개를 돌리니 그의 이마가 깨져 피가 줄줄 흐르고 있었다.

“아!”

아이들은 장난할 상황이 아님을 깨닫고 표정이 변했다. 여태환도 더 이상 참을 수 없는지 몸을 돌려 돌을 던진 아이를 노려보았다.

"야, 너!"

"예? 예."

여태환이 손가락을 까닥거렸다.

"너 이리 와."

"왜, 왜요?"

"잔말 말고 이리 와."

아이는 가지 않았다. 혼날 것 같았기 때문이다. 계속해서 오라는 여태환과 안 가는 아이의 실랑이는 한참 동안 계속되었다.

그러다 아이는 문득 한 가지 사실을 깨달았다.

'저 인간, 결국 안 일어나고 있잖아?'

아이는 뒷걸음질치다 어느 정도 거리가 멀어지자 몸을 돌려 달아나 버렸다. 여태환은 김이 샜다는 표정으로 몸을 돌렸다.

"에잉, 부르는 대로 왔으면 혼쭐을 내줬을 텐데!"

"……."

황당해진 아이들을 제치고 장소산이 여태환에게 다가갔다.

"여전하시군요."

여태환이 흘금 보고는 물었다.

"너, 웬일이냐? 이곳에 올 입장이 아닐 텐데?"

그는 장소산의 변장을 한 번에 꿰뚫어 본 것이다. 장소산은 웃고는 대답했다.

"올 입장이 아니라도 올 수밖에 없었습니다. 일단 자세한 이야기는 다른 곳에 가서 합시다."

장소산은 대답을 듣지 않고 그대로 여태환을 안아 들고는 준비해 둔 인적이 드문 곳으로 데려갔다. 주변을 둘러보고 아무도 없는 것을 확인하고 그는 입을 열었다.

"여기라면 마음껏 이야기를 나눌 수 있겠군요."

장소산은 즉시 본론을 꺼냈다. 천명회와 무명회의 일, 현 강호의 사정, 양경청이 천명회와 한패라는 것을 모조리 이야기하고는 말했다.

"여기 와서 보니 개방의 꼴이 말이 아니더군요. 어서 빨리 원래의 개방으로 되돌려야 하지 않겠습니까."

여태환은 멀뚱한 표정으로 듣다가 물었다.

"왜 그래야 하지?"

"예?"

이런 질문을 받을 줄은 몰랐던 장소산은 멍해졌다.

"왜 그래야 하냐니요?"

"말 그대로 왜 그래야 하냐고. 지금 거지들은 전보다 지금 상태에 만족하고 있네. 전에는 굶기도 일쑤고 사람들에게 무시당해야 했지만, 지금은 배불리 먹을 수 있고 사람들이 무시하기는커녕 설설 기거든."

장소산은 정신을 차리고 항변했다.

"하지만 이래서야 어디 개방입니까? 다른 무림문파와 다를 것이 뭐가 있으며 협의가 넘치던 과거의 개방은 어디 있습니까!"

여태환은 퉁명스럽게 대꾸했다.

"개방이든 고방이든 이름이야 아무래도 상관없지. 중요한 것은 대부분의 개방도들이 현 상황에 만족한다는 사실이네. 그런데 지금 누리는 것을 버리고 과거의 먹고살기 힘들던 시절로 돌아가자고 하면 누가 좋아할까."

그는 피식 웃고는 말을 이었다.

"협의니 개방 정신이니 하는 것을 따지는 사람은 별로 없어. 대부분
의 사람들에게 중요한 것은 얼마나 살기 편하냐는 것이지. 자네가 무
슨 생각으로 이곳에 왔는지는 모르겠지만, 모두에게 지금보다 나은 살
기 좋은 방법은 제시하지 않는 한 아무도 자네를 따르는 사람이 없을
거야."

그는 그대로 돌아누워 버렸다.

"알았으면 그만 가게."

장소산은 멍하니 서 있다가 입을 열어 물었다.

"그렇다면 왜 당신은 이런 빈민가에 있는 것입니까? 다른 개방도들
처럼 시내로 들어가 마음껏 먹고 마시지 않고요."

"그냥 이렇게 사는 것이 난 편하거든. 시끄러운 것은 질색이라
서."

그때 잠자코 듣고 있던 강연수가 끼어들었다.

"당신은 방관자로군요."

그녀는 화가 난 표정으로 말했다.

"자기와는 상관없다며 그저 떨어져 보고만 있는 사람, 그러면서 아
는 척하며 사람들에게 떠드는군요. 혹 그런 사람들을 신선이니 현자니
하기도 하지만 내가 볼 때는 무능력자에 불과해요. 과거 심경초에게
사부가 잡혔을 때도 아무것도 안 하고 있더니 지금도 마찬가지, 당신이
익혔다는 나태신공인가 뭔가가 얼마나 대단한 무공인지 몰라도 어차피
쓰지도 않을 것 뭐 하러 익히고 있나 모르겠군요. 숨 쉬는 것도 귀찮은
일이니 차라리 그대로 혀 깨물고 죽지 그래요?!"

여태환은 화를 내지 않고 오히려 킥킥거리며 웃었다.

"하하, 그렇군. 숨 쉬는 것도 일은 일이지."

강연수는 장소산의 손을 끌었다.

"가자, 이런 인간과 이야기해 봤자 시간 낭비야."

"아, 잠시만."

그녀를 제지하고 장소산은 여태환에게 물었다.

"전 방주는 어디 계십니까? 그것만이라도 알려주십시오."

"사부님은 여기 개봉 시내의 신양문이라는 곳에 있네. 이름 있는 문파였지만 지금은 거지 소굴이 되어 있지. 나와는 달리 감시 대상이니 만나려면 위험을 감수해야 할 거야."

"감사합니다."

장소산은 인사를 하고 강연수와 함께 떠나갔다. 혼자 남은 여태환은 멍하니 누워 하늘을 올려다보았다. 해가 지고 달이 떠오를 때까지 가만히 있던 그는 어느 순간 중얼거렸다.

"이 짓도 이제 그만둘 때가 된 건가……."

6

사공방은 대청마루에 앉아 한가로이 정원에 노니는 한 마리 나비를 바라보았다. 자유로이 하늘을 나는 모습이 너무나 좋아 보였다.

"네가 부럽구나!"

그는 양경청에게 방주 직을 물려준 후 장로가 되어 개방의 지부가 되어버린 신양문을 관리하는 일을 하고 있었다. 방주일 때보다 좋은 것을 먹고 특별히 하는 일 없이 편안히 보내는 생활, 어찌 보면 거지에게 천국과 같은 생활일지도 모른다.

그러나 그는 답답하기만 했다. 예전 바쁠 때는 이런 생활을 꿈꾸기도 했지만 그가 원하던 것을 결코 이런 것이 아니었다.

자신의 뒤에 부복하고 있는 두 명의 개방 제자는 겉으로는 수하였지만 사실 양경청의 제자인 십간들로, 그를 감시하는 자들이었다. 그는 사실상 이곳에 연금되어 있는 것이다.

이렇게 될 줄은 정말 꿈에도 몰랐다. 평소 누구보다도 공정하고 확실하게 일을 처리하던 집법장로 양경청은 개방 방주가 되자마자 완전히 다른 모습으로 변해 버렸다. 권력을 자신에게로 집중시키고, 자신과 의견을 달리하는 자들은 모두 밖으로 내쳤다. 방주라는 직책을 흔들림 없는 무소불위의 자리로 만들어 버리자 다음에는 무력을 동원하여 주변의 문파를 삼켜댔다. 마치 세상 전부를 삼켜도 만족하지 못하는 욕망의 화신 같았다.

예전의 청렴결백하던 모습은 대체 어디로 가버린 것일까? 아니면 더 이상 숨길 필요가 없자 그동안 숨겨진 본성이 나온 것일까?

사공방은 자신의 사람 보는 눈이 형편없음을 한탄했다. 그러나 이제는 돌이킬 수 없는 일, 그의 힘으로 양경청을 몰아내는 것은 불가능했다.

"휴우~"

한숨을 내쉬며 사공방은 자리에서 일어나 정원을 거닐었다. 뒤에 있던 십간, 신기와 추경 둘이 즉시 뒤따라왔다. 사공방은 눈살을 찌푸렸다.

"단지 산책하는 것뿐이니 너희들은 따라올 필요가 없다."

그러나 둘은 일언반구의 대꾸도 없이 그냥 묵묵히 있다가 사공방이 걷자 곧바로 그의 뒤를 따랐다. 사공방은 화가 치밀었지만 어쩔 수가 없었다. 명령을 무시한다고 그들을 제재할 방법도 없고, 무공으로도 안 되니 싸워서 이길 수도 없다.

사공방은 할 일 없이 집 안을 서성거렸다. 그런데 그때 대문 쪽에서 소란스러운 소리가 들렸다. 무슨 일인가 싶어 가보니 정문을 지키는 문지기와 장사꾼이 실랑이를 벌이고 있었다.

"글쎄, 아무도 들어갈 수 없다니까!"

"후회할걸! 분명 후회할걸! 반드시 후회할걸! 무지막지 후회할걸!"

"아니, 무엇을 후회한단 말이냐?"

"날 쫓아내지 못한 걸 후회할걸!"

이상하게 말이 거꾸로 된 것 같다.

"그게 무슨 소리냐? 지금 열심히 널 쫓아내려 하고 있지 않느냐?"

"하지만 난 안 갈걸! 당신들은 실패할걸! 그래서 후회할걸!"

문지기는 화가 났다.

"내가 몽둥이로 후려치면 너야말로 그냥 순순히 갈 걸 그랬다고 후회할걸!"

"날 때리면 치료비 물어내야 하니 너희 쪽이 후회할걸!"

"넌 절대 우리에게 치료비 받아내지 못할걸!"

"그럼 대신 당신들 주인에게 받아내면 될걸!"

"넌 절대 우리 주인 만나지 못할걸!"

"그렇지 않을걸! 만나게 될걸!"

"그렇게는 안 될걸! 절대 안 될걸!"

"될걸!"

"안 될걸!"

사공방은 이 모습에 웃음이 나왔다. 그는 다가가 물어보았다.

"무슨 일이냐?"

문지기는 당황하며 설명했다.

"이 장사꾼이 자꾸 걸걸하면서 집주인을 만나게 해달라고 하는 걸니다, 아니, 겁니다."

장사꾼이 사공방을 가리키며 말했다.

"이 사람이 집주인인걸! 역시 내 말대로일걸!"

사공방은 속으로 웃으며 물었다.

"무엇을 팔려 왔느냐?"

"예예, 술입니다. 아마 천하제일 명주일걸요. 분명 맛보면 만족할걸요."

"아니, 왜 '걸요' 이냐? 맞으면 맞고, 틀리면 틀린 거지."

"헤헤, 그야 아닐 가능성도 있지 않습니까. 더 뛰어난 술이 세상 어딘가에 있을지도 모르고, 혹시 만족 못하실지도 모르고……."

사공방은 장사꾼이 장사꾼답지 않게 솔직하다고 생각하며 물었다.

"그래, 그 술의 이름이 무엇이냐?"

"'옛날이 좋았지' 라고 합니다."

"옛날이 좋았지?"

"예, 거 왜, 나이 드신 분들이 자주 그러시지 않습니까. '그때가 좋았지, 좋았고말고' 라고요. 이 술을 마시면 좋았던 그 시절로 돌아갈 수 있는 것입니다."

사공방은 문득 떠오르는 생각에 물었다.

"옛날이 안 좋았고, 지금이 더 좋으면 어떡하느냐?"

장사꾼은 돌연 피식 웃고는 말했다.

"그럼 그냥 이렇게 사십시오."

사공방은 움찔했다. 왠지 말속에 뼈가 느껴졌다.

"들어와 보거라."

"역시 내 말대로일걸!"

장사꾼은 좋아하며 분해하는 문지기에게 혀를 날름거리고는 사공방을 따라 안으로 들어갔다.

안방에 들어온 사공방과 장사꾼은 마주 앉았다. 감시하는 십간 둘은 여전히 사공방의 뒤에 서 있었고, 장사꾼은 봇짐을 풀더니 호로병과 잔을 꺼냈다.

"자, 일단 한 잔 드셔보십시오."

호로봉에 담긴 액체가 잔에 담겨 사공방 앞에 내밀어졌다. 사공방은 혹시나 하는 생각에 바로 마시지 않고 잔에 코를 가까이 대고 향을 맡아보았다.

"어, 아무 향도 안 나는구나?"

"향 따위야 있으면 어떻고 없으면 어떻습니까. 술이란 맛 좋고 취하게 하면 그만 아닙니까. 이 술은 맛으로만 승부한답니다."

사공방은 일단 독은 없는 것 같아 마셔보았다. 그런데 이건 술이 아니라 그냥 맹물이 아닌가?

장사꾼은 웃으며 물었다.

"맛있지요?"

"그, 그렇군."

"한 잔 더 드시겠습니까?"

사공방은 장사꾼이 무슨 속셈으로 맹물을 술이라고 하며 팔러 왔는

지 알 수가 없었다. 하지만 뭔가 깊은 뜻이 있을 것이라 생각하고 잔을
내밀었다.

"좋아, 한 잔 더 줘봐라."

"알겠습니다. 그런데 이제부터는 돈을 내서야 합니다."

"얼마인가?"

"한 잔에 한 냥입니다."

사공방뿐만 아니라 뒤의 신기, 추경들까지 움찔했다. 한 병에 한 냥
이어도 엄청나게 비싼 것인데, 한 잔에 한 냥이라니!

"좋아, 내겠네!"

사공방이 말하자 뒤의 둘은 더욱더 놀랐다. 이런 생각까지 들었
다.

'이 인간이 자포자기해서 맛이 갔나?

어찌 되었든 한 잔에 한 냥짜리 술을 사공방은 마셨다. 장사꾼도 보
고 있자니 못 참겠다며 자신도 마셔댔다. 그렇게 몇 잔 오가며 보니 호
리병은 곧 텅 비어버렸다.

"어이쿠, 다 마셔 버렸군요!"

사공방이 웃으며 물었다.

"더 이상 팔 술이 없나 보군."

"걱정 마십시오. 잠시만 기다리시면 다시 채워오겠습니다."

그리고는 장사꾼은 일어나 밖으로 나갔다. 얼마 후, 그는 호리병을
흔들며 다시 방 안으로 들어왔다.

"자, 보십시오. 금방 채워왔죠?"

"하하, 그렇군."

둘 사이에 다시 잔을 오갔다. 호리병이 다시 비자 장사꾼은 또다시

밖으로 나가서는 호리병을 채워 가지고 들어왔다. 이렇게 되자 뒤에서 보고 있던 신기와 추경은 의문에 사로잡혔다.

'한 잔에 한 냥짜리 술을 도대체 어디서 채워 가지고 오는 거지?'

네 번째로 장사꾼이 밖으로 나갈 때였다. 신기와 추경은 자기끼리 전음을 주고받았다.

"저 장사꾼이 무슨 짓을 하고 오는지 뒤쫓아가서 확인해 보세."

이들은 늘 둘이서 사공방을 감시하도록 명받고 있었다. 하지만 사공방만 지키고 있자니 장사꾼이 밖에서 무슨 짓을 하는지 궁금하기도 하고 의혹이 가기도 했다. 그래서 신기는 남아서 사공방을 지키고, 추경은 몰래 쫓아가 보기로 했다.

그런데 장사꾼이 나가고 추경 역시 쫓아나간 지 어느 정도 시간이 흐른 후 장사꾼만이 호리병을 흔들며 들어오는 것이 아닌가? 남아 있던 신기는 놀라 물었다.

"좀 전에 나간 내 친구를 보지 못했소?"

"아, 그 친구 말입니까? 꼭 술을 한 번 먹어보고 싶다고 하도 부탁하기에 주었더니 마시고는 바로 뻗어 잠들어 버렸을걸요. 뒤뜰에 누워 있을지 모르니 내려가 보는 것을 어떨까요?"

"왜 걸이냐, 사실이면 사실이고 아니면 아닌 거지!"

"헤헤, 그냥 제 말버릇일 뿐이니 신경 안 쓰시는 편이 좋을걸요."

"……."

신기는 혹시 추경이 당한 것이 아닌가 하는 생각이 들어 당장 나가 확인해 보고 싶었지만, 방 안에 사공방과 의심스런 장사꾼 둘만 남겨둘 수는 없기에 움직일 수 없었다. 그는 다른 사람을 소리쳐 불렀다.

"누구 없느냐! 아무도 없느냐!"

그러나 아무도 응답하는 사람이 없었다. 신기는 당황했다.

'여기는 최소 서른 명 이상의 개방 제자가 늘 상주하고 있어야 하는데? 왜 불러도 아무도 안 오는 거지?'

사공방과 장사꾼은 그가 소리치든 말든 신경 쓰지 않고 계속해서 술잔을 돌렸다. 그런데 이상하게도 장사꾼이 자꾸만 그를 보고 피식거리며 웃는 것이 아닌가?

"아니, 왜 웃는 거냐?"

"헤헤, 좋은 술을 마셔 기분이 좋으니까 웃는걸걸."

장사꾼은 계속 틈만 나면 그를 쳐다보며 피식거렸다. 비웃는 것 같기도 하고, 불쌍해하는 것 같기도 한 엄청나게 기분 나쁜 웃음이었다. 신기는 엄청난 불안감에 사로잡혔다. 이 세상에 혼자 고립무원이 된 것 같기도 하고, 고양이 앞의 쥐 신세가 된 것 같기도 했다.

신기는 불안감을 분노로 표출했다.

"이 자식, 왜 자꾸 웃는 거냐?!"

장사꾼은 되물었다.

"그러는 당신은 왜 화를 내는 겁니까?"

"솔직히 말해라. 추경을 어떻게 했지? 그는 어디에 있어?!"

"뒤뜰에 누워 있다고 말하지 않았소."

신기는 결국 참지 못하고 문을 박차고 뛰쳐나갔다. 그는 일단 가장 가까운 전각 안으로 뛰어들었다. 늘 십여 명의 개방 제자들이 상주하는 곳이었다. 그러나 그의 눈앞에 펼쳐진 것은 점혈이 되어 꼼짝도 못하고 누워 있는 사람들의 모습이었다.

"제길!"

뒤뜰로 달려가 보니 장사꾼의 말 그대로 추경이 누워 있었다. 급히 그를 부축해 일으키려는데 뒤에서 말소리가 들렸다.

"거보시오. 내 말대로일걸."

돌아보니 장사꾼이 웃으며 서 있었다. 또한 어느새 나타났는지 검을 든 여인이 그의 앞에 서 있었다.

장사꾼은 장소산이었고, 여인은 강연수였다. 둘이 사공방을 구하기 위해 짠 계략에 신기와 추경은 완전히 당하고 만 것이었다.

장소산은 사실 미끼였다. 일부러 문 앞에서 소란을 피우고 사공방과 술을 마시면서 신기와 추경의 이목을 흐렸다. 신기와 추경은 장소산을 의심하여 사공방과 몰래 말을 주고받고 있지는 않은가 유심히 관찰했다. 그러다 보니 밖에서 무슨 일이 벌어지는 가는 전혀 신경 쓰지 못했고, 그사이 강연수가 문 내를 돌아다니며 다른 개방 제자들을 모조리 점혈해 버린 것이었다.

이렇게 되자 남은 것은 신기와 추경뿐이었다. 장소산은 술을 채워 온답시고 매번 뒤뜰 우물의 물을 담아 가지고 왔다. 사공방을 감시하는 입장인 신기와 추경은 한 명만이 그를 쫓아가 전력을 분산했고, 결국 그대로 꼼짝없이 당하고 말았다.

추경은 십간의 일인답게 초일류고수로, 장소산이라도 백 초 이상은 싸워야 승리할 수 있을 정도다. 제대로 겨루었다면 추경은 싸우는 동안 몇 번이라도 신기에게 구원을 청할 수 있었을 것이다. 그러나 강연수가 합세하니 소리 한 번 질러볼 틈도 없이 당하고 말았다.

그렇게 되니 이제 신기 혼자만이 남았다. 하지만 안심할 수는 없었다. 신기와 추경은 늘 사공방 뒤에 자리했다. 언제라도 마음먹으면 사공방을 죽일 수 있는 위치였다. 강연수를 불러 그대로 방 안에서 싸웠다면 최후의 수단으로 사공방을 살해하려 할지도 몰랐다. 그래서 장소산은 끊임없이 묘한 웃음을 흘리며 신기의 불안감을 부채질하여 그가 참지 못하고 밖의 상태를 확인하러 뛰쳐나가게 만든 것이다.

"빌어먹을!"

다 틀렸다는 것을 깨달은 신기는 욕을 내뱉으며 도망치려 했지만 강연수에게 가로막혔다. 그는 수십여 초를 겨루며 버텨보았지만 곧 그녀의 검 앞에 쓰러졌다.

"훌륭하군."

사공방이 칭찬하며 걸어나왔다. 그는 손뼉을 치며 강연수의 무공에 찬사를 보냈다.

"전에도 대단했지만 더욱 발전했군. 아마 십 년, 아니, 오 년 안에 천하에 적수를 찾기 힘든 경지에 이를 것 같군."

그리고는 장소산을 보며 말했다.

"이쪽이 강 소저면, 자네는 장소산이겠군."

장소산은 변장을 지우고 고개를 숙였다.

"예, 장소산입니다. 오랜만에 뵙습니다."

"변장술이 훌륭하군. 난 자네인 줄 정말 몰랐네."

"제가 아는 변장의 명수가 해준 것이니까요. 전음으로라도 저의 정체와 계획을 알려드리고 싶었지만, 방주님을 감시하는 두 명의 무공이 대단하여 눈치 챌까 두려워 위험을 감수하지 못했습니다."

사공방은 웃음을 터뜨렸다.

"하하, 즉석에서 맞춘 것 치고는 손발이 딱딱 맞아떨어지지 않았는가!"

장소산도 웃었다.

"저도 방주님께서 연기에 소질이 있으실 줄은 몰랐습니다."
그런데 사공방이 돌연 웃음을 지우며 고개를 저었다.
"난 이제 방주가 아니라네."

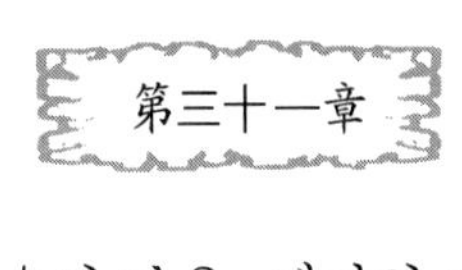

第三十一章

스승의 마음, 제자의 마음

장소산은 품에서 타구봉을 꺼냈다. 사공방이 놀라며 물었다.

"이것을 어디서 찾았는가?"

"천명회로부터 되찾았습니다. 방주님에게서 이 봉을 빼앗은 자는 최근 이름을 날리는 천뢰였습니다."

장소산은 사정을 설명하고는 타구봉을 사공방에게 내밀며 말했다.

"양경청은 방주가 될 그릇이 아니었습니다. 이대로 두면 개방은 존재 자체의 의미를 잃게 될 것입니다. 역시 개방 방주가 될 사람은 방주님밖에 없습니다."

그러나 사공방은 봉을 받지 않고 고개를 저었다.

"과정이야 어찌 되었든 양경청에게 방주 직을 물려준 것은 바로 나일세. 잘못된 선택으로 방을 망치게 되었으니 방주 자격이 없는 것은 나 역시 마찬가지이네."

"양경청에게 방주 직을 물려준 것은 부득이한 사정 때문이지 원해서 방주 직을 그만둔 것이 아니지 않습니까?"

"그것 역시 상황이 그렇게까지 되도록 막지 못했으니 책임을 면할 수는 없는 노릇이 아닌가."

사공방은 완고했다. 장소산은 한숨을 내쉬며 물었다.

"결국 양경청과 싸울 생각이 없으신 겁니까?"

"아니, 그건 다르네. 난 다시 방주가 될 수는 없어. 하지만 내가 저지른 잘못인 이상 끝까지 책임지지 않으면 안 되겠지."

사공방은 타구봉을 받고는 말을 이었다.

"이건 내가 어디까지나 임시로 맡기로 하지. 양경청을 물리치고 새로운 방주에게 물려줄 때까지……. 자, 가세나."

장소산, 강연수, 사공방은 신양문을 빠져나왔다. 인적이 드문 길만을 골라가며 개봉을 빠져나오자 사공방이 장소산에게 물었다.

"이제 어떻게 할 생각인가?"

"방주님의 생각은 어떻습니까?"

사공방은 웃고는 말했다.

"난 밖의 상황도 잘 모르고 이제야 풀려난 몸이 아닌가. 자네가 준비해 둔 것이 있을 테니 그 편이 확실하겠지."

장소산은 머리를 긁적였다.

"사실 구체적으로 생각해 둔 것은 없습니다. 방주님의 이름으로 뜻을 같이하는 개방도를 모은다는 정도밖에 말이지요. 제가 개방 제자이긴 해도 아는 사람이 별로 없고, 파문당한 상태니 개방 사람들을 만나서 설득하기도 뭐하고 말이지요."

"확실히 그건 그렇겠군."

"자세한 일은 일단 은신처로 가서 생각해 보기로 하지요."

셋은 곧 개봉에서 조금 떨어진 농가에 도착했다. 그곳에서 기다리고 있던 수초가 그들을 반갑게 맞이했다.

"무사히 성공한 모양이구나."

그녀는 며칠 전 개봉으로 와 장소산과 만나 함께 움직이고 있었다.

"일단 들어갑시다."

일행은 집 안으로 들어섰다. 장소산은 사공방에게 편히 앉으라 권하며 설명했다.

"원래 여기 살던 농사꾼 가족에게 돈을 주고 샀습니다. 옷가지와 가구까지 전부 그대로 말이지요."

사공방은 웃음을 터뜨렸다.

"거지가 집과 땅을 사다니, 개방을 나와 성공했군."

"돈을 낸 사람은 강 소저입니다. 전 그냥 얻어먹는 입장이니 여전히 거지입니다."

넷이 한자리에 모여 앉자 장소산이 먼저 말을 꺼냈다.

"가장 먼저 할 일은 개방 내에 누가 양경청의 심복이고, 누가 반대하는 쪽인지 구별하는 것이라고 생각합니다. 그래야 싸울 적과 포섭할 상대를 나눌 수 있지요."

사공방이 고개를 끄덕이며 말했다.

"일단 내가 믿을 만한 사람부터 하나씩 만나보겠네."

"방주님이 직접 움직이는 것은 위험할 텐데요. 방주님이 말해주시면 제가 찾아가서 뜻을 전하는 편이 나을 것 같습니다."

"아니네. 그런 식으로는 신뢰를 주지 못할 거야. 사람의 마음을 움직이려면 먼저 성의를 보여야지. 내가 가야겠네.”

장소산은 난처한 표정을 지었다. 자신도 그편이 낫다는 것을 알지만 너무 위험 부담이 크다.

'할 수 없군. 나와 강 소저의 무공이면 어떻게든 되겠지.'

다음날부터 일행은 본격적인 활동에 들어갔다. 수초의 변장술로 정체를 숨기고 개봉에 거주하는 개방도 중에 믿을 만한 사람들을 찾아가 설득해 나갔다.

그러나 그다지 기대할 만한 성과는 없었다. 은밀한 활동을 위해 하나씩 조심스럽게 찾아가고 있었기 때문에 시간도 많이 걸리고 효과도 적었다. 무엇보다 만나는 사람들이 사공방에게 반대하지도, 그렇다고 찬동하지도 않는 어중간한 태도를 보이는 경우가 대부분이었다.

결국 일행은 하루 종일 열심히 돌아다녔지만 별 소득도 못 보고 은신처로 돌아왔다.

“에휴~ 이런 식으로는 얼마나 오래 걸릴지 막막하군. 이것도 양경청이 없어서 이 정도이지 그가 무림맹에서 돌아온다면 더욱 힘들어질 텐데.”

장소산의 탄식에 강연수가 전적으로 동감을 표했다.

“정말 너무 손이 모자라.”

사공방도 쓴웃음을 지으며 고개를 끄덕였다.

“사부님 손이라도 빌리고 싶은 심정이로군.”

그 말에 장소산이 생각이 나서 물었다.

“추 장로님은 지금 뭐 하고 있습니까?”

“모르겠네. 내가 방주 직을 내놓을 때 펄펄 뛰며 화를 내더니 어디

론가 사라진 이후로 소식을 못 들었네."

장소산이 웃으며 말했다.

"그러고 보니 추 장로님의 제자가 방주님이라는 소릴 처음 들었을 때 많이 놀랐습니다. 사제지간에 차이가 나도 너무 나는 것 같아서요."

"하하, 어쩌면 사부님이 그래서 내가 이런 성격이 되었는지 몰라. 언제나 대충대충 마구잡이에다 남에게 피해만 입히는 그분을 보며 난 저렇게 되지 말아야지, 라고 늘 생각했으니까."

"푸하하하! 어떤 의미로는 나쁜 표본이라 할 수 있겠군요."

사공방은 옛 추억을 떠올리며 미소를 지었다.

"하지만 그래도 나름대로는 좋은 사부이셨어. 늘 다투기 일쑤였지만 그분도 나름대로 날 위하는 분이시지. 지금 어디서 뭐 하고 계시는지⋯⋯."

그 시각, 그 문제의 사부 추월락은 한 다리 밑에서 고기를 굽고 있었다. 그는 익어가는 고기를 바라보며 눈앞의 상대에게 말을 꺼냈다.

"천뢰란 녀석이 무림맹주에 오른다던데?"

"아, 그래?"

상대 노인, 무언계가 고기를 집어 들며 대꾸했다. 추월락이 얼른 고기 두 점을 집으며 물었다.

"그 녀석, 자기가 네 제자라고 하던데?"

무언계는 대답하지 않았다. 고기를 씹느라 입이 바빴기 때문이다. 추월락이 다시 물었다.

"솔직히 말해봐. 그 녀석, 네 제자 아니지?"

무언계는 열심히 고기를 집으며 고개를 끄덕였다. 추월락은 피식 웃었다.

"그럴 줄 알았다. 네가 그런 잘난 녀석을 키웠을 리가 없지."

추월락은 계속해서 말했다.

"제자는 스승을 닮는다고, 네 제자라면 엄청나게 쪼잔하고 지지리 궁상인 녀석이 나올 수밖에 없지. 무림맹주는커녕 마을 촌장도 해먹기 힘들 테고 말이야."

무언계는 살짝 눈살이 구겨지면서도 고개를 끄덕였다. 추월락은 상대가 별 반응이 없자 인상을 찡그리며 말했다.

"뭐라고 말 좀 해봐!"

그의 바람에 답해 무언계는 한마디 했다.

"말."

그가 말하며 벌린 입을 통해 고기가 들어가자마자 바로 그의 입이 닫혔다. 추월락은 순간 뭔가를 깨닫고 아래를 내려다보았다. 고기가 얼마 남지 않은 것이 아닌가!

"이 자식, 너 혼자 고기 다 처먹냐!"

무언계는 얼른 입 안의 고기를 삼키고 다음 고기를 노리며 답했다.

"내 돈으로 산 고기야."

"치사한 놈!"

말하고 있을 틈이 없었다. 추월락은 다급히 젓가락을 놀려 고기를 낚아챘다. 무언계 역시 빠른 속도로 고기를 노렸다. 둘의 젓가락이 잔상을 남기며 현란하게 움직였다.

"아싸!"

무언계가 집은 고기가 추월락의 집은 고기보다 두 배는 많았다. 둘의 무공 차이를 생각하면 당연한 결과였다. 무언계는 고기들을 한입에 입 안에다 쑤셔 넣고는 행복한 표정을 지었다.

"이럴 때 무공을 익힌 보람을 느낀다니까."

참으로 별것 아닌 것에 보람을 찾는 천하제일고수였다. 추월락은 한숨을 푹 내쉬고는 물었다.

"너, 집에서 고기 못 얻어먹고 사냐?"

"말도 마라."

무언계의 신세 한탄이 시작되었다.

"마누라들은 자식만 애지중지하고 날 머슴 취급해. 자식들이 크니 이제 좀 괜찮아지나 싶었는데, 이제는 또 손자들만 싸고도는 거야!"

그는 한숨을 푹 내쉬었다.

"이번에 강호로 나온 이유도 손자 때문이야. 큰애가 이제 곧 과거시험을 보는데 그 애를 위해 영약을 구해오라고 해서 말이야."

"영약? 영물 같은 거 말인가?"

"그래, 인면토룡의 내단을 구해오라더군."

"인면토룡? 처음 들어보는 영물이군."

"무인들에게는 안 알려진 영물이지. 왜냐하면 내공 증진에 전혀 도움이 안 되거든."

"그런 영물을 뭐 하게?"

"그게 수험생에게는 최고의 영약이래. 머리 속의 잡념을 없애고 두뇌 발달에 도움을 준다나 어쩐다나. 문제는 그 인면토룡인가 하는 놈이 어디 있는 줄 내가 알게 뭔가."

"그래서 어떻게 할 건데?"

"에휴~ 별수있나. 대충 찾는 시늉하다가 돌아가는 수밖에."

추월락이 불쌍하다는 눈으로 무언계를 보다가 물었다.

"너네 집은 이제 무공 안 익히나 보지?"

"뭐, 그렇지. 자식 녀석이 하는 소리가 싸움질하는 재주 따위는 별 쓸모도 없고 이제는 학문의 시대라나? 강호니 협객이니 듣기 좋아도 결국 불법적인 폭력 조직이다, 이거야. 일곱 살짜리 막내 손자 놈까지 아비에게 영향을 받았는지 얼마 전에 '할아버지, 조폭이었어?' 라고 묻는데 환장하겠더군."

추월락이 피식 웃었다.

"하긴 맞는 말이긴 하군. 너 예전에 사람 엄청 죽이고 다녔잖아. 천인살이라고까지 불렸으니 말 다했지."

"너, 절대 그 소리 내 자식이나 손자에게 하지 마라. 손자가 서당 발표회 때 '우리 할아버지는 살인마입니다' 라고 했다간 정말 난리난다."

추월락은 낄낄거리다가 대화가 엉뚱한 곳으로 샜다는 것을 깨닫고 물었다.

"그보다 너, 천뢰란 녀석을 그냥 놔둘 거야? 멋대로 네 제자 행세를 하고 다니는데?"

무언계는 툭 내뱉어 대꾸했다.

"멋대로 하라지."

"상관없는 거야?"

"상관이 전혀 없다면 거짓말이겠지만 나설 생각은 없어."

무언계는 말했다.

"그 녀석은 명성을 올리려고 내 제자 행세를 하는 것이 아니야. 나보고 들으라고 그러고 있는 거지. 내가 나서면 분명 누가 천하제일고수인지 겨뤄보자고 하겠지."

"싸우기 싫다는 거냐?"

추월락의 물음에 무언계는 솔직히 고개를 끄덕였다.

"귀찮아. 그리고 내가 왜 천하제일고수 자리를 놓고 그 녀석과 싸워야 되지?"

그는 히죽 웃고는 말을 이었다.

"안 싸우면 내가 계속 천하제일고수인데."

"……."

추월락은 감탄하지 않을 수 없었다. 전부터 느끼고 있었지만 치사함에 있어서 자신을 능가하면 능가했지 절대 못하지가 않았다.

"됐다, 그 이야기를 접어두고 부탁 하나만 하자."

"무슨 부탁?"

"내 제자 놈 좀 도와줘. 다시 개방 방주 자리를 되찾을 수 있게."

무언계는 의아해하며 물었다.

"네 제자 사공방은 스스로 방주 직을 내놓은 것이잖아."

"겉으로야 그렇지만, 실제로는 그게 아니지. 주변 상황에 억지로 떠밀린 거라고. 분명 양경청 자식이 뒤에서 손을 썼을 거야."

"그래서 나보고 어쩌라고? 내가 나서봤자 할 수 있는 일이 없을 것 같은데?"

"네가 양경청을 납치해서 동해 바다 깊은 곳에 담가 버리면 다시 내 제자가 방주 될 거 아냐."

무언계는 피식 웃고는 물었다.

"다른 녀석이 방주가 되면?"

추월락은 서슴없이 답했다.

"그 녀석도 담가 버리면 되지."

"됐다."

무언계는 자리에서 일어나 몸을 돌렸다.

"제자 생각하는 마음은 알겠지만, 그런 식으로 할 짓이 아니다."

추월락은 그를 쫓아가며 고래고래 소리쳤다.

"야! 가짜지만 니 제자가 무림맹주면, 내 제자는 개방 방주라도 해야 할 것 아냐!"

2

눈이 시리는 태양 빛이 내리쬐는 화창한 날이었다. 수많은 강호의 무인들이 둘러선 가운데 천뢰가 서 있었다. 그는 사람들의 동경, 질시, 부러움에 찬 시선을 받으며 누대로 올랐다.

육파의 장문인들이 그를 맞이했다. 가운데 선 소림 장문 영선 대사 앞에 천뢰를 무릎을 꿇었다. 영선 대사가 입을 열어 물었다.

"무신 무언계의 제자 뇌전도 천뢰, 그대는 강호의 정의와 평화를 위해 몸 바칠 것을 맹세하는가?"

"맹세합니다."

"협와 의를 마음을 가슴속에 새기고 언제나 잊지 않을 것을 맹세하는가?"

"맹세합니다."

"약자를 지키고 어떠한 적이라도 악을 두려워하지 않고 싸울 것을 맹세하는가?"

"맹세합니다."

"좋다, 오늘 이후로 그대를 제7대 무림맹주로 임명한다."

천뢰는 일어나 뒤로 돌아섰다. 수많은 강호의 무인들이 그를 올려다보고 있었다. 그는 힘차게 한 팔을 치켜들었다. 그와 동시에 환호 소리가 하늘 높이 울려 퍼졌다.

"천뢰 만세!"

"무림맹주 만세!"

천뢰는 히죽 웃었다. 드디어 강호 최고의 자리에 올라섰다. 하지만 그의 야심에서 지금의 영광은 출발점일 뿐이었다.

넓은 방 안에 여덟 명의 노인이 둘러앉아 있고, 그 가운데 천뢰가 서 있었다. 노인들 중에서 화산파 장로 풍파천이 흐뭇한 표정을 지으며 말했다.

"맹주 등극을 축하한다."

천뢰는 고개를 숙였다.

"감사합니다. 모두 사부님들 덕분입니다."

무당파 장로 연길 진인이 웃으며 말했다.

"네가 뛰어난 덕분이지."

천뢰가 고개를 저었다.

"아닙니다. 모두 사부님들이 힘써주셨기 때문입니다. 사부님들이 정파의 여론을 주도하지 않았다면 저의 계획 따위는 공염불에 불과했겠지요. 저의 신분을 증명해 주시고, 정파를 움직여 주시고, 절 의심하는 자들을 제거해 주시지 않았다면 어찌 지금의 제 자리가 있었겠습니까."

황보세가의 전 가주 황보진이 연신 고개를 끄덕였다.

"암, 그건 그렇지. 네가 맹주가 되서도 자신의 부족함을 알고 남의 도움을 잊지 않으니 참으로 훌륭하다. 앞으로도 그 마음을 잊지 않도록 해라."

천뢰는 고개를 끄덕였다.

"물론입니다. 제가 어찌 여덟 사부님의 은혜를 잊겠습니까. 사부님들의 은혜는 사부님들이 이 세상에 계시지 않아도 평생 제 가슴속에 살아 있을 것입니다."

연길 진인의 표정이 변했다. 천뢰의 말에 뭔가 이상함을 느낀 것이다.

"너?"

그 순간 콧속에 파고드는 묘한 향기가 있었다. 독에 대해 해박한 황보진이 향기의 정체를 깨닫고 놀라 벌떡 일어나며 외쳤다.

"산공독이다!"

그러나 그는 곧 비틀거리더니 다시 주저앉고 말았다. 다른 장로들도 당황하여 입과 코를 가리며 어쩔 줄 몰라 했다. 천뢰가 웃으며 말했다.

"이제 와서 숨을 멈춰봤자 소용없습니다. 사부님들이 마신 차 속에, 사부님들이 입으신 옷 속에, 방 안의 공기에, 그밖에도 여러 곳에 독이 들어 있었으니까요. 그 전부를 피하는 것은 불가능하겠지요."

그 말은 독을 쓴 원흉이 자신임을 명백히 알려주는 것이었다. 풍파천이 분노하여 외쳤다.

"네가 어찌 우리에게 이런 짓을 할 수 있단 말이냐! 키워준 은혜를 원수로 갚다니!"

천뢰는 웃으며 대꾸했다.

"은혜는 잊지 않습니다. 또한 원한도 잊지 않았지요."

그 말이 끝나자마자 문이 열리며 사람들이 들어왔다. 유자건과 우경을 포함한 사람들, 바로 장로들의 제자이자 천명회의 일원들이었다. 그들은 싸늘한 표정으로 모두 손에 검을 들고 있었다.

장로들은 이번 일이 천뢰 혼자만이 저지른 일이 아님을 깨달았다. 천명회의 제자들 모두가 가담자였다. 하긴 천뢰 혼자서 장로들 모두에게 교묘하게 독을 쓰기는 무리였을 것이다. 천명회 제자들 모두가, 평소에 믿고 가까이 두던 자신들의 제자가 독을 썼기에 감쪽같이 당하고 말았다.

천명회의 제자들은 흩어져 각 장로들, 주로 자신을 맡아 가르치던 자들의 뒤로 가 섰다. 그들의 눈에는 주저함도, 두려움도 보이지 않았다.

연길 진인이 고개를 돌려 뒤를 바라보자 그곳에 선 세 명 중 가장 눈에 들어오는 이는 바로 유자건이었다. 자신의 공식적인 제자이자 언제나 자신의 자랑이었던 그다. 그는 공포와 분노로 부들부들 떨면서 입을 열었다.

"네가… 어떻게 네가……!"

유자건은 차갑게 말을 내뱉었다.

"전 그저 받은 대로 돌려드리는 것뿐입니다."

"뭐라고?"

"당신들에게 우리는 그저 절대고수를 만들기 위한 실험물에 불과했지요. 당신들이 우리를 필요에 따라 이용한 것처럼, 우리 역시 당신들을 이용하다 이제 필요없어졌으니 버리는 것뿐입니다."

"무슨 소리냐, 우린 결코……!"

천뢰가 끼어들어 말을 막았다.

"우리 구질구질하게 따지지 맙시다."

그는 히죽 웃고는 말했다.

"사실 우리 천명회의 형제들은 그동안 사부님들에게 유감이 많았습니다. 무공 수련이랍시고 고문에 가까운 혹사를 당하고 인간 이하 취급을 받은 적도 많으니까요. 모두에게 물어보니 대부분 사부님들을 죽이고 싶다는 겁니다. 천명회의 회주로서 모두의 의견을 무시할 수가 없었지요. 하지만 그럼에도 전 모두에게 참으라고 했습니다. 왜냐하면 그래도 사부이니 죽기 전에 소원이라도 이뤄드려야겠다는 생각이 들어서 말이지요."

그는 말을 이었다.

"전 확실히 천하제일고수가 되었습니다. 무언계가 있다지만 이미 은둔한 인간, 굳이 따질 필요는 없지요. 혹시 강호에 나타나더라도 제가 쓰러뜨릴 테니 상관없습니다. 거기다 무림맹주의 자리에 올랐으니 이제 사부님들도 소원을 이루었다 할 수 있겠지요. 그러니까 시끄럽게 굴지 마시고 죽으십시오."

여덟 장로의 얼굴에 분노가 자리했다. 풍파천이 노해 소리쳤다.

"우릴 죽이고도 네가 무사할 줄 아느냐?!"

"괜찮습니다. 어차피 사부님들은 이미 늙어 은퇴하실 때가 되지 않았습니까. 안 계시다고 곤란해할 사람은 별로 없습니다. 아니, 이제부터 강호는 우리 젊은이들의 시대, 늙은이들은 퇴장하셔야지요."

아미파의 장로가 떨리는 목소리로 물었다.

"우린 너희를 이십 년 동안이나 가르치고 키워왔다. 말이 제자이지 부모나 다름이 없다. 그런 우리들을 정녕 죽일 작정이란 말이냐?'

"물론입니다. 부모의 정? 사제의 정이라고요?"

천뢰는 코웃음 쳤다.

"언제 우리에게 그런 것이 있었나요? 이봐, 친구들. 자네들은 여기 이 늙은이들에게 그런 정을 받아본 적이 있었나?"

웃음소리가 곳곳에서 터져 나왔다. 여덟 장로는 제자들의 얼굴을 떨리는 눈으로 살폈다. 그들의 얼굴에 나타나 있는 것은 비웃음뿐, 안타까움이나 망설임 따위는 어디에도 없었다.

"우린 실패했군."

황보진이 한숨과 함께 말했다.

"무공에만 정신을 팔린 나머지 정작 중요한 것을 가르치지 못했군. 그래, 이건 누구의 책임도 아닌 우리들 자신의 책임이다."

그때 천뢰가 손을 들어 가볍게 내렸다. 그 신호를 개시로 천명회의 제자들은 일제히 검을 들어 여덟 장로의 몸에 찔러 넣었다.

"컥!"

몇몇은 피하려고도 해보았지만 소용없는 짓이었다. 이미 산공독에 내공을 잃은 상태에서 상대는 자신의 무공을 속속들이 알고 있었다. 자신이 직접 모든 것을 가르쳤으니까. 여덟 노인은 피를 흘리며 힘없이 스러져 갈 뿐이었다.

"흥!"

천뢰는 시체를 보며 코웃음 쳤다. 과거 어린 시절 그들을 두려워한 적도 있었다. 하지만 지금에 와서 보면 그저 하찮은 존재일 뿐이다.

천명회 제자 중 몇은 죽인 것으로는 분이 안 풀리는지 옛일을 들추며 시체에 마구 난도질을 해댔다. 천뢰는 마음대로 하라고 놔둔 채 밖으로 나와 지수의 방으로 갔다.

지수는 평소와 다름없이 자리에 앉아 지수를 놓고 있었다. 천뢰는 한껏 기분 좋은 표정으로 말했다.

"늙은이들은 죽었소."

"그래요."

지수는 별반 다르지 않은 표정으로 답했다. 천뢰는 그녀의 앞에 앉았다.

"당신도 오지 그랬소. 그대도 유감이 많았을 텐데."

"유감 따위는 없어요."

그녀는 한숨과 함께 말했다.

"그저 불쌍할 뿐이에요."

"당신은 마음도 착하군."

천뢰는 손을 뻗어 지수의 머릿결을 쓰다듬었다. 지수는 감정이 담기지 않는 목소리로 말을 내뱉었다.

"그만둬요. 피비린내 나는 손이 닿는 것은 즐겁지 않군요."

천뢰의 표정이 굳어졌다. 손을 치운 그는 일어나 방을 나섰다.

"그럼 쉬시오."

방을 나온 그는 다시 여덟 노인이 죽은 장소로 갔다. 이미 시체가 치워진 그 자리에는 천명회의 제자들이 도열해 있었다.

"천명회의 형제들이여."

천뢰가 입을 열었다.

"이제 때가 되었다. 새로운 시대가 멀지 않은 것이다. 늙은이들을 몰아내고 우리 젊은이들이 새로운 강호의 주인이 될 날이!"

그는 오른손을 들어올려 허공의 무언가를 움켜쥐며 소리쳤다.

"우리는 천하를 손에 넣을 것이다!"

3

무림맹 곳곳에 심어놓은 개방의 정보망을 통해 소식을 전해 들은 개방 방주 양경청은 묵고 있는 맹의 전각 중 하나에서 고개를 끄덕이고 있었다.

"결국 천뢰가 본성을 드러내기 시작했군."

그는 자신의 맹주 등극의 지지자로 이용하기 위한 천뢰의 초대로 현재 무림맹에 와 있는 상태였다.

"어리석은 녀석. 혈기가 넘치는 놈은 이래서 곤란하다니까. 감정적으로 성급하게 일을 저질러 일을 망치기 일쑤니……."

그가 볼 때 천뢰가 천명회의 장로들을 처치한 것은 좋은 일이 아니었다. 아니, 반대로 악수에 가까웠다.

천뢰가 맹주가 되고 지금까지의 일들이 잘 풀릴 수 있었던 것은 천명회의 장로들이 뒤에서 여론을 이끌고 지지해 주었기 때문이다. 이는 맹주가 된 이후로도 이용할 수 있는 최고의 힘이라 할 수 있다.

"그런데 벌써 죽여 버리다니. 좋은 패를 스스로 버린 꼴이 아닌가. 하긴 나로서는 오히려 좋은 일이지만."

그는 천뢰와 함께 강호 일통을 할 생각이었다. 그러나 결코 천뢰에게 강호의 지배자 자리를 맡길 생각은 없었다.

그가 방주가 되는 일에 천명회의 지원은 꼭 필요한 것이 아니었다. 그가 가진 힘으로도 충분히 가능한 일이었다. 그럼에도 천명회와 손을 잡은 이유는 훗날 자신이 천명회 전체를 손에 넣기 위해서였다.

천명회와 협력하면서 칠성방을 무너뜨리고 주변 문파들을 통합하여 세력을 늘린다. 천뢰 입장에서 보면 수십 개의 문파보다는 하나의 문파 쪽이 관리하기 편할 것이니 나쁠 것이 없었고, 하물며 자신들과 협력하기로 이미 약속한 문파라면 말할 것도 없다.

그렇게 해서 천하제일방으로 만든 개방을 천명회 안에 편입시키면 자신의 세력은 천명회 내에 최대 세력이 된다. 소림이나 무당이 상대여도 충분히 우위를 점할 수 있고, 회주인 천뢰를 중심으로 불과 백 명도 안 되는 본래 천명회 영재들은 말할 것도 없다.

천명회가 강호를 통일한 후, 천명회 내의 개방 세력을 동원하여 천뢰를 쓰러뜨리고 자신이 천명회의 일인자가 되면 되는 것이다.

'천뢰는 강호를 통일한다. 단, 그 후의 지배자는 천뢰가 아닌 바로 나다.'

양경청은 그때를 떠올리며 빙그레 웃었다.

'어쨌든 여기 일도 끝난 것 같으니 서둘러 돌아가야 하겠군. 칠성방 쪽에서 선수 치기 전에 준비를 끝내놓아야겠지.'

그는 생각을 정하고 수하들과 함께 개봉으로 향했다.

'남겨둔 녀석들이 잘하고 있는가 모르겠군.'

장소산 일행은 아직도 개봉을 돌며 협력자를 구하고 있었다. 노력한 만큼 보답이 있어 수십 명의 개방도들에게 약속을 받아낼 수 있었다. 하지만 양경청을 몰아내고 개방을 장악하기에는 턱없이 모자란 수였다.

"역시 개봉에서만으로는 무리인 것 같습니다. 다른 지역의 협력자도 찾아보지 않으면……."

장소산의 말에 강연수는 회의적인 반응을 보였다.

"여기 개봉만으로도 이렇게 오래 걸리는데 어느 세월에 다른 지역을 돌겠어. 이, 삼 년은 걸리겠다."

"그건 그렇지만……."

말을 하던 장소산은 뭔가를 느끼고 말을 멈추었다. 현재 일행이 있는 곳은 개봉 시내의 한 작은 찻집의 구석 자리였다. 장소산은 주변을 둘러보고 특별히 이상한 점을 찾을 수 없자 고개를 들었다.

'위?'

사공방과 강연수도 장소산의 태도에서 뭔가 이상함을 느꼈다. 강연수가 전음으로 장소산에게 물었다.

"미행인가?"

장소산은 고개를 끄덕이고는 역시 전음으로 말했다.

"일단 이동하기로 합시다."

셋은 찻집을 나와 거리로 들어섰다. 개봉 시내는 사람들로 북적거렸다. 이렇게 사람이 많아서야 특정 인물을 찾아내는 것은 무리이다. 장소산은 인적이 없는 곳으로 장소를 옮기기로 마음먹고 이동했고, 사공방과 강연수도 말없이 그의 뒤를 따랐다.

장소산은 걸어가며 주변에 촉각을 세우는 동시에 생각에 잠겼다.

'미행이 몇인지 모르겠군.'

사실 언젠가 이런 일이 있을 것이라 예상하고 있었다. 꼬리가 길면 밟힌다고 했는데, 지금까지 꼬리가 길어도 너무 길었다. 그동안 포섭을 위해 만나본 개방도가 백 명이 넘는다. 그중 한둘을 통해 정보가 새거나 혹은 밀고할 가능성은 넘치고도 남을 지경이다.

장소산은 이런 일이 생겼을 경우를 대비해 미리 생각해 둔 장소로 이동했다. 개봉 시내에서 조금 떨어진 거리에 평소 하루 종일 기다려도 사람 하나 지나가지 않는 작은 동산이었다. 장소산 일행은 동산 위에 서서 뒤를 돌아보았다. 농사꾼, 잡일꾼, 장사꾼 등의 행색을 한 다섯 명이 십 장쯤 떨어진 곳에 서 있었다.

"다섯인가?"

이 장소에 도착한 이상 미행은 있을 수 없는, 주변이 탁 트여 도저히 숨을 곳이었다. 평범한 사람이 이곳에 올 이유라고는 눈 씻고 찾아봐도 찾아볼 수 없기에 '난 그냥 지나가던 사람이올시다' 라는 변명도 통하지 않는다.

상대방 측도 미행이 불가능하다는 것을 깨달았는지 숨는 것을 포기하고 무인의 기도를 남김없이 드러내었다.

다섯 모두 상당한 고수라는 것을 알 수 있었지만 장소산은 자신과 강연수라면 충분히 격파할 수 있다고 판단했다. 조금은 여유를 가진 그는 담담한 목소리로 물었다.

"우리에게 무슨 볼일이라도 있으십니까?"

잡일꾼 행색의 중년 남자가 나서서 말했다.

"우리는 개방의 제자들이다. 방주님의 명령으로 너희들을 총타로 데려가야겠다."

장소산은 피식 웃고 물었다.

"양 방주는 지금 무림맹에 계신 줄 아는데, 그분이 어떻게 명령을 내렸을까요?"

"봉 장로의 명이다. 그분은 현재 양 방주의 대행으로 방을 운영하고 있기 때문에, 그분의 말씀은 방주의 말씀과 같다."

봉 장로란 봉청홍라는 이름을 가진 자였다. 무공과 일처리가 뛰어나 개방에 많은 공을 세웠다. 그의 공을 보면 진작에 장로나 분타주가 되어야 했지만, 손속이 잔혹하여 몇 번 큰 물의를 일으킨 이유로 오결제자에 머물러 있었다. 그런 그가 양경청이 방주가 되면서 전격적으로 등용되어 장로가 되었다.

양경청은 무공에만 정신이 팔린 수제자 진갑 대신 그를 자신이 자리를 비웠을 때의 대리자로 삼은 것이다.

장소산은 심드렁한 표정으로 물었다.

"양 방주든 봉 장로든 왜 우리가 그 사람의 명령에 따라야 한단 말이오?"

"장소산, 네놈은 개방의 제자가 아니냐. 개방의 제자가 감히 방주령을 거역하겠단 말이냐?"

상대방은 장소산의 정체를 파악하고 있었다. 하지만 장소산은 당황하지 않고 대꾸했다.

"양 방주께서는 정말 너무하시군요. 절 개방 제자가 아니라고 쫓아낼 때는 언제고, 이제는 개방 제자니까 명을 받으라니요. 너무 자기 편한 대로 하시는 것 아닙니까?"

잡일꾼은 멈칫했다. 장소산은 비웃음을 띠며 말을 이었다.

"난 이미 파문 제자이고. 여기 소저 분은 개방도가 아니오. 개방 방주의 명을 따를 이유는 어디에도 없단 말입니다."

그러자 장사꾼 행색의 사람이 사공방을 손가락질하며 외쳤다.

"그럼 저쪽은? 분명 개방도일 텐데?"

"어허, 감히!"

갑자기 장소산이 버럭 소리 지르자 깜짝 놀란 장사꾼은 움찔했다. 장소산은 목소리를 높여 말했다.

"이분은 전 개방 방주이시다. 일개 제자가 손가락질하다니 무엄하다!"

잡일꾼이 외쳤다.

"어찌 되었든 개방도인 것은 확실하니 방주 령을 받들어야 한다!"

"봉 장로의 명이라며?"

장소산은 손가락으로 귀를 후비며 반문했다.

"같은 장로라지만 여기 사공 장로께서는 대장로, 봉 장로는 이제 막 장로가 된 일반 장로, 감히 이래라저래라 할 순번이 아니지."

장로라고 모두 같은 것이 아니다. 전 방주이거나, 방주의 사부이거나, 아주 나이가 많은 장로의 경우 대장로라 하여 가장 높게 치고, 그 다음이 집법, 전공 같은 중요 직책을 맡은 장로가 그 다음이다. 마지막으로 그냥 일반 장로가 있다.

봉 장로는 이제 막 장로가 된 신분이고, 사공방은 전 방주이자 대장로였다. 확실히 봉 장로는 사공방에게 명령을 내릴 만한 위치가 아니었다.

잡일꾼은 팔을 휘두르며 외쳤다.

"장로의 신분 따위는 중요치 않다. 네놈들은 방의 반란을 꾀하고 있다. 대장로가 아니라 그 누구라도 조사를 받아야 한다!"

장소산은 웃으며 반박하려 했다. 그런데 지금까지 잠자코 보고만 있던 사공방이 팔을 들어 그의 입을 막고는 잡일꾼에게 말했다.

"자네는 경춘이로군. 그렇게 차려입어서 처음에는 못 알아봤네."

잡일꾼은 고개를 끄덕였다.

"예, 오래간만입니다."

"자네는 현재 개방의 모습이 옳다고 생각하나?"

잠시 멈칫했던 경춘은 대답했다.

"그건 일개 제자인 제가 뭐라 할 수 있는 부분이 아니라 생각합니다. 전 그저 명을 받들고 일할 뿐입니다."

장소산이 코웃음 치며 끼어들었다.

"그럼 위에서 시키면 뭐든지 하겠단 말이오? 그게 옳든 그르든?"

경춘은 인상을 쓰며 답했다.

"그렇다!"

"그럼 백주 대낮에 거리 한가운데서 발가벗고 엉덩이를 흔들라면 하겠네?"

"……."

황당해서 말문이 막혔던 경춘은 곧 정신을 차리고 버럭 소리 질렀다.

"그, 그런 명령을 할 리가 없지 않은가!"

장소산은 비웃었다.

"시키면 뭐든지 하겠다고 하지 않았소. 그렇다면 이런 질문을 받아도 하겠다고 해야 하는 것 아니오?"

"사람인 이상 그런 수치스런 일을 할 수 있을 리가 없지 않은가!"

"홍, 사람인 이상 할 수 없는 일이라고? 그럼 속으로 잘못되었다 생각하면서도 위에서 시킨다고 무조건 따르는 것은 사람으로서 할 일이란 말이오?"

경춘은 반박했다.

"너희들을 잡아오라는 명령이 왜 사람으로서 할 일이 아니란 말이냐!"

"좀 전에 당신은 사공 어른의 현재 개방의 모습이 옳다고 생각하느냐는 물음에, '그건 일개 제자인 제가 뭐라 할 수 있는 부분이 아니라 생각합니다. 전 그저 명을 받들고 일할 뿐입니다' 라고 하지 않았소. 그건 즉, 당신은 지금 하는 일이 옳지 않다 생각하고 있는 것이지. 안 그런가?"

"봉 장로께서 명령을 내린 것은 다 그만한 이유가 있어서일 것이다. 우리 제자들이 일일이 이유를 묻고 그 명령을 따를 것인가, 말 것인가를 따진다면 방의 일이 제대로 돌아가겠는가. 당연히 명을 받으면 따라야 하는 것이다!"

장소산은 고개를 갸웃거렸다.

"그렇다면 발가벗고 엉덩이를 흔들라는 명령도 당연히 시키면 해야 하는 일이지 않소? 위에서 다 이유가 있어서 시키는 것일 텐데, 왜 당신은 그건 할 수 없다는 거요?"

경춘은 입을 다물었다. 도저히 말로는 장소산을 당할 수 없었다. 옆에 있던 장사꾼이 그에게 말했다.

"형님, 이렇게 입씨름할 필요가 어디 있습니까. 저자들이 순순히 따라올 것 같지도 않으니 힘으로 끌고 갑시다."

"알겠네."

고개를 끄덕인 경춘은 다른 넷에게 명했다.

"저자들을 사로잡아라! 저항할 경우 상처를 입혀도 상관없다!"

"예!"

다섯은 대답과 동시에 공격해 왔다. 곧바로 오 대 삼의 격전이 시작되었다. 장소산이 경춘과 장사꾼을, 강연수가 다른 둘을, 사공방이 남은 하나를 맡았다.

수는 많고 무공이 뛰어나긴 했지만 경춘 일행은 장소산 일행의 상대가 되기에는 힘이 모자랐다. 오십여 초가 흐르자 승부의 추가 기울어지기 시작했고, 백여 초가 되자 다섯은 모두 무릎을 꿇고 쓰러졌다.

"이들은 그저 위의 명을 따랐을 뿐이네. 진정한 적이 아니고, 우리가 개방을 원래대로 되돌리면 한편이 될 자들이니 해쳐서는 안 되네."

"알겠습니다. 그렇다고 풀어줄 수는 없으니 가둬두기로 하지요."

사공방의 말에 고개를 끄덕인 장소산은 다섯을 밧줄로 묶었다. 그리고는 수레를 빌려 와 실어 은신처인 농가로 향했다.

"돌아왔소!"

집 앞에 이르자 장소산이 소리쳤다. 그런데 집 안에서 기다리고 있어야 할 수초에게서 응답이 없었다.

'어딜 갔나?'

이상하다고 생각하며 장소산은 문을 열고 집 안으로 들어갔다. 수초의 모습은 어디에도 보이지 않았다. 대신 그를 기다리고 있는 것은 탁자 위에 올려져 있는 종이 한 장이었다. 종이를 집어 적힌 글을 읽어본 장소산은 안색이 변했다.

"당했군!"

강연수가 급히 그의 손에 들린 종이를 낚아채 읽어 나가며 시시각각으로 안색이 변하였다. 그녀는 즉시 밖으로 나가 수레에 실린 경춘 일행에게 소리쳤다.

"어린 여자 아이를 인질로 붙잡고 협박하는 것이 협의 문파라는 개방이 할 짓이란 말이냐?!"

당장이라도 검으로 찌를 것 같은 그녀의 기세에 당황하면서도 경춘은 외쳐 물었다.

"그게 무슨 소리요? 무슨 뜻인지 난 전혀 모르겠소!"

"너희 눈으로 똑똑히 봐라!"

강연수는 종이를 들어 경춘의 눈앞에 들이댔다. 종이에는 수초를 인질로 잡고 있으며, 그녀를 무사히 되찾고 싶으면 오늘 밤 자시에 개방총타로 오라고 쓰여 있었다.

4

사공방, 장소산, 강연수 셋은 모닥불에 둘러앉아 있었다. 모닥불이 바람에 흔들릴 때마다 그들의 얼굴에 드리운 그림자도 함께 흔들렸다.

이곳은 두 시진 전 경초 일행과 싸웠던 장소이다. 은신처인 농가가 습격당한 사실을 알게 되자 그곳은 위험하다는 생각에 자리를 옮긴 것이다.

"내 실수요."

장소산이 입을 열었다.

"미행은 미끼였어. 수초를 납치하는 동안 방해받지 않기 위한 것이겠지. 은신처까지 발각당했을 가능성을 미처 생각하지 못했소."

강연수가 그를 위로했다.

"너라고 모든 일을 예상할 수는 없지. 그보다 이제부터 어떻게 할 거야? 협박장에 써진 대로 갈 거야?"

"그곳은 우리가 도망갈 수 없게 빈틈없는 함정을 파놓았겠지. 거기다 인질까지 있는 이상 가는 것은 자살 행위요. 하지만 그렇다고 우리 일에 끌어들인 그녀를 모른 체할 수는 없지."

강연수가 뒤에 묶여 있는 경초 일행을 가리켰다.

"인질이라면 우리들도 있잖아. 저 녀석들과 수초를 교환하면 안 될까? 네 명과 한 명이라면 상대에게도 좋은 조건 같은데."

잠자코 있던 경초가 입을 열었다.

"몇 번을 말하지만 우리도 일이 이렇게 될 줄은 몰랐소. 솔직히 미안한 감이 없지 않소. 우릴 죽이든 인질로 삼든 마음대로 하시오. 절대 당신들을 원망하지 않겠소."

강연수는 웃고는 장소산에게 말했다.

"자진해서 인질이 되겠다고 하는데?"

그러나 사공방이 고개를 저었다.

"이번 일은 분명 양경청의 대행인 봉청홍이 주모한 일이겠지. 그자의 성품으로 볼 때 다섯 명이 아니라 오십 명을 잡아 교환하자고 해도 눈 하나 깜빡하지 않을 것이네."

장소산이 그에게 물었다.

"봉청홍은 어떤 자입니까?"

"무공도 뛰어나고 수단도 좋은 자이네. 많은 공을 세워 차기 방주가 될 재목이라 여겨지기도 했네. 그러나 목적을 위해서는 수단 방법을 가리지 않아 그가 끼어든 일치고 피를 안 본 적이 없을 정도이지. 그래서 내가 방주로 있을 때는 세운 공과 능력에 못 미치는 오결제자에 불과했는데, 양경청이 방주가 되어 장로 직에 오르면서 심복으로 삼은 모양이더군."

시간은 흘러 협박장에 쓰인 시간이 다가왔다. 장소산은 자리에서 일어나 모닥불을 끄며 말했다.

"어쨌든 가도록 합시다. 안 갈 수는 없는 노릇이니."

강연수가 걱정스러운 표정으로 물었다.

"작전이 있어?"

장소산은 고개를 끄덕이고는 경춘 일행에게 다가가 밧줄을 풀어주었다. 이렇게 쉽게 풀어줄 줄은 몰랐던 경춘 일행이 어안이 벙벙한 표정으로 쳐다보자 장소산은 말했다.

"당신들도 이번 일로 누가 옳고 그른지 알겠지?"

경춘이 물었다.

"우릴 풀어주어도 괜찮은가?"

"지금 당신들을 신경 쓸 여유가 없소. 그렇다고 여기 놔두고 갈 수도 없는 노릇이니 당신들 마음대로 하시오."

경춘 일행은 반신반의하는 표정을 지으며 몇 번이나 뒤를 돌아보며 사라졌다. 그들이 가고 나서야 강연수가 물었다.

"저렇게 보내주어도 괜찮은 거야? 차라리 잘 회유해서 우리 편으로 만들어놓으면 도움이 될 텐데."

"회유한다고 한 거요."

장소산은 웃으며 대답했다.

"잡아놓고 억지로 강요해서야 진심으로 한편이 될 리가 없지. 자유롭게 되고 나서 자발적으로 우릴 도울 마음이 들어야 진정한 동료가 될 수 있는 것이 아니오."

"도울 마음이 전혀 안 들고 오히려 적이 되면?"

"할 수 없는 일이지."

어쩔 수 없다는 듯 고개를 흔든 강연수는 물었다.

"그래서 이제 어떻게 할 거야?"

장소산은 수레를 가리켰다.

"저걸 쓰도록 하지."

수레에는 은신처인 농가에서 가져온 물건들이 자루에 가득 담겨 있었다. 만일에 농가가 습격당했을 경우 사용하기 위해 마련해 둔 것이었다.

"나와 사공 방주는 정면으로 들어갈 테니 강 소저는 몰래 숨어들어 기다리다 내가 신호하면 저 물건들로 혼란을 일으키는 거요. 난장판이 되면 그 틈에 도망가는 거지."

사공방이 고개를 끄덕였다.

"그것참, 괜찮은 생각이군. 하지만 몰래 숨어드는 것이 쉬운 일은 아닐 텐데. 그리고 무엇보다 우리 둘만 가면 의심하지 않을까?"

장소산도 그런 문제가 있다는 것은 알고 있었다.

"다소 무리가 있지만 어쩔 수 없지요. 우리가 먼저 가면 다들 우리를 신경 쓰느라 경계가 느슨해지길 바랄 수밖에요. 둘밖에 없는 것도 강 소저는 더 이상 위험한 일에 말려들기 싫다며 가버렸다고 대충 변명해 보는 수밖에."

장소산과 사공방은 걱정을 안고 강연수와 헤어져 개방 총타로 향했다. 원래 개방 총타는 개봉의 뒷골목에 몇 개의 건물을 사용하는 것이 전부였다. 그러던 것이 양경청이 방주가 되면서 주변 문파를 굴복시키고 얻은 부로 개봉 외곽에 위치한 한 부호의 저택을 구입하여 새로운 총타로 삼았다.

장소산은 개방 대회 때 예전 총타에 가보기는 했지만 새로운 총타는 처음이었다. 사공방의 안내를 받아 작은 숲을 지나니 쭉 뻗은 대로가 있고, 정면으로 웅장한 건물이 사람을 압도하는 모습으로 서 있다. 장소산은 압도하는 대신 목소리를 높여 투덜거렸다.

"저기가 거지 소굴이냐, 아니면 황궁이냐?"

일부러 들으라고 하는 소리였다. 그는 숲을 지날 때부터 주변에 수많은 감시의 눈길이 있다는 것을 눈치 챘다. 그의 말이 감시하는 자들의 심기를 건드렸는지 살기가 느껴졌다.

"거지들이 자존심은……."

장소산은 코웃음 치며 정문 앞에 섰다. 정문을 지키는 개방도들은 군말 없이 문을 열어주었다. 장소산과 사공방은 그대로 안으로 걸어 들어갔다.

수십 개의 횃불을 켜 주변을 대낮처럼 밝힌 넓은 앞마당에는 이백여 명의 개방도들이 질서정연하게 도열해 있었다. 그 앞으로 전각이 있고, 한 중년 남자가 화려한 의자에 앉아 웃음을 지으며 들어온 장소산과 사공방을 바라보고 있었다.

"오랜만입니다, 사공 어른."

사공방은 덤덤히 받았다.

"그래, 오랜만이구나, 봉가야."

중년 남자는 봉청홍이었다. 장소산은 그를 보다가 시선을 돌려 그의 뒤에 서 있는 남자를 보고 살짝 인상을 썼다. 그가 잘 알고 있는 얼굴, 십간의 첫째인 진갑이었다.

진갑은 장소산을 보고도 모른 척하는 것인지, 아니면 무공 생각에 빠져 있는지 무표정한 얼굴로 서 있었다. 장소산은 오늘 이 위험한 고비에서 진갑이 가장 큰 장해물이 될 것이라고 판단했다.

봉청홍이 웃음 지으며 말했다.

"오늘 우리가 이렇게 마주 보게 될 줄 당신은 꿈에도 짐작하지 못했겠지. 그러나 난 이미 오래전부터 알고 있었소. 당신과 나의 자리가 바뀔 줄 말이오. 자, 어디 날 올려다보게 된 심정이 어떤지 말해주지 않겠소?"

사공방이 말하려 하는데 장소산이 끼어들었다.

"헛소리는 나중에 혼자서 실컷 하시고, 본론으로 들어갑시다. 수초
는 어디 있지?"

봉청홍은 인상을 찌푸렸다.

"파문 제자 주제에 어딜 끼어드는 거냐?"

장소산은 빈정거렸다.

"난 파문 제자이긴 하지만 하늘 아래 한 점 부끄러움이 없는 사람이
오. 인질을 잡고 협박하는 비겁한 인간보단 훨씬 낫지."

주변 개방도들의 표정이 미미하게 흔들렸다. 그들도 이번 일처럼 인
질을 잡는 것은 떳떳하지 못하다 생각하고 있었던 것이다.

하지만 봉청홍은 태연히 말했다.

"역도를 잡는 데 수단을 따질 필요는 없지. 그러는 너희들도 내 명
령을 받고 너희를 데려오려던 우리 제자 다섯을 비겁하게 살해하지 않
았느냐?"

경초 일행은 미끼일 뿐만 아니라 봉청홍의 행동을 정당화하기 위한
목적이었던 것이다. 과연 개방도들의 표정에 흔들림은 사라지고 분노
가 자리했다.

'저 녀석, 꽤나 만만치 않겠는데?'

경초 일행을 데려올 걸 그랬다는 생각이 들었지만, 그때는 그들을
인질로 데려왔다고 할 것이 뻔했다.

"쓸데없는 소린 그만 합시다. 어서 수초를 데려오시오. 우리가 오면
수초를 풀어주겠다고 하지 않았소. 장로씩이나 되면서 설마 약속을 어
기지는 않겠지?"

봉청홍은 대답 대신 물었다.

"그러는 너희는 한 명이 어디 갔지? 분명 여자 한 명이 더 있는 것으로 아는데?"

"그녀는 개방과는 관계없는 사람이오. 더 이상 우리 일에 말려들게 할 수 없어 돌려보냈소."

"저런 어떡하나? 한 명이 빠지면 전부 왔다고 볼 수 없는 것이 아닌가. 그쪽이 먼저 약속을 어겼으니 우리도 약속을 지키기 어렵겠는데?"

"당신!"

장소산이 화를 내려는데 봉청홍이 웃으며 손을 저었다.

"하하, 걱정 말게. 특별히 그쪽 사정을 봐주기로 하지."

그는 손을 저어 수하를 부르더니 귀에다 속삭였다. 수하는 고개를 끄덕이고는 건물 안으로 들어갔다.

"그럼, 기다리는 동안 이야기나 나눕시다."

봉청홍은 사공방에게 말을 걸었다. 옛 방주에게 현재 자신의 지위를 자랑하고 싶어 어쩔 줄 모르는 모양이었다. 사공방은 인상을 찌푸리면서도 그의 말을 받아주었다.

그사이 장소산은 주변을 살폈다. 설명할 수는 없지만 밖의 분위기가 변하고 있었다.

'들켰군!'

봉청홍이 수하에게 밖의 경계를 강화하라고 명령한 것이 분명했다. 그는 장소산의 설명을 믿지 않고 강연수가 어딘가에서 뭔가를 꾸미고 있다는 것을 눈치 챈 것이다.

'이렇게 된 이상 강 소저가 잘해주기만을 바랄 수밖에.'

한참이 지나도 수초는 나타나지 않았다. 장소산은 조바심을 느끼며 봉청홍에게 물었다.

"왜 수초는 아직도 나오지 않지?"

사공방과의 이야기를 방해받은 봉청홍은 손을 저었다.

"닥치고 기다려라."

얼마 후 한 개방도가 달려오더니 봉청홍에 귀에 속삭였다. 만족스런 표정을 지은 그는 팔을 들며 외쳤다.

"데려와라."

수초가 개방도들에게 둘러싸여 나타났다. 그녀는 주변을 두리번거리다 장소산을 발견하고는 소리쳤다.

"소산!"

특별히 고문 같은 것을 받은 것 같지 않아 보이자 장소산은 안도하며 봉청홍에게 말했다.

"그녀를 풀어주시오."

"물론이지. 얼마든지 가라고."

대답이 떨어지자마자 수초는 즉시 장소산에게 달려왔다. 고작 하루였지만 사공방, 장소산, 수초는 다시 만남을 감사했다.

"자, 그러면 이제 대답을 들어야겠지? 순순히 잡히겠는가, 아니면 싸우겠는가?"

자신에 찬 봉청홍의 말에 장소산은 수초를 자신의 뒤로 돌리며 소리쳤다.

"누가 네 말 따위를 들을 것 같아!"

내공을 담은 그의 외침이 천둥치듯 울려 퍼지자 주변의 개방도들은 깜짝 놀라 움찔했다. 그의 외침이 사라진 후 잠시 주변은 적막에 싸였다.

“…….”

장소산의 표정이 일그러졌다. 그의 이 외침은 강연수에게 보내는 신호였다. 그러나 아무런 대답도 들을 수 없다. 뭔가 문제가 생긴 것이다.

봉청홍이 비웃음을 띠며 물었다.

“뭘 기다리는 건가? 너희들을 구할 정의의 여협객?”

“…….”

장소산이 대답을 못하자 봉청홍은 재미있어 죽겠다는 듯 웃어대다가 간신히 진정하고는 말을 이었다.

“조금만 기다리게. 수하들이 자네가 기다리는 정의의 여협객을 데려와 줄 테니까.”

장소산은 틀렸다는 것을 깨달았다. 이렇게 된 이상 최후의 수단은 어떻게든 적의 수괴인 봉청홍을 사로잡는 것뿐이다.

‘가능할까? 봉청홍의 무공도 만만치 않을 테고, 더욱이 그의 뒤에는…….’

불가능해도 해야 했다. 장소산은 결심하고 기회를 살폈다. 그런데 그가 막 바닥을 박차고 달려들려는데 밖에서 소란스러운 외침 소리가 들렸다.

“정의의 여협객을 잡은 모양이로군.”

봉청홍이 히죽 웃으며 말했다. 그런데 뭔가 좀 이상했다. 외침 소리가 끝나지 않고 계속해서 들려오더니, 그 소리가 점점 가까워지는 것이 아닌가?

“뭐지?”

외침 소리는 정문 앞까지 이르렀다. 뭔가 이상함을 깨달은 봉청홍의 표정이 변했다. 그 순간 정문이 요란스러운 소리와 함께 활짝 열리며 한 떼의 거지들이 우르르 몰려들어 왔다.

봉청홍의 계획에 이 거지 무리는 존재할 수가 없었다. 그는 벌떡 일어나며 소리쳐 물었다.

"너희들은 뭐냐?!"

거지 무리들 속에서 한 젊은 거지가 걸어나오며 대답했다.

"우리야말로 진정한 거지지."

그 거지는 다름 아닌 여태환이었다.

5

사공방이 놀라는 한편으로 반가워하며 소리쳤다.

"태환아!"

여태환은 앞으로 걸어나와 사공방에게 고개를 숙였다.

"사부님, 준비할 것이 많아 시간이 걸렸습니다. 다행히 늦진 않은 모양이로군요."

거지 무리들 속에는 강연수도 있었다. 그녀를 발견한 장소산은 기뻐하며 물었다.

"어떻게 된 거요?"

강연수는 웃으며 답했다.

"개방 제자들에게 들켜서 싸우게 되었어. 포위를 당해 꼼짝없이 당하나 싶었는데, 그때 이 사람들이 도와주더라."

봉청홍의 얼굴이 일그러졌다. 그는 분노하며 나타난 거지 무리에게 소리쳤다.

"너희들은 개방의 제자로구나! 개방 제자가 방주 대리인 날 거역하겠다는 것이냐?!"

그러나 거지 무리들은 눈 하나 깜짝하지 않았다. 봉청홍은 더욱 분노했다.

"감히 내 말을 무시해?!"

그때 여태환이 귀를 후비며 퉁명스럽게 말했다.

"거참, 저 인간 더럽게 시끄럽네."

"뭐, 뭐야?"

"거지가 시끄러우면 밥을 얻어먹기는커녕 물벼락만 맞는다는 것을 모르나? 거기다 인상이 더러우니 사람들이 피할 상이로군. 그래서야 어디 밥 한 끼라도 얻겠나."

여태환은 히죽거리며 말을 이었다.

"아무래도 당신은 거지의 기본조차 안 되어 있군. 그래가지고 장로? 하하, 개가 웃겠군."

봉청홍은 화가 치밀어 말조차 나오지 않았다. 식식거리던 그는 팔을 들며 외쳤다.

"반역자들을 모조리 잡아들여라!"

원래 이곳에 있던 이백여 명의 개방도들과 여태환과 함께 온 백여 명의 개방도가 대치했다. 장소산이 이쪽이 수적으로 불리하다 보고 여태환에게 말을 걸려 하는데, 봉청홍의 명령이 먼저 떨어졌다.

"공격하라!"

이백 명의 개방도가 일렬로 일제히 전진하며 몽둥이를 휘둘렀다. 개방의 전통적인 진법인 타구진이었다. 그러자 이쪽 역시 같은 타구진으로 맞섰다.

“우측 열은 적의 후방으로 이동하라!”

봉청홍의 명령에 우측의 개방도 삼십 명이 이동하여 이쪽의 후방을 공격하려 했다. 여태환이 즉시 대응해 외쳤다.

“유가 외 십 인은 후방 공격에 대응하라!”

“좌측 열 측면 공격!”

봉청홍과 여태환은 진영을 살피며 전투를 지휘했다. 여태환의 지휘 능력은 상당히 능수능란했고, 수하 개방도들도 그의 지휘에 잘 따랐다. 그러나 두 배나 되는 수의 차이를 뒤집기는 불가능했다. 점점 전세는 장소산 측이 불리하게 전개되었다.

‘봉청홍을 잡지 않으면 안 되겠군.’

장소산은 바로 전투가 벌어지는 앞마당을 빙 돌아 건물을 타고 이동하여 단숨에 봉청홍을 덮쳤다. 그러나 봉청홍은 충분히 주의하고 있었다.

“어림없다!”

봉청홍이 장소산의 공격을 피하며 왼팔을 앞으로 뻗었다. 소매 속에서 짧은 창이 튀어나와 장소산을 노렸다. 장소산 역시 단봉을 꺼내 공격했다. 봉청홍의 다른 쪽 소매에서도 단창이 튀어나와 두 개의 단봉과 단창은 섬광을 발하며 충돌했다.

‘강하다!’

장소산은 봉청홍의 무공에 놀랐다. 결코 그의 아래가 아니었다.

‘아무래도 사로잡는 것은 무리겠군.’

그래도 자신과 싸우는 동안 지휘는 불가능하다. 이렇게 생각하자 조금 안도가 되었다. 그러나 십여 초를 싸우는 동안 봉청홍도 그 문제를 떠올렸는지 뒤를 향해 소리쳤다.

"진갑, 네가 이놈을 상대해라!"

말이 끝나기가 무섭게 무지막지한 위력의 주먹이 장소산의 정면으로 뻗어왔다. 장소산은 기겁하며 몸을 뒤로 젖혔다. 뒤에 있던 나무 기둥이 우지끈 하는 소리와 함께 부러져 버렸다.

"어이쿠!"

식은땀이 절로 났다. 그러나 공격은 이제부터였다. 진갑이 장소산의 바로 앞까지 닥쳐왔다. 두 개의 권이 소나기처럼 쉴 새 없이 장소산을 향해 퍼부어져 왔다.

"으아아아아!"

장소산은 뒷걸음질치며 정신없이 주먹을 피하고 막았다. 그렇게 한참을 막다가 잠시 한숨을 돌릴 때 보니 사용하던 강철 단봉이 찌그러져 있는 것이 아닌가? 살과 뼈로 된 주먹으로 제련한 강철을 이 꼴로 만들다니! 장소산은 놀랍기 이전에 황당해져 버렸다.

'사람 맞아?'

잠시 쉬는가 싶던 진갑의 공격이 다시 시작되려 했다. 장소산은 또다시 그의 공격을 감당할 자신이 없어 소리쳤다.

"진 형! 우리 사이에 이러기요? 나는 그렇다 치더라도 태환 형과는 친구 사이 아니오!"

"미안하군."

말로는 미안하다고 하면서 주먹은 사정없이 날아들고 있었다. 장소산의 입장에서는 이것저것 가릴 때가 아니었다. 그 역시 방어만 하기를 포기하고 공격했다. 진갑의 폭풍 같은 공세를 피하며 그는 진갑의 가슴에 수심파를 내려쳤다.

'됐다!'

장소산은 득의의 미소를 지었다. 진갑은 확실히 절정의 고수였지만 자신 역시 그동안 놀랍도록 성장한 것이다.

"내가 이겼……."

그런데 뭔가 이상했다. 진갑은 쓰러지지 않고 그대로 우뚝 서 있는 것이 아닌가? 그는 돌연 후, 하는 소리와 함께 숨을 내뱉었다. 그와 동시에 반탄력이 일며 그의 가슴에 올려져 있던 장소산의 손바닥이 튕겨 졌다.

"이게 무슨……!"

장소산은 뒷걸음질치며 놀란 눈으로 진갑을 쳐다보았다. 필살의 위력을 가진 수심파를 맞고 멀쩡하다는 것이 가능한 일이란 말인가?

진갑이 가슴을 쓱쓱 문지르더니 말했다.

"무공이 놀랍도록 성장했군. 예전에 같이 무림맹으로 갈 때와는 비교가 되지 않아. 그때의 내 무공 수준이었다면 위험했을 수도 있겠어."

장소산의 얼굴이 굳어졌다.

"진 형도 무공이 많이 성장한 모양이군요."

진갑은 고개를 끄덕였다.

"사부께서 방주가 된 덕분에 개방에서 방주에게만 전승되던 무공을 조금이나마 접할 수 있게 되었지. 이제부터 보여주겠네."

말을 끝낸 진갑은 몸에 힘을 빼고 팔을 축 늘어뜨렸다. 장소산의 의아하게 생각하는 순간, 눈에 불꽃이 튀기며 그의 몸이 뒤로 날아갔다.

"큭!"

진갑이 놀라운 속도로 다가오며 늘어뜨린 팔을 채찍처럼 휘둘러 후려친 것이다. 장소산은 급히 몸을 숙였고, 진갑의 팔이 아슬아슬하게 위를 스쳐 지나갔다.

‘연환장!’

장소산은 무공총람 장법편의 무공을 펼쳤다. 이 무공은 수천 개의 변화를 실어 상대의 공격과 방어를 모조리 제압하는 효용을 가진 장법이었다.

그러나 진갑에게는 연환장이 통하지 않았다. 취한 사람마냥 비틀거리는 듯싶으면서 실로 교묘하게 장의 영향권에서 벗어날 뿐이었다. 그와 동시에 도저히 예상할 수 없는 방향에서 공격해 왔다.

퍽!

장소산은 정확히 코를 가격당했다. 정신이 얼얼함과 동시에 코피가 흘러나왔다. 정신을 차리기도 전에 이 타, 삼 타가 계속됐다. 예전 청류와의 대전 경험으로 생각보다 몸이 먼저 움직여 피하지 못했다면 이미 장소산은 바닥에 뻗어 있었을 것이다.

“소산!”

개방 무리와 싸우던 강연수가 장소산의 위기를 보고 급히 달려왔다. 그녀는 오자마자 즉시 검으로 진갑을 찔러갔다.

깡!

진갑의 팔목에 끼어진 강철환과 강연수의 검이 충돌했다. 이어 무수한 검화가 사방에서 피어오름과 동시에 금속과 금속이 부딪치는 소리가 쉴 새 없이 울려 퍼졌다.

깡! 깡! 깡! 깡! 깡……!

강연수는 놀라 눈을 부릅떴다. 그녀의 검을 진갑은 양팔에 끼워진 강철환으로 모조리 튕겨내고 있는 것이었다.

‘이럴 수가!’

장소산이 가세했다. 장소산과 강연수는 협공하여 쉴 틈 없이 공격을 퍼부었다. 둘의 무공은 무공총람을 근거로 했기에 서로 비슷하고, 둘의 마음도 잘 맞아 한 문파의 동문 사형제가 펼치는 것같이 손발이 척척 맞았다. 무엇보다 둘의 무공 수준은 초일류를 넘어서 절정에 다가가는 상태, 이 둘의 협공을 막아낼 수 있는 고수는 천하를 통 털어도 열 명이 넘지 않을 것이다.

그러나 진갑은 이 둘의 합공을 막아내고 있었다. 그가 바로 천하를 통틀어 열 명이 넘지 않을 초고수 중에 하나였던 것이다.

'괴물!'

장소산은 경악했다. 강한 줄은 알고 있었지만 설마 이 정도일 줄이야!

'이 정도면 양경청과 거의 동격이다. 아니, 어쩌면 그 이상일지도! 불과 일 년여를 못 본 사이에 이렇게나 무공이 늘었다니!'

그는 싸우는 도중 흘금 시선을 돌려 개방도들의 전투 상황을 살폈다. 장소산이 봉청홍과 싸울 때 잠시 나아졌던 전세가 완전히 기울여져 있었다. 아니, 상황은 더욱 나빴다. 중요한 전력이던 강연수가 이쪽을 돕는 바람에 더욱 전력이 약화되었으니까.

완전히 승리를 확신한 봉청홍이 자신만만한 목소리로 소리쳤다.

"반역도들아, 항복해라! 지금 항복하면 목숨만은 살려주겠다!"

장소산은 급히 강연수에게 전음으로 물었다.

"가져온 물건은 어디다 두었소?"

강연수도 전음으로 답했다.

"문밖에 놔두었는데."

"혼자 잠시 싸울 수 있겠소?"

부탁을 하는데 안 된다고 할 수는 없는 노릇이다. 강연수는 웃으며 살짝 고개를 끄덕였다. 장소산은 즉시 싸움에서 빠져나가 밖으로 달렸다. 진갑이 쫓아가려 했지만 강연수가 가로막았다.

"당신 상대는 여기 있어!"

진갑은 인상을 썼다.

"소저의 재능은 정말 출중하오. 십 년 후면 충분히 나의 맞상대가 될 것이오. 하지만 현재로서는 역부족이오."

강연수는 싱긋 웃었다.

"나도 알아요. 하지만 무리라는 것을 알아도 해야 할 때가 있는 법!"

그녀는 검을 찔러왔다. 진갑은 별수없이 상대해야 했다. 오십여 초의 달하는 격전 끝에 진갑의 주먹이 강연수의 배를 강타했다.

"악!"

여인의 몸으로 견딜 만한 공격이 아니었다. 그녀는 피를 토하며 십 장이나 날아가 쓰러졌다. 고통을 참으며 자리에서 일어나 보니 이미 상황은 끝나 있었다. 봉청홍이 이끄는 개방도가 여태환이 이끄는 개방도를 완전히 포위한 것이다.

"끝났다."

봉청홍이 히죽 웃고는 말했다. 그는 여유있게 본래 앉던 자리에 앉고는 웃음을 터뜨렸다.

"하하하, 한꺼번에 반도들을 일망타진하게 되었으니 방주께서 돌아오시면 기뻐하시겠군! 진갑, 어서 반역도의 수괴 사공방을 끌고 와라."

"예."

대답한 진갑은 성큼성큼 걸어 사공방에게 다가갔다. 여태환 측의 개방도들이 그를 막아섰지만 그가 팔을 휘두르자 견디지 못하고 물러났다. 그런데 그가 막 사공방을 잡으려 할 때 여태환이 막아섰다.

"그만두게."

진갑의 표정이 굳어졌다. 두 친구는 잠시 서로를 바라보며 서 있었다.

6

진갑이 말했다.

"사부에게 명령을 받았다. 봉 장로의 명을 받들어 거역하는 자가 있으면 쓰러뜨리라고."

여태환은 쓴웃음을 지었다.

"자네도 못난 사부를 두어서 고생이군. 나 역시 사부 때문에 이 고생이라네."

봉청홍이 소리쳤다.

"뭐 하고 있는 거냐! 어서 사공방을 잡으라니까!"

"예."

진갑이 대답하며 팔을 들어 여태환을 밀어내려 했다. 여태환은 슬픈 표정을 지으며 긴 한숨을 내쉬었다.

"싸울 수밖에 없는 것인가?"

그때였다. 지붕 위에서 외침 소리가 들려왔다.

"이 몸을 잊지는 않았겠지?!"

장소산이었다. 이곳에 모인 모든 사람들이 놀라 쳐다보는데, 그는 들고 있던 자루에서 대나무 통을 잔뜩 꺼내 마구 집어 던졌다.

"먹어라!"

앞마당에 떨어진 대나무 통에서 연기가 마구 뿜어져 나왔다. 봉청홍이 사태를 파악하고 즉시 소리쳤다.

"연막이다! 반역도들이 도망칠 심산이다! 당장 해치워라!"

"그렇게는 안 되지!"

장소산은 외치며 자루 속의 물건들을 꺼내 불을 붙여 닥치는 대로 던졌다. 자루 안의 물건들은 다름 아닌 불꽃놀이 화약이었다.

펑펑!

시끄러운 소리와 마구 터지는 불꽃들에 앞마당은 난장판이 되었다.

봉청홍 측의 개방도들은 연막으로 눈앞이 제대로 보이지 않고, 사방에서 시끄러운 소리와 불꽃이 터져 나오니 정신이 없었다.

사람이란 이런 상황이 되면 일단 자기 자신을 지키는 것은 우선시하기 마련이다. 게다가 명령권자가 다름 아닌 봉청홍이었다.

"입구를 막아라! 연막과 불꽃은 눈속임일 뿐이니 신경 쓸 필요 없다!"

봉청홍이 목이 터져라 소리쳤지만 그들 중에 그의 목소리를 귀담아 들으려 하는 사람은 없었다. 그저 방주 양경청의 대리라 따르고 있을 뿐, 그에 대한 신뢰나 충성이 전혀 없었기 때문이다. 그들은 신뢰할 수 없는 명령권자의 명을 따라 위험을 감수하기보다는 뒤로 물러서 자신의 안전을 확보하기에 급급했다.

그사이 사공방과 여태환은 자신들을 따르는 개방도들을 이끌고 이곳을 탈출했다. 이들은 봉청홍을 따르는 자들과는 반대로 사공방과 여태환의 지시를 충실히 따라 혼란 중에서도 차분하게 빠져나가고 있었다. 그런데 연막과 불꽃을 전혀 개의치 않는 사람이 하나 있었으니, 바로 진갑이었다.

진갑은 혼란 속에서도 자신을 따르는 개방도들을 인솔하는 사공방의 목소리를 정확히 파악하고 달려가 팔을 뻗었다.

'잡았다!'

그런데 그때 여태환이 앞을 가로막았다. 진갑은 흠칫하면서도 그를 밀쳐 내려고 했다. 그런데 그때 여태환이 입을 열었다.

"물러나라."

여태환의 눈빛을 보는 순간, 진갑은 자신도 모르게 손이 멈췄다.

'……?'

왜 자신의 손이 멈춘 것일까? 그 자신도 알 수가 없었다. 친구와의 우정? 아니, 그것이 아니라…….

여태환이 말했다.

"그만둬. 자네가 멈추지 않으면 자넬 죽일 수밖에 없어."

진갑은 왜 자신이 움직이지 못한 것인지 깨달았다. 오랜 세월 다져지고 또 다져진 무인의 감각이 말하고 있는 것이다. 더 이상 접근하면 위험하다고!

'어째서?'

몸은 이해하고 있지만 머리로는 이해할 수 없는 사태에 진갑은 머뭇거리고 있는 동안, 사공방과 여태환은 정문을 나서고 있었다.

"……."

그는 주변의 개방도들을 둘러보고 고개를 저었다. 전혀 대열이 정비되지 않아 당장 추격은 무리였다. 혼자서 추격할까도 생각했지만 자신만으로는 사공방 일행 전부를 당해낼 수가 없다. 무엇보다 여태환에게 느껴진 이상한 느낌이……

'뭐였지?'

진갑은 자신의 팔을 들어 보았다. 소름이 돋아 있었다.

　도망친 장소산 일행과 개방도들은 무사히 총타에서 멀어지고 있었다. 여태환은 미리 탈출로까지 생각해 둔 듯 거침없이 일행을 안내했다. 중간중간 대기하고 있던 개방도들이 나타나 흔적을 지워 추격자들을 방지했다.

　십 리쯤을 달려가 도착한 곳은 산속의 낡은 절이었다. 여태환이 앞장서 들어가며 설명했다.

　"십이 년 전에 중들이 떠나고 주인 없는 곳이 된 절입니다. 찾아오는 사람이 없으니 은신처로 쓰기에 적당하죠."

　그는 휘파람을 불었다. 그러자 절의 건물 곳곳에서 거지들이 튀어나왔다. 장소산이 그들 중에 아는 얼굴을 발견하고 기뻐하며 외쳤다.

　"여 형님!"

　장사 분타주 여삼통이 손을 들어 반겼다.

　"어서 오게."

　총타에서 함께 싸운 개방도들과 절에 있는 개방도를 합치니 그 수는 이백 명이 넘었다. 여태환은 모여든 개방도들에게 추격자에 대비한 경계를 지시하고는 절의 대웅전으로 들어갔다.

　"자, 따라오십시오."

　장소산, 강연수, 수초, 사공방이 그를 따라 대웅전으로 들어갔다. 반쯤 무너진 대웅전의 제단 위에 아무렇게나 앉은 여태환은 입을 열었다.

　"그럼 어디부터 이야기할까요?"

　사공방이 말했다.

　"처음부터 모조리. 난 네 사부면서도 너에게 이렇게 많은 개방도들이 따르는 줄 전혀 몰랐구나."

"적을 속이려면 먼저 아군부터 속이라는 말이 있지 않습니까."

웃으며 대답한 여태환은 설명을 시작했다.

"시작은 팔 년 전입니다. 전 그때 양경청의 야심이 위험하다는 사실을 눈치 챘습니다. 사부께 말할까도 생각했지만 확실한 증거가 없고, 제가 아는 사부님은 음모에는 영 소질이 없는 분이라 양경청에게 의심을 살 위험이 크다고 보았습니다. 그래서 전 제 나름대로 양경청이 본색을 드러낼 때를 대비한 준비를 하기 시작했지요."

장소산이 말했다.

"그 준비가 여기 있는 사람들이로군요."

"맞네. 다행히도 난 천하의 게으름뱅이로 정평이 나서 아무도 신경 쓰지 않았거든. 아주 느긋하게 시간을 들여 믿을 만한 사람들을 찾고, 그들과 뜻을 함께하기로 약속했지."

사공방이 한숨을 내쉬었다.

"양경청이 야심을 품고 있다는 것, 네가 세력을 모으고 있다는 것, 둘 다 지금까지 까맣게 모르게 있었다. 정말 내 자신이 한심스럽게 느껴지는구나."

여태환은 고개를 저었다.

"너무 자책할 필요는 없습니다. 원래 높은 자리에 있으면 발밑에서 무슨 일이 벌어지는지 잘 모르기 마련이지요."

강연수가 물었다.

"그럼 심경초의 반란 때는 왜 움직이지 않았죠? 그만한 세력을 모아 놓고 말이에요."

여태환은 대답했다.

"그야 심경초와 싸울 때 써버리면 양경청의 눈에 걸릴 것 아닌가.

어차피 심경초는 별것 아닌 녀석이었어. 분명 내가 손을 안 써도 양경청이 손을 써서 사부님의 방주 직을 지켜줄 것이라 생각했지. 자기가 방주 직을 뺏기 전까지만이란 전제가 붙겠지만."

"그걸 어떻게 확신할 수 있었죠?"

"심경초와 양경청의 사상과 계획이 대동소이했으니까. 개방을 일반 방파화하여 강호의 일에 적극적으로 개입함과 동시에 무력을 동원해 세력을 확장시킨다. 그렇기 때문에 양경청은 절대 심경초가 방주가 되는 것을 방해할 수밖에 없지."

강연수가 이해할 수 없어 다시 물었다.

"무슨 뜻이죠?"

여태환이 웃으며 대답했다.

"생각해 보게. 심경초가 방주가 되어 자신의 계획을 실행한 다음, 양경청이 그를 몰아내고 방주가 된다면 어떻게 될까? 심경초가 양경청이나 하는 짓은 똑같을 테니, 그 밥에 그 나물이란 소리밖에 더 듣겠나?"

장소산이 피식 웃었다.

"듣고 보니 그렇군요."

"양경청 입장에서는 자신의 계획이 호응을 얻는다고 해도 심경초 따라하는 것 아니냐는 소리를 들을 테고, 재수없게 심경초 때가 좋았다는 소리라도 듣게 되면 골치 아파지지. 내 사부인 사공 방주 다음을 이어받아 자신의 계획을 펼쳐야 전 방주와 비교되어 혁신적인 개혁이란 소리 들을 수 있다는 거지."

여태환은 말을 이었다.

"말이 딴 길로 샜군. 그렇게 해서 세력을 모아두긴 했는데, 아무리 봐도 이 정도 가지고는 양경청에게 대항하기에는 턱도 없는 것 같더군.

그래서 어떻게 할까 고민하는데 장소산 일행이 찾아왔지. 어떻게 잘하나 몰래 숨어서 보고 있었는데 함정에 빠지더군. 두고 볼 수 없는 노릇이라 이렇게 나서게 된 것이지."

말을 마친 여태환은 어깨를 으쓱했다.

"이제 대충 설명은 된 것 같군. 그럼 이제 본론으로 들어가 앞으로의 대책을 의논해 볼까?"

장소산이 쓴웃음을 지으며 말했다.

"의논할 것도 없이 여 형은 이미 생각해 둔 것이 있는 것 같은데요."

사공방도 고개를 끄덕였다.

"어디 먼저 네 생각부터 들어보자."

"알겠습니다."

대답한 여태환은 자신의 생각을 설명했다.

"일단 현재 개방도는 크게 다섯 부류로 나눌 수 있습니다. 첫째, 양경청의 사상에 동조하고 적극적으로 함께 행동하는 쪽, 사상에 동의하지도 그렇다고 특별히 반대하지도 않고 방주의 명령이니까 따르는 쪽, 양경청에게 마음속으로 반대는 하지만 그렇다고 대놓고 의견을 내거나 행동하지는 않는 쪽, 적극적으로 반대하고 행동까지 하는 쪽, 이도 저도 아니고 니들 맘대로 하란 식으로 방관하는 쪽, 이상이지요. 여기 모인 사람은 네 번째라 볼 수 있고, 대부분의 개방도들은 마지막 방관자들이지요."

사공방이 물었다.

"그래서?"

"이렇게 분류해 보면 사실 간단합니다. 첫째 부류, 즉 적극적으로 양경청에 동조하는 자들만 때려부수면 됩니다. 그 수는 전체 개방도의 십분의 일도 안 됩니다. 많이 쳐줘 봐야 천 명?"

수초의 입이 벌어졌다.

"천 명이면 엄청 많은 것 아니에요?"

"전체 개방도 수가 사오 만인데 천 명이면 많은 수라고 볼 수 없지. 또한 그들도 꼭 양경청을 위해 목숨 걸고 싸운다고 볼 순 없다. 뜻을 위해 목숨을 버리는 인간은 그리 많지 않으니까."

여태환은 고개를 돌려 개봉 쪽을 바라보며 말을 이었다.

"양경청을 따르는 대부분이 총타에 있습니다. 양경청과 그들만 처리하고 사부님이 다시 방주 직에 오르면, 나머지 네 부류는 자연히 따르게 되어 있지요. 그렇다면 해답은 간단하지요."

장소산의 표정이 어두워졌다. 확실히 여태환의 말대로다. 자신들 일행만으로는 힘이 부족해 실행하지 못하고 있었을 뿐, 자신이 생각해 낸 계획 역시 같았다. 그러나 늘 마음에 걸리는 문제가 있었다. 여태환의 계획대로 한다는 것은, 개방의 형제들이 적이 되어 죽고 죽이는 싸움을 벌여야 한다는 것을 의미했기 때문이다.

이상한 남녀

이상한 남녀 1

현 개방에 반대하는 세력의 중심인 여태환의 작전은 사실 단순했다. 개방이 칠성방을 공격하기 전에 총타를 습격하여 양경청을 쓰러뜨려 공격을 중단시키고 칠성방과 화친을 하는 것이었다.

그러나 말이 쉽지 현실은 만만치 않았다. 전력 면에서 압도적으로 양경청 측보다 열세인 것이다. 때문에 시간이 갈수록 결전을 준비하는 은신처에는 긴장된 공기가 팽배해지고 있었다. 유일하게 예외인 사람도 몇 있었지만…….

"아함~"

장소산은 노곤한 표정으로 하품을 했다. 그는 현재 은신처인 절의 지붕 위에서 경비 임무를 맡고 있는 중이었다.

사실 말이 경비지 별 의미가 없는 짓이었다. 다른 개방도들이 산 주변에 자리를 잡고 감시하고 있으니 수상한 인물이 산으로 들어오면 즉각 이곳으로 연락이 오도록 되어 있다.

그럼에도 그가 이러고 있는 것은 달리 할 일이 없기 때문이었다. 그렇다고 아무것도 안 하고 빈둥거리자니 바쁜 주변 사람들에게 눈치도 보이고 해서 그는 이렇게 시간을 때우고 있었다.

현재 양경청과 싸우기 위해 모인 일명 개방 탈환대의 대부분은 여태환과 뜻을 같이하는 '거지 같은 인간들의 모임'이었다. 사공방과 장소산들이 열심히 포섭한 사람도 있긴 하지만 일부에 불과했다.

그렇기 때문에 현재 개방 총타 공격의 준비와 작전은 여태환이 책임지고 있었다. 그는 평소의 게으름은 어디로 날려 버렸는지, 뛰어난 수단으로 열성적으로 일하고 있었다. 그러다 보니 장소산으로서는 구경만 할 수밖에 없었다.

문제는 그뿐만이 아니었다. 장소산에 대해 다른 개방도들은 거리를 두고 있었다. 대놓고 태도를 보이지는 않지만 그를 분명 강연수나 수초와 같은 방외 인물처럼 대했다.

'마교와 한패라 이건가?'

장소산은 쓴웃음을 지었다. 얼마 전이었다. 유자건이 무림맹을 통해 공식적으로 발표했다. 야차산의 마교 대토벌전에서 개방의 파문 제자 장소산이 마교와 손을 잡고 정파의 제자를 공격했다고, 뿐만 아니라 화산의 여협 강연수까지 그와 한패였다는 것이다.

그의 주장은 다른 증언자까지 있어 그대로 진실로 받아들여졌다. 무공을 모르는 무명회 사람들을 죽이려던 정파의 제자들을 막은 일 때문이었다. 그때 장소산과 싸운 정파의 제자들이 한목소리로 장소산이 마교와 한패라고 외쳐 댔다.

개방은 수백 년의 역사를 가진 정파이다. 과거 몇 번이나 마교와의 싸움에 참전하기도 했다. 지금 이곳에 모여 개방 총타를 공격하려는 개방도들은 현재의 변질된 개방을 원래의 개방으로 되돌리려 하는 사람들, 스스로 개방의 제자인 것을 자부하는 그들의 의식 속에 마교는 적일 수밖에 없었다.

사공방이 누명이라고 말해 받아들이고는 있지만, 마음속에 남아 있는 의심의 찌꺼기가 벽을 만들어 장소산을 같은 개방도로 인정하지 못하게 하고 있었다.

'뭐, 할 수 없지.'

굳이 개방도가 아니라면 또 어떤가. 천명회 일만 깨끗이 해결되면 혼자 맘 편히 강호나 떠돌면 된다. 장소산은 이렇게 생각하며 느긋해졌다. 그러나 그럼에도 마음 한구석에 걸리는 것이 하나 있으니 바로 강연수였다.

'괜찮을까?'

자신이야 파문당해도 상관없다고 해도, 강연수 역시 그렇다는 보장은 없다. 장소산은 하나마나 한 경비는 때려치우고 강연수와 이야기를 나눠볼까 하는 생각으로 그가 지붕에서 내려와 강연수를 찾는데, 여삼통이 그를 발견하고 불렀다.

"여태환이 자네를 찾으니까 가보게."

"예."

대답한 장소산은 강연수를 나중에 만나기로 하고 여태환에게로 갔다. 여태환은 바닥에 반쯤 누운 자세로 생각에 잠겨 있다가 장소산이 오자 고개를 들었다.

"아, 왔군."

"무슨 일입니까?"

여태환은 단도직입적으로 본론을 꺼냈다.

"태환에 있는 주 장로를 만나러 가줘야겠네."

"주사회 장로 말입니까?"

"그래, 하나라도 같은 편을 많이 모아야 하지 않겠나. 마침 돌아가신 자네 사부와 그분은 절친한 사이였으니 다른 사람보다는 자네가 적임자인 것 같아서."

여태환은 말을 이었다.

"앞으로 정확히 한 달 후에 총타를 공격할 생각이네. 그러니까 그때까지 만나고 돌아오면 되네. 가봐서 설득이 안 될 것 같거나 조금이라도 의심스러우면 그냥 와도 상관없으니 부담 가지지 말고 다녀오게."

주사회 장로는 개방 내에 세력을 가지지 못한 사람이었다. 본인의 무공도 대단하다고 볼 수 없다. 장소산은 대세에 그다지 영향력이 없는 그를 만나고 오라 하는 것은 여태환이 자신이 이곳에 있기 불편할까 봐 배려하는 것임을 눈치 챘다.

"알겠습니다. 그런데 강 소저나 수초는 어떻게 할까요? 저와 같이 가는 겁니까?"

"그 두 사람은 자네를 따라 여기까지 온 사람들이 아닌가. 자네가 알아서 하게나."

장소산은 내일 출발하겠다 말하고 나와 강연수와 수초를 만나 여태환에게 받은 일거리를 이야기하고는 물었다.

"어떻게 할 거요? 나와 함께 가든가, 아님 여기 남아 기다리든가 편한 대로 하시오."

강연수가 말했다.

"마침 잘됐네. 나도 잠시 다녀올 데가 있으니 갔다 올게."

장소산이 물었다.

"갔다 오다니 어딜?"

"그럴 데가 있어."

수초는 이곳에 남아 무공 수련을 하고 있겠다고 했다. 얼마 전 사로 잡혀 인질이 된 일 때문에 무공의 필요성을 절실히 느끼는 모양이었다.

"그럼 혼자 다녀와야 되겠군."

장소산은 수초의 도움으로 강호의 무인으로 변장한 후 태환으로 향했다. 태환은 한 달이면 충분히 왕복할 수 있는 거리였지만, 만약 무슨 일이 생겨 거사 날짜에 늦으면 안 되기 때문에 그는 말을 사 길을 서둘렀다.

일주일 만에 태환에 도착했다. 여태환에게 미리 들어두었기 때문에 장소산은 금세 주 장로가 사는 곳을 찾을 수 있었다.

"여기로군."

주 장로는 한때는 유명한 명문 무가의 자손이었으나, 이제는 몰락하여 그 혼자만이 남았다. 그는 개방의 장로가 된 지금에도 선조들이 남긴 낡은 무가 건물에서 혼자 살고 있었다.

장소산은 일단 주변을 살펴 수상한 인물이 없음을 확인하고 덜렁거리는 대문을 두드리며 소리쳤다.

"계십니까?!"

몇 번 소리치자 문틈으로 노인 하나가 마당으로 나오는 것이 보였다. 그가 바로 주사희로, 예전에 한 번 만나본 적이 있던 장소산은 즉시 말했다.

“주 장로님, 저 채 장로님의 제자 장소산입니다.”

주사희가 문을 열었다. 그는 멀뚱한 눈으로 장소산을 쳐다보며 물었다.

“자네가 여긴 웬일인가?”

“말씀드릴 것이 있어서 찾아왔습니다.”

“일단 들어오게.”

주사희는 장소산을 안내해 집 안의 한 방으로 들어갔다.

“잠시 기다리게.”

부엌으로 가 한참을 달그락거리던 주사희는 차를 가져와 장소산의 앞에 내놓고는 물었다.

“그래, 찾아온 이유가 뭐지? 듣기로 자네는 마교와 한패가 되었다고 하던데.”

“그건 절 모함하는 것입니다. 전 지금 사공방 방주님 밑에 있습니다.”

장소산은 천명회의 일은 뒤로 미루고 현재 개방 내의 일을 설명한 후 한편이 되어줄 것을 청했다. 이야기를 모두 들은 주사희는 잠시 생각하다가 말했다.

“내 능력으로 특별히 큰 힘이 되어줄 수는 없을 것 같은걸.”

“많은 것을 바라지는 않습니다. 솔직히 말씀드려 우리는 한 사람의 힘이 아쉽습니다. 주 장로님께서 도와주신다면 많은 도움이 될 것입니다.”

주사희는 말없이 자신의 앞에 놓인 차를 들어 마셨다. 그리고는 장소산에게 말했다.

“자네도 들게. 차가 식겠군.”

“아, 예.”

장소산도 차를 들어 마셨다. 싸구려 차라 떫고 맛이 없었지만 그는 모두 마셨다. 그가 다 마시기를 기다렸던 주사희가 그제야 입을 열었다.

“자네들의 계획은 무모한 것 같군.”

살짝 인상을 쓴 장소산은 반박했다.

“전 충분히 승산이 있다고 생각하는데요. 양경청을 따르는 자들은 사실 그리 많지 않습니다. 그들만 격파하면 해결되는 일입니다.”

“그건 그렇지가 않네. 자네는 대세라는 말을 들어보았는가? 장강의 뒷 물결이 앞 물결을 밀어내지, 뒷 물결이 거슬러 올라갈 수는 없는 법이네. 이미 사공 방주가 양 방주에게 방주 직을 물려주었는데, 다시 방주 직을 되찾겠다고 평지풍파를 일으킨다는 것은 옳지 못한 일이 아닌가.”

“사공 방주께서 방주 직에 미련이 남아서 이러시는 것이 아니지 않습니까. 양경청이 개방의 본뜻을 버리고 세력을 확장하기 위해 주변의 문파들을 핍박하고 다툼을 일으키니 그야말로 대세를 거스르는 자입니다. 뿐만 아니라 칠성방과 전쟁을 벌이려고 하니 이대로 두면 정말 많은 개방 제자들이 죽게 될 것입니다. 개방 장로로서 어찌 이런 상황을 두고 보실 수 있단 말입니까.”

주사희는 입을 다물고 눈을 감았다. 다시 설득의 말을 하려던 장소산은 밖에서 들리는 인기척을 느꼈다. 즉시 일어난 그는 문틈으로 밖을 살폈고, 담 옆의 나무 위로 올라가는 개방도의 모습을 발견했다.

장소산은 굳은 표정으로 주사희를 돌아보았다.

“…절 밀고하신 겁니까?”

주사희는 솔직하게 고개를 끄덕였다. 장소산은 피식 웃고는 다시 물었다.

"잘도 밖과 연락하셨군요. 미리 준비를 단단히 한 모양입니다."

"봉 장로가 날 찾아와 한편이 되자고 하는 자가 있을 테니 잡아두라 더군. 내키지는 않았지만 별수없었네."

"이게 주 장로님의 대세를 따르는 것이로군요."

주사희는 스스로도 부끄럽다고 느끼는지 표정이 변했다가 말했다.

"포기하게. 자네가 마신 차에는 몽혼약이 들어 있네. 곧 약효가 나 타날 테니 도망칠 방법은 없네."

"어쩐지 차 맛이 더럽게 없더군요."

장소산은 말하더니 품에서 가죽 주머니를 꺼내 주둥이를 기울였다. 녹색의 액체가 흘러나와 바닥에 떨어지는데, 다름 아닌 좀 전에 마신 줄 알았던 차가 아닌가?

주사희는 깜짝 놀라 자신도 모르게 물었다.

"아니, 어떻게?!"

"마시는 척하고 소매로 잔을 가리며 가슴속에 숨긴 주머니에 따라 버린 것이죠. 실제로 마신 것은 처음 한 모금뿐입니다."

주사희는 탄식했다.

"자네 사부의 재주로군. 그건 그렇고, 내가 차에 약을 탄 것은 어떻 게 알았지?"

"몰랐습니다. 단지 차를 준비하는데 시간이 좀 많이 걸린다 싶고, 저 에게 차 마실 것을 권하며 마시는 것을 쳐다보고 있는 것이 이상하다 싶었을 뿐이죠. 저라면 이런 싸구려 차, 예의상 내온나 치녀라도 마시 든지 말든지 그냥 놔두지, 굳이 손님에게 마시게 하고 싶지는 않았을 텐데 말이죠."

주사희는 고개를 흔들고는 쓴웃음을 지었다.

"내가 완전히 졌군."

장소산은 주사희는 무시한 채 밖을 계속해서 살폈다. 그는 담 위로 올라서는 한 사람을 발견하고 인상을 찌푸렸다. 예전에 본 적이 있는 십간의 서열 두 번째인 구을이었던 것이다.

"이거 거물께서 납시셨군."

주사희가 말했다.

"포기하는 것이 어떻겠나? 도망치는 것은 불가능하고, 설사 이번에 도망칠 수 있다고 해도 자네들이 이길 승산은 없네. 왜냐하면 이미 칠성방과의 싸움이 시작되었기 때문이지."

어떻게 도망칠까 생각하던 장소산은 깜짝 놀라 물었다.

"뭐라고요?!"

"신 무림맹주인 천뢰가 칠성방을 마교의 무리와 결탁했다고 공식 발표했네. 이에 무림맹에서 돌아온 양경청은 무림맹의 명에 따라 칠성방에 선전포고를 할 것이네. 이렇듯 명분이 충분한데 무슨 수로 싸움을 막을 수 있겠는가."

장소산은 생각했다.

'양경청이 무림맹으로 갔던 것은 천뢰를 지원하기 위해서만이 아닌 칠성방을 칠 명분을 만들기 위해서였구나.'

그는 주사희에게 물었다.

"양경청은 언제 칠성방을 공격한다고 합니까?"

"아마 보름 안에 무슨 일이든 벌어지겠지."

장소산은 당황했다.

'여태환의 거사 일보다 최소 일주일이 빠르다. 설마 양경청이 이렇

게 빨리 행동에 들어갈 줄이야! 우리가 행동하기 전에 먼저 선수를 칠 생각이로구나!'

주사회는 계속해서 말했다.

"칠성방과의 결전을 앞두고 자네들이 일을 벌여 개방이 둘로 나뉘게 되면 어떻게 되겠는가. 안팎으로 적을 두게 된 개방은 자칫 그대로 무너져 버리지 않겠는가. 일이 이렇게 된 이상 일단 힘을 합쳐 밖의 문제를 해결한 다음……."

장소산은 화가 나 목소리를 높였다.

"그것이 밖에 강적을 만들어 안의 불만을 잠재운다는 양경청의 생각대로라는 것을 왜 모릅니까! 그자는 모두가 당신과 같은 생각을 하게 만들어 개방 내의 불만을 일시적으로 누른 후, 칠성방을 무너뜨려 그것을 자신의 공으로 삼아 자신의 권력을 다질 생각이란 말입니다!"

주사회는 움찔했다가 반박했다.

"자네 말대로라면 외세에 개방이 망하기 직전이라도 방을 지키기보다 양경청을 몰아내는 것을 우선해야 한다는 말인가?!"

잠시 숨을 고른 장소산은 당당히 답했다.

"그거야 당연한 것 아닙니까."

"뭐, 뭐라고?"

"제가 사부님에게 듣기로 개방이 설립된 이유는 세상에서 가장 낮은 위치의 우리 거지들이 스스로를 지키고, 나아가 의와 협의 정신으로 세상을 이롭게 하기 위해서라고 들었습니다. 그런 개방이 스스로의 설립 의의를 잃고, 이익을 위해 남을 핍박하고 세상을 어지럽힌다면 존재 의미가 사라지는 것이니 아예 없어지는 편이 낫지요."

주사회는 놀라 할 말을 잃었다. 개방이 없어지는 편이 낫다니! 그로서는 그런 생각은 감히 상상할 수도 없는 것이었다.

"어떻게 개방 제자로서 그런 말을 할 수 있는가?"

"왜 할 수 없다는 것입니까."

장소산은 주저함이 없었다.

"누굴 위한 방입니까? 개방도를 위해 개방이 있는 것입니까, 개방을 위해 개방도가 있는 것입니까?"

그는 시간을 너무 지체했다는 생각이 들었다. 어서 도망쳐야겠다 생각하고 문을 열고 나가려는 순간, 주사회가 물었다.

"왜 나를 인질로 잡지 않는가? 그러는 편이 더 도망칠 가능성을 높일 수 있을 텐데."

"아무리 절 함정에 빠뜨렸다고 해도 당신은 돌아가신 사부님의 친구입니다. 감히 그런 짓을 할 수는 없지요."

장소산은 말을 이었다.

"전 순간의 어려움을 피하기 위해 스스로 부끄러울 짓은 하지 않습니다. 그렇게 해서 위기를 벗어났다고 해도 그때의 난 하늘을 우러러 떳떳치 못한 사람이 될 테니까요. 그것이 사부님에게 배운 개방 제자의 도리, 협객의 자세입니다."

2

장소산은 방문을 열고 마당으로 뛰어나왔다. 막 담장을 넘어 마당으로 들어온 개방 제자 셋이 세 방향에서 달려들어 왔다.

"순순히 항복해라!"

정면에서 달려들던 개방 제자가 소리쳤다. 장소산은 웃음으로 답하고는 수공편의 수법으로 소리친 개방 제자의 멱살을 잡으며 혈을 막아 제압했다.

그때 오른쪽에서 공격이 날아들었다. 장소산은 즉시 잡은 개방 제자를 오른쪽으로 던졌다. 공격하던 개방 제자와 던져진 개방 제자가 서로 부딪쳐 넘어졌다. 그리고는 왼쪽에서 달려드는 개방 제자를 향해 씩 웃어주었다.

“……!”

공격하려던 왼쪽의 개방 제자는 움찔하여 손을 멈추었다. 그사이 장소산은 마당을 달려 담장을 향해 뛰어올랐다.

“어림없다!”

담장 아래 숨어 있던 두 명이 나타났다. 장소산은 혀를 차고는 다시 마당으로 내려왔다.

“장소산, 그만 항복하시지!”

들려오는 소리에 고개를 돌려보니 구을이 웃으며 서 있었다.

'다수와 싸울 때는 우두머리를 잡아야 한다!'

장소산은 즉시 구을을 향해 달려갔다. 구을은 자신있게 두 팔을 펼치며 외쳤다.

“와라!”

장소산과 구을의 격돌! 장소산은 구을을 사로잡아 난관을 타개할 생각으로 수공편의 무공으로 그를 제압하려 했다.

'주 장로야 그럴 수는 없었지만 너는 이야기가 다르지.'

주사희는 사부의 친구이기도 하고, 구을이 인질인 그의 생명을 부시하고 공격해 올 우려도 있었다. 그러다 자칫 주사희가 다치거나 죽기라도 한다면 죽은 사부를 볼 면목이 없는 것이다. 하지만 구을이야 인질로서의 가치도 충분하고, 잘못되어도 별로 미안할 것이 없다.

예전 개한문에서 구을이 상대에게 무자비한 공격을 펼치는 것을 본 이후로 장소산은 그가 마음에 들지 않았다. 때문에 다른 개방 제자를 상대할 때와는 달리 그의 공격에는 거침이 없었다.

그러나 구을 역시 만만치 않았다. 그는 십간의 서열 이위, 무공광인 진갑만 없었다면 십간의 우두머리가 되었을 인물이다. 다른 십간들처럼 평소 무공 수련에만 정진하며 개방 내의 일 외에는 그다지 활동이 없었기에 알려지지 않았을 뿐, 강호의 후기지수 중 최고라는 유자건, 강연수와 비교해도 전혀 꿇리지 않는 실력이었다.

구을은 역근단골의 수법으로 장소산을 공격했다. 그의 무공 초식은 일견 단순하지만 위력은 무시무시하다. 일단 그의 손에 잡히면 상대는 근육이 파열되고 근골이 부서져 평생 완치할 수 없는 부상을 입게 된다.

장소산은 그에게 잡힌 칠성방 고수가 그대로 불구가 되어버리는 광경을 보았기 때문에 그의 공격을 신중히 피하며 허점을 노렸다. 구을 역시 장소산의 무공이 만만치 않자 진중히 기회를 노리며 섣부른 공격을 자제했다.

이렇게 되니 시간이 흐르자 장소산은 구을의 주위를 빙글빙글 돌며 기회다 싶으면 공격하고, 구을은 가만히 기다리다가 장소산의 공격을 반격하는 식으로 상황이 전개되었다. 구을의 수하 개방 제자들은 주변에 둘러서서 장소산이 도망치지 못하게 막는 한편, 좀처럼 보기 드문 고수들의 대결을 구경했다.

'이거 안 좋은데?'

장소산은 구을과 싸우는 한편 주변 상황을 살피며 걱정했다. 주변에 구을의 수하들 이십여 명이 둘러싸고 있으니 구을을 이긴다 해도 도망칠 수 있을지 장담할 수 없었다.

"합!"

장소산의 마음이 흐트러진 것을 눈치 채고 구을이 맹렬히 공격해 왔다. 그는 좀 전까지의 소극적인 대응과는 정반대로 맹호와 같이 맹렬히 십삼 초의 권을 날렸다. 장소산은 급히 장법으로 전환하여 구을의 공격에 대응했다.

그러나 구을은 한 번 잡은 공세의 기회를 놓치지 않았다. 권에 이어 구을의 무릎이 장소산의 복부로 찔러 들어왔다. 장소산은 피할 틈이 없어 오른손으로 막았다. 순간 엄청난 충격이 전해져 오며 장소산의 몸은 허공으로 살짝 떠올랐다. 강렬한 충격에 장소산은 자신도 모르게 신음을 흘렸다.

"윽!"

구을의 무서운 무기는 손만이 아니었다. 손, 발, 팔꿈치, 무릎, 어깨, 신체의 다섯 부위, 열 부분에서 발경을 일으켜 적을 파괴한다. 맹호십전격이라고 불리는 이 무공은 위력만을 보면 천하에서 다섯 손가락 안에 든다.

과거 진가문의 비전이었으나 너무나 익히기 힘들어 익히는 사람이 없던 이 무공은 진가가 망하며 세상 밖으로 떠돌다 개방으로 흘러들었다. 이것을 양경청이 손을 보아 구을에게 전수한 것이다.

장소산은 억지로 견디려 하지 않고 최대한 자연스럽게 충격을 받아넘겨 다행히 손가락뼈가 부러지는 것은 면했다. 청류와 수련할 때 배운 공격을 당했을 시 최대한 충격을 줄이는 방법을 무의식중에 펼친 덕분이었다.

그러나 충격이 남아 오른손이 마비되어 버렸다. 그는 뒷걸음질치며 퉁퉁 부어오른 오른팔을 흔들었다. 승리를 확신한 구을은 살짝 미소를 지으며 양손을 앞으로 뻗어왔다. 손 이외의 다른 부위의 발경은 수련이 부족해 위력이 떨어진다. 대신 손의 위력만큼은 절대적! 일단 상대의 어느 신체 부위든 잡히면 그것으로 끝인 것이다!

장소산은 몸을 뒤로 넘기며 피했다. 그러나 이어지는 발차기는 피하지 못했다. 구을이 발경을 쓰지는 못했지만 공격을 맞은 장소산의 몸은 나동그라졌다.

그런데 그때였다. 장소산의 몸이 날아들자 주변을 둘러싸고 있던 구을의 수하들이 물러나 피했다. 그 순간 둘러싸고 있던 사람들의 벽에 구멍이 생겨 버렸다.

'이때다!'

장소산은 한 팔과 두 다리로 바닥을 차 오르며 시위를 떠난 화살처럼 솟구쳐 올랐다. 깜짝 놀란 구을과 수하들이 쫓아가려 했지만 이미 장소산은 담장을 넘고 있었다.

"이런, 당했다!"

구을이 분해하며 소리쳤다. 장소산은 구을의 수하들이 주변에 몰려들자 구을에게 당해 쓰러지는 척하면서 빈틈을 노려 포위를 빠져나간 것이다.

구을이나 그의 수하 중에 경공에 있어서 장소산의 적수는 없었다. 장소산은 담 위에서 구을 패거리에게 크게 한 번 웃음을 날려준 다음 여유있게 도망치려 했다. 그렇게 막 한 번 웃어주려는데, 등 뒤에서 날카로운 예기가 날아드는 것이 아닌가?

깜짝 놀란 장소산은 몸을 뒤집으며 담 아래로 떨어졌다. 착지하자마

자 고개를 돌려 공격한 사람이 누군지 확인하니 육대문파 제자로 보이
는 젊은이가 서 있었다.

'누구지?'

어디서 봤던 것 같은데 누군지 생각나지 않았다. 장소산은 상대의
정체는 나중에 생각하기로 하고 일단 도망부터 치기로 했다. 그는 즉
시 경공을 펼쳐 도망쳤다. 그런데 얼마 가지 못하고 또다시 등 뒤에서
예기가 덮쳐 왔다.

"우왁!"

바닥에 뒹굴어 간신히 피했다. 자세를 잡으며 일어나 보니 이번에도
좀 전의 육대문파 제자였다. 장소산은 등 뒤에 식은땀이 흐르는 것을
느꼈다.

'엄청난 고수!'

처음 공격이야 자신이 방심했다 쳐도 두 번째는 이야기가 다르다.
전력으로 펼친 자신의 경공을 따라잡고 섬뜩할 정도의 공격을 가해온
것이다. 더욱 놀라운 것은 공격을 한 무기가 검집에서 뽑지도 않은 검
이라는 사실, 절대 자신의 무공보다 아래가 아니었다.

'대체 누구야?'

장소산은 의아해졌다. 분명 어딘가에서 만난 적이 있다. 이상한 것
은 이 정도로 엄청난 고수를 만났다면 강한 인상이 남아 있어야 하는
데 도무지 기억이 나질 않는다는 것이다.

"당신, 누구지?"

참다못해 물어보자 상대는 입을 열어 대답했다.

"천명회요."

"역시."

그럴 것 같다 생각하고 있었다. 하지만 여전히 의문은 남아 있었다.

"우리 언제 만난 적 없나?"

상대는 고민하는 표정을 지으며 답했다.

"나 역시 만난 것 같은데 생각이 안 나는군."

장소산은 피식 웃었다. 상대 역시 같은 생각이라는 사실이 재미있었다. 하지만 지금은 이럴 때가 아니었다. 구을 패거리가 주사희의 집에서 나와 이쪽으로 달려오고 있었다.

"우리가 언제 만났는가는 나중에 진지하게 토론해 보기로 하지."

말을 내뱉자마자 장소산은 바닥을 박차고 달렸다. 상대 역시 경공을 펼쳐 추격해 오더니 여전히 검집째로 찔러왔다.

'이럴 줄 알았다!'

세 번이나 똑같은 초식에 당할 장소산이 아니다. 머리 위의 나뭇가지를 잡고 한 바퀴 회전하여 공격을 피함과 동시에 상대의 머리를 노리고 사정없이 후려 찼다.

상대는 고개를 틀며 피했다. 순간 장소산은 움찔했다. 나름대로 비장의 공격이었는데 상대는 너무나 간단히 피해 버린 것이다.

"멋진 공격이오."

상대는 칭찬의 말을 하며 찔러왔다. 검집째의 공격이었으나 너무나 매서운 공격에 장소산은 경시하지 못하고 정신을 집중해 받아냈다. 상대가 찌르고 장소산은 받아내며 십여 초가 흘렀다.

장소산의 얼굴이 땀이 맺히기 시작했다. 곧 구을 패거리가 오면 꼼짝없이 당할 판이다. 문제는 좀처럼 상대의 검초에서 벗어나지 못하겠다는 점이다. 아까 전 구을의 공격에 오른손을 다친 상태라 더욱 힘들었다.

“다쳤군.”

갑자기 상대가 검을 멈추며 말했다. 간신히 한숨 돌린 장소산은 웃음을 지으며 물었다.

“다쳤으면 봐줄 건가?”

상대는 고민하는 표정을 지었다. 장소산의 질문을 진지하게 검토해 보는 모양이었다. 검을 뽑지 않는 것도 그렇고, 천명회의 인물치고는 너무 사람이 좋은 것 아니냐는 생각이 들어 장소산은 자신도 모르게 실소했다.

“묻고 싶은 것이 있다.”

상대가 생각을 정했는지 말했다.

“대답 여하에 따라 오늘은 봐줄 수도 있다.”

설마 정말로 봐주겠다고 할 줄은 몰랐던 장소산은 놀라며 물었다.

“알고 싶은 것이 뭐요?”

“유자건이 말하길, 지수가 널 숨겨주었다고 하더군. 그녀와 어떤 관계지?”

이런 질문이 나올 줄 몰랐던 장소산은 어이없어 하다가 대답했다.

“그 여자와 난 아무 사이도 아니오.”

“그럴 리가. 아무 사이도 아닌데 천명회와 적인 널 숨겨준단 말인가?”

장소산은 무림맹에서의 일을 떠올렸다. 천뢰의 집에서 유자건에게 쫓길 때 지수는 자신을 숨겨주고 타구봉까지 주었다. 그녀는 어째서 날 도와주냐고 묻자 이렇게 대답했다.

“그 여자의 말에 따르면, 내가 천뢰를 쓰러뜨릴 것을 기대한다고 하더군.”

상대는 놀란 표정을 지으며 떨리는 목소리로 말했다.

"천뢰를 쓰러뜨릴 것을 기대한다고? 정말 그렇게 말했단 말인가? 그녀는 천뢰가 쓰러지길 바란단 말인가?"

그때 뒤에서 달려오는 소리가 들려왔다. 구을 패거리가 다가온 것이다. 장소산은 눈앞의 상대에 대해 좀 더 알고 싶었으나 이럴 때가 아니라는 생각에 슬그머니 자리를 피했다.

"그럼 난 이만."

장소산은 경공을 써서 도망치려 했다. 그런데 그때 상대가 정신이 들었는지 고개를 들더니 소리쳤다.

"아직 못 간다!"

말과 동시에 검이 찔러 들어왔다. 그전까지 공격하던 것과는 비교도 안 되는 속도와 위력이었다. 미처 피하지 못한 장소산은 척추의 혈을 찔리고 말았다.

"윽!"

다리에 힘이 빠져 주저앉으려는 장소산을 안아 든 상대는 나무를 타고 순식간에 사라졌다. 열심히 달려온 구을 패거리는 닭 쫓던 개 신세가 되어 그가 사라진 방향을 멍하니 보고 있을 수밖에 없었다.

3

정체불명의 인물은 장소산을 옆구리에 끼고 경공을 펼쳐 계속해서 달렸다. 한참을 그렇게 달려 한 산중턱에 이르자 그는 장소산을 바위 위에 내려놓았다.

"날 어떻게 할 생각이오?"

장소산이 묻자 그는 흠칫하더니 고민하는 표정을 지었다. 아무래도 아직 그 생각은 해보지 않은 모양이었다. 장소산은 어이가 없었다.

"어떻게 할지 정하지도 않고 납치를 하다니……."

그자는 인상을 찌푸리고는 말했다.

"유자건은 널 죽여 달라고 하더군."

하지만 장소산은 두려워하지 않았다. 그 말속에서 본인은 죽일 생각이 없다는 뜻을 읽었기 때문이다.

"당신의 무공은 유자건보다 훨씬 뛰어난데, 유자건이 시키는 대로 할 이유가 없지. 안 그렇소?"

"물론 난 유자건의 명령을 받지 않는다. 천명회 내에서 누구의 명령도 받지 않지. 설사 천뢰라 해도 마찬가지다. 하지만 그렇다고 널 죽이지 말아야 한다는 법도 없지."

장소산은 웃으며 말을 덧붙였다.

"죽여야 한다는 법도 없고."

여유만만한 태도가 마음에 들지 않는지 살짝 눈살을 찌푸린 그자는 말했다.

"유자건의 말에 따르면 넌 천명회의 적이고, 또한 천뢰를 쓰러뜨리기 위해 지수에게 접근하였다고 하더군."

장소산은 상대가 자꾸 지수를 언급하는 것이 그녀에게 연심을 품고 있기 때문이 아닐까 생각했다.

'그렇다면 그녀를 이용하지 않을 수 없는 노릇이지.'

그는 속으로 마음을 정하고 말했다.

"내가 그녀를 이용하려고 접근한 것이 아니고, 그녀가 날 이용하려고 하는 것이오."

“천뢰를 쓰러뜨리기 위해서 말이냐?”

“그렇소.”

“말도 안 된다. 그녀는 천뢰와 연인 사이인데 어째서 그를 쓰러뜨리려 한다는 말이냐?”

장소산은 피식 웃고는 대답했다.

“내가 그녀의 머리 속에 들어가 있는 것도 아닌데 어떻게 알겠소. 사랑이 미움으로 변했거나…….”

“변했거나?”

“딴 남자가 생겼을지도 모르지.”

장소산은 말하며 그자를 쳐다보았다. 그자는 얼굴이 조금 붉어지다가 세차게 고개를 저었다.

“그럴 리가 없다. 천뢰는 무적의 고수이고 무림맹주이다. 강호를 모두 뒤져도 그와 견줄 자가 없는데, 그보다 뛰어난 인물이 어디 있겠는가.”

“꼭 무공이 뛰어나고 명성이 높아야 여자가 반하는 것은 아니지.”

장소산의 말에 그자는 솔깃한 표정을 지었다가 돌연 한숨을 내쉬었다.

“네 말대로라고 해도 이미 늦었다. 이제 와서 그녀를 배신할 수는 없지.”

그가 말하는 그녀가 지수가 아닌 다른 사람을 말하는 것 같았지만 그는 더 이상 말하지 않았다. 잠시 생각하던 그자는 결정을 내렸는지 다시 입을 열었다.

“널 죽이지는 않겠다. 대신 개방에 정보를 얻는 대가로 넘겨야겠다.”

개방에 넘긴다는 말에 깜짝 놀랐던 장소산이지만 말속에서 희망을 찾아내 재빨리 말했다.

"잠깐, 정보를 얻기 위해 날 넘긴다고 했소? 그렇다면 내가 당신이 원하는 정보를 알고 있으면 날 풀어줄 수도 있겠군."

그자는 고개를 끄덕였다.

"그것도 그렇군."

"원하는 정보가 뭐요?"

"네가 알 리 없다."

"혹시 모르지 않소. 만약 내가 알고 있으면 당신은 귀찮게 개방을 찾아가는 수고를 덜게 되니 밑져야 본전이라 치고 말해보시오."

"그 말도 일리가 있군. 내가 원하는 정보는 두 사람의 행방이다. 한 명은 강북 설죽산장주 유상명의 딸 유지정이고, 또 한 명은 그녀의 하인인 하일서이다."

장소산은 깜짝 놀랐다. 하일서란 자신이 설죽산장에서 하인 노릇을 할 때 쓰던 가명이 아닌가!

'아니, 이자가 왜 날 찾는 거지?

그는 눈앞의 상대를 살피며 예전 설죽산장에서의 일을 떠올렸다. 순간 그는 눈앞의 사람이 누군지 깨닫고 자신도 모르게 소리쳤다.

"당신은 공동파 제자 연사랑이었군!"

연사랑은 조금 놀라며 대답했다.

"그래, 내가 연사랑이다. 넌 어떻게 날 알지? 날 만난 적이 있는가?"

연사랑은 장소산이 설죽산장에서 정체를 숨기고 일할 때 강연수, 가신풍, 황보릉과 함께 설죽산장을 방문했고, 주가장까지 함께 동행하여 주씨 집안의 살인 사건에 말려들었었다. 그러다 나중에 최진방을 미행할 때 만난 강연수 일행 중에 그는 빠져 있었다.

그러나 그가 없는 것을 장소산은 조금도 신경 쓰지 않았다. 그럴 만
도 한 것이, 함께 있을 때의 그는 통 말이 없고 존재감도 희박하여 장
소산의 기억 속에 거의 남아 있지 않았던 것이다. 다시 만나도 누군지
통 생각이 나지 않다가 설죽산장이 언급되어서야 깨달았을 정도이다.

'기억이 가물가물할 정도로 존재감이 없던 그가 천명회의 인물이고
절정의 고수일 줄이야! 그건 그렇고, 유 소저는 그렇다 치고 하인에 불
과했던 날 왜 찾는 거지?

장소산이 어떻게든 이유를 알아내야겠다고 생각하는데, 연사랑이
다시 물었다.

"나도 널 어디서 본 것 같은데 생각이 안 나는군. 우리가 어디서 만
났지?"

자신이 하일서라는 것을 아직 밝힐 수는 없다고 생각한 장소산은 대
충 둘러댔다.

"당신에 대해서는 화산의 강 소저에게 들었소. 그녀가 당신과 함께
설죽산장에 들른 이야기를 나에게 해주었는데, 그녀의 설명 속의 연사
랑과 당신이 비슷하더군."

연사랑은 고개를 끄덕였다.

"그리고 보니 강 소저가 너에 대해 많이 이야기했지. 네게 낯설지
않은 것이 그 때문인 모양이로군."

둘러대는 데 성공하자 장소산은 속으로 안도하며 물었다.

"당신이 찾는 두 명은 둘 다 설죽산장의 인물이니 설죽산장을 찾아
가면 될 것 아니오."

"내가 찾아갔을 때 이미 설죽산장은 없어진 후였다. 완전히 흔적조

차 없어 어디로 갔는지 알 도리가 없더군."

장소산은 생각했다.

'자신들이 마교의 후예인 것이 알려질 것 같자 바로 다른 곳에 숨은 모양이구나.'

그는 다시 물었다.

"왜 두 사람을 원하는 거요? 그 두 명이 당신에게 무슨 짓을 했소?"

연사랑은 인상을 썼다.

"입장이 바뀌었군. 내가 왜 대답해야 하지? 내가 묻고 네가 대답해야 하는 것 아니냐."

"내가 둘의 행방을 알고 있다면?"

장소산의 말에 흠칫한 연사랑은 말했다.

"말해라. 그럼 널 풀어주지."

"당신이야말로 왜 둘을 찾는지 말해주시오. 들어보고 말해줄 만하면 가르쳐 줄 테니."

연사랑은 굳은 표정으로 검을 들어올렸다.

"아직 네 입장을 파악하지 못한 모양이군. 네 목숨이 나에게 달려 있다는 것을 말이야."

장소산은 피식 웃었다.

"물론 잘 파악하고 있소. 당신은 날 죽이지 못해. 왜냐하면 날 죽이면 그 두 명의 행방을 찾을 단서를 잃기 때문이지. 나에게서 알아내든 날 개방에 넘기고 정보를 교환하든, 우선 내가 있어야 할 것 아니오."

연사랑이 듣기에 일리가 있는지 고개를 끄덕였다.

"그건 그렇군."

장소산은 속으로 안도했다. 겉으로는 자신만만하게 말했지만, 예전

의 최진방처럼 팔다리를 자르겠다고 들면 큰일이겠다 생각했던 것이
다.

'천명회의 인물이긴 해도 그다지 악한 인물은 아닌 것 같군.'

어쩌면 유지정과 자신을 찾는 것도 나쁜 뜻이 있어서가 아닐지 모른
다. 장소산은 미소를 지으며 다시 물었다.

"그러지 말고 이유를 말해보시오. 왜 둘을 찾는 거요?"

"내가 둘을 찾는 이유는 어떤 사람이 그 둘을 원하고 있기 때문이
다."

"그 사람이 누구요?"

"주가장 주인, 주아리이다."

장소산은 깜짝 놀랐다. 주아리라면 최진방과 손을 잡고 친할아버지
와 동생까지 독살한 극악무도한 여자가 아닌가!

'역시 그 여자는 개과천선한 것이 아닌가?

주가장에서의 일이 생각났다. 당시 장소산에 의해 진실을 알게 된
주자청은 딸인 주아리를 죽이고 자신도 자살함으로써 모든 것을 덮으
려 했다. 그러나 기적적으로 주아리는 죽지 않았다.

'그래, 주아리는 당시 주자청에게 진실을 알린 나의 정체를 모르고
있었다. 아마 죽을 뻔하다 살아났을 때, 이대로 있으면 나에게 살해당
할지도 모른다고 생각했겠지.'

그렇게 생각하면 주아리가 깨어나자마자 재산을 가난한 사람들에게
나눠주겠다고 한 이유도 이해가 간다. 자신이 개과천선한 것처럼 보임
으로써 자신의 악행을 알고 있는 장소산 등이 손을 쓰는 것을 망설이
게 한 것이다.

'그 후 시간을 들여 조사함으로써 사건의 진실을 캐낸 사람이 유지

정과 하일서로 변장했던 나라는 사실을 알아내서 우릴 죽이려고 연사
랑을 보낸 것인가?

그러나 한 가지 이해할 수 없는 것이 있었다. 주아리야 그렇다 치더
라도 왜 연사랑은 그녀의 뜻대로 움직이고 있단 말인가?

"당신 정도 되는 인물이 왜 주아리가 시키는 대로 하는 거요?"

"그건 네가 알 바 아니다. 넌 그 두 명이 어디 있는지나 말하면 되는
것이다."

"말할 수 없소."

"그래?"

연사랑은 장소산을 훑어보더니 고개를 끄덕였다.

"네가 하일서로군."

장소산은 심장이 내려앉는 줄 알았다. 어떻게 그 사실을 알았단 말
인가? 그는 어이없다는 표정을 지으며 말했다.

"말도 안 되는 소리."

"아니, 말이 된다. 넌 말해줄 듯하다가 주아리의 이름을 듣자 즉시
태도가 바꾸었다. 그 말인즉 주아리가 어떤 사람인지 잘 알고 있다는
뜻이지."

장소산은 코웃음 쳤다.

"주아리를 안다고 다 하일서면 세상에 하일서가 수천, 수만이겠군."

"그건 그렇지가 않지. 그녀는 대외적으로는 원수에게 가족을 잃고
다리까지 못 쓰는 불쌍한 여자이자, 재산을 풀어 백성을 도운 선인이
다. 일반적으로 알려진 그녀라고 생각한다면 좋은 뜻으로 찾는다고 생
각할 테니 행방을 말해주지 않을 이유가 없지."

연사랑은 장소산의 당황한 눈빛을 읽으며 말을 이었다.

"넌 그녀의 진정한 모습을 알고 있는 것이다. 어째서일까? 그건 네가 하일서이기 때문이지. 그렇게 생각하면 네가 날 알아보고, 내가 널 어디서 본 것 같은 것도 설명이 된다. 너와 난 설죽산장에서 만나 주가장까지 함께 동행했던 것이다."

4

장소산은 안색이 새파랗게 질렸다. 무공만 대단할 뿐 단순한 사람이라 생각했는데 놀라운 통찰력으로 자신의 정체를 알아낸 것이다.

"당신 역시 주아리가 한 짓을 알고 있군. 그런데도 왜 그 악독한 여자의 말을 듣고 유지정과 하일서를 잡으려는 거요?"

연사랑은 태연히 대답했다.

"난 천명회의 인물이다. 악인과 손을 잡는 것이 전혀 이상할 것 없다."

"그렇다면 더 이상한 일이지. 그녀와 손을 잡는다고 나올 것이 전혀 없지 않소."

"시끄럽다."

연사랑은 장소산의 아혈을 봉해 버렸다. 이어 도망치지 못하게 단단히 대혈들을 점한 다음 옆구리에 끼고 일어났다.

"유지정의 행방은 나중에 천천히 듣기로 하고 널 주 소저에게 데려가겠다."

그는 장소산을 끌고 경공을 펼쳐 어딘가로 계속 달려갔다.

끌려가는 장소산이 보기에 연사랑은 그다지 악한 인물이 아닌 듯했다. 자신에게 함부로 하지도 않고, 특별히 위해를 가할 생각도 없어 보였다. 사로잡힌 몸이지만 그다지 위기감이 느껴지지 않을 정도였다.

그러나 장소산은 느긋해질 수 없었다. 문제가 따로 있었기 때문이다.

'여태환은 양경청이 칠성방에 대한 공격을 생각보다 훨씬 빨리하는 줄 모른다. 하루라도 빨리 알리지 않으면 돌이킬 수 없게 된다.'

그의 타는 속도 아랑곳없이 연사랑은 발걸음을 멈추지 않았다. 하루가 지나고 다시 밤이 되자 그는 한 산중턱에 있는 저택 앞에 이르렀다.

"내가 왔소!"

소리를 친 연사랑은 대답도 듣지 않고 곧장 문을 열고 안으로 들어갔다. 마당을 지나 대청에 이르자 한 미녀가 기둥에 몸을 기대고 앉아 있는 것이 보였다. 그녀가 주아리라는 것을 알아본 장소산은 생각했다.

'주가장까지 갈 줄 알았는데 이곳에 있었구나.'

연사랑은 장소산은 아무렇게나 마당에 내려놓고는 주아리에게 다가가며 말했다.

"밤바람이 찬데 방 안에 들어가 있지 그랬소."

주아리는 인상을 쓰며 신경질적인 목소리로 말했다.

"방 안에 있으면 답답하기만 해요! 당신은 내가 방구석에 처박혀 있기를 바라는 것인가요?!"

"그럴 리가 있겠소. 그보다 식사는 했소?"

"당신이 삼 일 전에 놓고 간 주먹밥을 어제까지 먹고 오늘은 아직 아무것도 못 먹었어요."

"저런, 양이 부족했던 것 같군. 미안하오."

주아리는 짜증을 냈다.

"양이 문제가 아니었어요. 이틀이 지나자 상해 버렸단 말이에요!"

"그, 그랬소? 미안하오. 즉시 밥을 차려 오리다."

연사랑은 그녀를 안아 방으로 데려가 앉힌 후 부엌으로 가 식사를 준비하여 다시 방으로 가져갔다.

혈이 막혀 꼼짝도 못하는 장소산은 마당에 누운 채 주아리의 식사가 끝날 때까지 기다리고 있어야 했다. 그는 그마나 쓸 수 있는 눈과 귀로 집 안의 상황을 연신 살폈다. 연사랑과 주아리 외에 사람의 소리가 들리지 않고, 집 안이 지저분하고 앞마당에 잡초가 무성한 것이 둘 외에 다른 사람은 하나도 없는 모양이었다.

장소산은 이상하다는 생각이 들었다.

'아무리 재산을 나눠주었다고 해도 하인 하나 쓸 돈조차 안 남겨두었단 말인가?'

한 시진 만에 모든 일이 끝나자 연사랑은 장소산을 끌고 주아리 앞에 내려놓았다.

"이자가 바로 하일서요. 하지만 그건 가짜 신분이고, 진짜 정체는 개방의 장소산이더군."

주아리는 놀란 표정을 짓더니 장소산의 아혈을 풀라 하고는 말했다.

"네가 그날 밤에 아버지와 함께 내 방 천장에 숨었던 놈이로군."

이렇게 된 이상 숨겨도 소용없다 생각한 장소산은 피식 웃고는 물었다.

"아버지가 죽는 것을 보고도 아직 정신을 못 차렸소?"

주아리는 화를 내며 장소산의 따귀를 후려쳤다.

"닥쳐!"

무공을 모르는 그녀의 손바닥은 장소산에게 조금 기분이 나쁠 뿐 그다지 아프지는 않았다. 그는 별다른 표정 변화 없이 옆의 연사랑에게 물었다.

“여긴 어디요?”

“주씨 집안의 별장 중 하나다.”

주아리는 무시당하는 것 같아 더욱 화가 났다. 그녀는 옆의 지팡이
를 들어 장소산을 마구 후려쳤다.

“이게! 이게!”

장소산은 움직일 수 없는 몸이라 고스란히 맞을 수밖에 없었다. 그
러나 먼저 쓰러진 쪽은 때리는 주아리였다. 그녀는 십여 대를 때리고
는 거친 숨을 내쉬며 지팡이를 떨어뜨렸다. 연사랑이 급히 그녀를 부
축하며 물었다.

“괜찮으시오?”

“괘, 괜찮아요.”

연사랑이 진기를 흘려 넣어주자 주아리는 곧 얼굴에 혈색이 돌았다.
그녀의 몸에 이상이 없는지 확인한 후 연사랑이 그녀를 달랬다.

“진정하시오.”

“괜찮다니까요!”

주아리는 빽 소리를 지르며 연사랑의 손을 뿌리쳤다. 그리고는 장소
산에게 다그쳐 물었다.

“유지정은 어디에 있지?”

“모르오.”

장소산은 유지정의 행방을 몰랐지만 무명회와의 연락 방법은 알고
있기에 그녀를 찾아내는 것은 어렵지 않은 일이었다. 그러나 그 사실
을 주아리에게 말해줄 리가 없었다.

주아리는 마구 때리며 말할 것을 강요했고, 장소산은 모르겠다고 버

텄다. 연사랑은 아무 말도 없이 옆에서 보고만 있다가 주아리의 안색
이 좋지 않자 입을 열었다.

"밤이 늦었으니 내일 다시 심문하기로 하고 오늘은 그만 합시다."

"알겠어요. 이자를 별채에 있는 뒷방에 넣어두세요."

연사랑은 시키는 대로 장소산을 옮겨놓고 가버렸다. 혼자가 된 장소
산은 인상을 찌푸리며 중얼거렸다.

"맞는 것은 상관없는데 밥이라도 줄 것이지."

힘없는 여자인 주아리의 매질은 그에게 좀 아프다 뿐 그 이상도 이
하도 아니었다. 그보다는 배가 고파 잠이 오지 않았다. 멍하니 먹고 싶
은 음식들을 생각하는데 누군가가 다가오는 소리가 들렸다.

'누구지?

잠시 후 문이 열리며 주아리가 들어왔다. 발을 못 쓰는 그녀는 지팡
이에 의지해 여기까지 오는 것이 힘들었는지 가쁜 숨을 내쉬고 있었다.

장소산은 생각했다.

'날 패는 것이 부족한 것 같아 다시 찾아온 것인가?

주아리는 장소산의 앞에 앉고는 잠시 숨을 고르더니 지팡이로 장소
산을 툭툭 쳤다.

"일어나."

장소산이 대꾸했다.

"무슨 일이오?"

"넌 살고 싶으냐?"

장소산은 웃으며 반문했다.

"그럼 설마 죽고 싶겠소?"

"좋아, 그럼 내가 시키는 대로 해라."

"유지정의 행방을 말하는 것은 절대 안 될 일이오."

"홍, 그 계집애 따위는 아무래도 상관없어. 영원히 어딘가에 처박혀 있으라지!"

"……?"

장소산이 의아해하는데 주아리가 지팡이로 그의 몸 여기저기를 찔러댔다. 아프라고 하는 것이 아닌 점혈을 풀려고 하는 것 같았다. 장소산은 더욱 이상함을 느끼며 물었다.

"지금 뭘 하는 거요?"

주아리는 짜증이 섞인 목소리로 물었다.

"어떻게 하면 점혈을 풀 수 있지?"

장소산은 황당해졌다.

"내가 점혈이 풀리면 당신이 위험할 것이란 생각은 안 드는 거요?"

"네가 날 죽이면 연사랑이 널 가만 놔두지 않을걸? 그리고 어쩌면 차라리 그 편이……."

"……?"

"아니, 아무것도 아니야. 그보다 점혈을 어떻게 푸냐니까?"

"확실히 말해 당신의 능력으로는 불가능하오."

"그럼 그가 아니면 절대 풀지 못한단 말이야?"

"아니, 그건 아니지. 그와 필적할 만한 고수가 풀어주어도 되고, 시간이 지나도 저절로 풀리겠지."

"저절로 풀리려면 얼마나 걸리는데?"

"글쎄? 워낙 단단히 봉해져 있고, 연사랑의 내공이 보통이 아니라서. 아마 며칠은 걸릴 거요."

"할 수 없군."

주아리는 돌연 장소산을 밀기 시작했다. 불구인 몸으로 낑낑대며 자신의 몸을 미는 모습이 황당해 장소산은 물었다.

"지금 뭐 하는 거요?"

"살고 싶으면 가만히 있어."

주아리는 한참이 걸려 장소산은 밖으로 밀어낸 다음 대청마루 밑으로 그를 집어넣었다. 들키지 않기 위해 정성 들여 위장 작업까지 끝마친 그녀는 장소산에게 말했다.

"여기 숨어 있다가 혈도가 풀리면 도망쳐. 다시 연사랑에게 잡히면 이번처럼은 안 될 테니까 앞으로 조심하고."

장소산은 도무지 이해가 가지 않았다. 연사랑을 시켜 자신을 잡아오게 한 것은 주아리가 아닌가. 그런 그녀가 자신이 도망치도록 해주고 다시 잡히지 않도록 조심하라니?

'날 풀어주고 유지정에게 가는 것을 노리려는 것일까? 아니, 그렇게 보기에는 너무 허점이 많다.'

장소산은 참지 못하고 물었다.

"도대체 당신, 무슨 속셈이오?"

주아리는 대답하지 않았다. 잠시 묵묵히 있더니 한참 후에야 한마디 했다.

"알 것 없어."

그녀는 지팡이의 의지해서 방으로 돌아가 버렸다.

5

다음날 아침이었다. 연사랑이 주아리를 안고 오는 것을 장소산은 대청마루 밑에서 볼 수 있었다. 둘은 방 안으로 들어가더니 곧 장소산이 없어진 것을 알고 소리치기 시작했다.

"아니, 어디로 간 거지? 설마 혈도를 푼 것일까?"

"말할 시간이 있으면 어서 찾아요!"

마루 밑에서 장소산은 웃음이 나오는 것을 참았다.

'연사랑이야 모르고 있으니 그렇다 치고, 주아리란 여자는 연기를 아주 잘하는군. 하긴 주가장에서도 집안 식구와 하인들을 수년간이나 감쪽같이 속였으니까.'

주아리의 목소리가 들렸다.

"아직 멀리 도망치지는 못했을 거예요. 당신은 집 주변과 산 밑으로 내려가는 길을 찾아봐요. 난 그사이 집 안을 살펴볼 테니."

"당신 몸으로는 무리요. 당신은 이대로……."

"지금 그런 것을 따질 때가 아니잖아요!"

"아, 알겠소."

연사랑은 대답하고는 집 밖으로 나갔다. 그가 나가자 주아리가 마루 밑으로 머리를 내밀어 장소산이 있는 것을 확인하고는 못마땅한 표정이 되었다.

"아직 거기 있었군요."

장소산은 히죽 웃고는 말했다.

"그보다 밥 좀 주시오. 자칫하면 배에서 꼬르륵 소리가 나서 들킬 것 같소."

주아리는 혀를 차고는 사라진 후, 한참 후에야 주먹밥을 두 개 가져왔다.

"먹어요."

"손을 쓸 수 없으니 먹여주시오."

"쳇!"

투덜거리면서도 주아리는 주먹밥을 조금씩 떼서 장소산의 입에 넣어주었다. 먹는 것이 끝나고 얼마 후 연사랑이 당연하게도 허탕을 치고 돌아왔다.

"도저히 찾을 수가 없소. 어디에도 흔적 없이 감쪽같이 도망갔구려."

주아리가 툴툴거리며 말했다.

"됐어요. 이미 일어난 일이니 할 수 없죠."

"삼 일의 시간만 주시오. 반드시 다시 잡아오겠소."

"한 번 잡힌 적이 있으니 그자도 경계하지 않겠어요? 자칫하면 반대로 그에게 당할 수도 있어요. 천천히 방법을 생각해 보기로 해요."

"알겠소."

둘이 다른 곳으로 가버리자 혼자가 된 장소산은 곰곰이 생각했다.

'저 두 명은 정말 이상한 사람들이다. 저런 악독한 여자가 좋다고 시키는 대로 하는 연사랑도 이상하고, 복수를 하겠답시고 날 잡아오게 하고는 다시 풀어주는 주아리도 이상하니, 두 명의 머리 속이 어떻게 된 것인지 도무지 알 수가 없군.'

시간이 흘러 밤이 되었다. 장소산은 몸속의 혈이 간질거리는 느낌이 나는 것이 혈도가 풀리려고 한다는 것을 알게 되었다.

'됐다!'

그는 서두르지 않고 진기를 조금씩 움직이며 혈을 풀어나갔다. 한참을 그렇게 하고 있는데 누군가가 다가오는 소리가 들렸다.

'주아리인가?'

주아리는 아니었다. 그녀는 지팡이를 사용하기에 소리에서 확실한 차이가 있다. 다가오는 사람은 무공의 고수였다.

'연사랑인가?'

마루 밑이라 발밖에 보이지 않아 누군지 알기 어려웠다. 다가오는 누군가는 방 안으로 들어갔다. 잠시 후 또다시 다른 누군가가 오는 소리가 들렸다. 이번에도 무공의 고수였다.

'한 명은 연사랑이라 쳐도 다른 사람은 누구지?'

두 번째로 찾아온 사람이 방문 앞에 서서 말했다.

"내가 왔네."

장소산은 목소리를 듣고 누군지 바로 알아차렸다. 유자건의 목소리가 분명했다. 이어 방 안의 사람이 답했다.

"들어오게."

연사랑의 목소리였다.

'저 둘이 뭔가 꾸미는 것이 있는 모양이구나!'

장소산은 마루 밑에서 방 안의 소리를 엿들었다.

유자건이 물었다.

"장소산은 어떻게 되었나, 죽였나?"

연사랑이 답했다.

"한 번 잡았다가 놓쳐 버렸네."

"아니, 내가 말하지 않았나. 그놈은 약아빠진데다 재수까지 좋아서 잘 도망치니 즉시 죽여 버려야 한다고."

유자건의 신경질적인 말에 연사랑은 퉁명스럽게 답했다.

"그렇게 죽이고 싶으면 네가 직접 죽이면 될 게 아닌가."

"아니, 그걸 말이라고 하나? 자네가 내게 찾아와 말하지 않았는가.

사람을 찾고 있으니 도와달라고. 그래서 나는 장소산은 죽여주면 자네 일을 도와주겠다 했고, 자네는 승낙하지 않았는가!"

"그때와는 사정이 달라졌어. 난 이제 자네에게 부탁할 필요를 느끼지 못해."

유자건은 이를 갈았다.

"그래서 이제 장소산을 상관하지 않겠다고?"

"그래."

"그놈은 천명회를 망칠 위험이 있는 놈이야. 그놈을 살려두어서는 절대 안 돼! 그를 살려두면 우리 모두에게 피해가 간다는 사실을 왜 모르는가!"

"자네 정도가 그렇게 생각할 정도면 확실히 그렇겠군."

연사랑은 생각했다.

'지수가 천명회를 무너뜨릴 것을 기대한다는 말이 거짓말은 아니었던 모양이군.'

유자건이 좋아하며 말했다.

"그래, 그러니까 어서 죽여 버려야 해. 천명회가 천하무림에 군림하기 위해서 말일세."

그러나 연사랑은 고개를 저었다.

"천명회가 천하무림에 군림하는 것은 내가 원하는 바가 아니네."

유자건은 잠시 얼굴을 일그러뜨렸다가 말했다.

"지수가 원하지 않은가."

"그녀가 원한다고? 정말 그녀가 원할까?"

잠시 당황했던 유자건은 다시 말했다.

"그녀가 원하지 않는다 해도 그녀는 천명회 사람이야. 자네 역시 천명회 출신인 것은 마찬가지이고. 우리 천명회의 계획이 잘못된다면 천하무림의 적이 되게 될 걸세. 그렇게 되면 지수나 자네가 난 모르는 일이라고 계속해서 발을 뺄 수가 있을까? 천하의 고수들이 자네들을 노릴 텐데 말이야."

연사랑이 흠칫하는 것을 유자건은 놓치지 않았다. 그는 히죽거리며 말을 이었다.

"하긴 그래. 아무도 모르는 곳에서 숨어 산다는 방법도 있겠지. 걷지 못하는 불구 여자를 지수 대신이라고 스스로를 속이면서 말일세."

연사랑의 미간에 돌연 한기가 돌았다.

"함부로 말하지 마라."

그러나 유자건은 말을 멈추지 않았다.

"그 여자는 지수 대신이 될 수 없어. 이딴 짓 당장 그만두고 천명회로 돌아와! 언제까지 이렇게 구질구질하게 지낼 거야?!"

연사랑은 한숨을 내쉬고는 답했다.

"난 지금의 생활이 구질구질하다고 생각하지 않아."

"구질구질하지 않다고? 천명회에서 무공으로 천뢰 다음이고, 강호를 통틀어도 열 손가락 안에 들 수 있는 자네가 다리 병신의 시중이나 드는 것이 구질구질하지 않다고? 천하의 사람들에게 물어보게. 백이면 백, 사내대장부가 야망을 가질 생각은 안 하고 한심하게 여자 치마폭에 싸여 자기 능력을 썩히고 있다고 대답할 거야."

돌연 연사랑은 자조 섞인 미소를 지었다.

"능력을 썩힌다고? 내 능력이 썩힐 것이나 있나? 고작 사람 죽이는 재주일 뿐이 아닌가."

"뭐라고?"

유자건은 어이가 없다는 표정을 지었다.

"지금도 수만의 사람들이 고수가 되기 위해 땀을 흘리고 목숨까지 걸고 있는데, 그것이 보잘것없단 말인가?"

연사랑은 고개를 저었다.

"자네는 천명회나 무당파 안에서만 있다 보니 세상의 시야가 좁아진 모양이군. 이 세상에는 무공을 익힌 사람보다 익히지 않은 사람이 훨씬 많네. 무공이 없어도 사람은 얼마든지 살 수 있네."

숨어서 듣고 있던 장소산은 흠칫했다. 예전에 무언계에게서도 지금의 연사랑과 비슷한 말을 들었다.

'무언계도 그러더니 천명회에서 천뢰 다음 간다는 연사랑까지 무공을 하찮은 것처럼 말하다니. 확실히 농사짓는 사람이나 학문을 하는 사람에게 무공은 별 필요 없겠지. 하지만 우린 강호의 사람이다. 강호인에게 무공보다 중요한 것이 세상에 어디 있단 말인가?'

장소산에겐 있는 사람의 여유 같아 보였다. 부자에게 돈 몇 푼은 하찮지만 가난한 사람에게는 살아남기 위한 절실한 돈이다.

'무언계나 연사랑이나 엄청난 고수가 되고 나니 조금이라도 강해지고자 발버둥치는 다른 사람들이 한심스럽게 보이는 모양이군.'

유자건 역시 장소산과 비슷한 생각을 한 모양이었다. 화가 나는지 거칠게 숨을 쉬더니 돌연 코웃음 쳤다.

"참 잘나셨군. 그래서 그 병신 여자 옆에서 평생 시중이나 들며 살겠단 말인가?"

"함부로 말하지 말게."

연사랑은 주의를 주고 다시 말을 이었다.

"평생 그녀를 돌볼 수 있을지는 나도 모르겠네. 하지만 그녀를 도와주고 싶네. 그녀에는 이제 가족도, 하인 한 명 없고, 남의 도움 없이는 당장 하루도 살기 힘드네. 최소한 그녀가 바라는 것을 이루어주고 여생을 편히 살도록 해주고 싶어."

"훙! 그야말로 성인군자가 나셨군."

유자건은 투덜거리며 방을 나섰다.

"생각이 바뀌면 언제든지 천명회로 돌아오게. 천뢰도 기다리고 있으니까."

말을 마친 그는 사라져 버렸다. 연사랑은 그가 가는 것을 지켜보다가 입을 열었다.

"숨어 있지 말고 그만 나오게."

장소산은 깜짝 놀랐다. 자신이 숨어 있는 것을 알고 있었단 말인가? 그가 머뭇거리는데 연사랑이 다시 말했다.

"마루 밑에 하루 종일 있자니 불편하지 않나? 설마 아직 혈도를 못 풀었나? 자네 정도라면 충분한 시간일 텐데."

연사랑의 말대로 장소산은 이미 모든 혈도를 푼 후였다. 장소산은 머쓱한 표정이 되어 마루 밑에서 기어 나와 물었다.

"언제부터 알았소?"

"처음부터. 명색이 고수가 몸이 불편한 여자의 움직이는 기척 하나 못 느껴서야 죽어야지."

장소산은 쓴웃음을 짓고는 다시 물었다.

"알면서 왜 모른 척하고 있었소?"

"자네를 잡은 것은 주 소저가 원했기 때문이네. 이제 그녀가 자네를 놓아주고 싶다는데 내가 왜 막아야 한단 말인가."

참으로 이상한 사람이라고 장소산은 생각했다. 보통 사람이라면 최소한 주아리에게 왜 헛고생시켰냐고 따지기라도 해야 할 것이 아닌가.

'아니, 그럴 생각을 할 때가 아니지. 난 어서 빨리 여태환에게 양경 청의 칠성방 공격이 예상보다 빠르다는 사실을 알려야 한다.'

생각을 정한 장소산은 꾸벅 고개를 숙였다.

"그럼 사양하지 않고 그만 가겠소."

그는 즉시 경공을 펼쳐 집을 빠져나갔다. 그런데 한창 산을 내려가 던 그는 무슨 생각이 들었는지 발을 멈추고 오던 길을 돌아보았다.

'괜찮을까?'

숨어서 볼 때의 유자건의 태도가 마음에 걸렸다. 원하는 것을 전혀 이루지 못했는데 너무 쉽게 물러선 것이 이상했다.

잠시 고민하던 장소산은 지금은 이럴 때가 아니라는 생각에 발길을 돌렸다.

第三十三章

방주의 자격

장소산은 발길을 서둘러 여태환 등이 본거지로 삼은 절로 달려갔다. 그곳은 장소산이 떠났을 때와 다름없이 총타 공격을 위한 준비를 하고 있었다.

그는 즉시 여태환을 찾아가 물었다.

"개방 총타는 어떻게 되었습니까?"

"무슨 소린가?"

어리둥절해하는 여태환에게 장소산은 개방 장로 주사희에게 들은 이야기를 했다. 여태환은 고개를 끄덕이고는 말했다.

"선전 포고 이야기는 들었네. 하지만 내가 알기로 아직 시간은 남아 있네. 총타에는 우리에게 협력하는 제자들이 있어 꾸준히 정보를 전해 주고 있는데, 현재까지 이렇다 할 움직임은 없어."

장소산은 안도하는 한편 뭔가 이상하다는 생각이 들었다.

"이렇다 할 움직임이 없다고요?"

"그래."

"칠성방에 선전 포고까지 했는데요?"

"……!"

여태환도 뭔가 잘못되었다는 것을 느끼고 벌떡 일어났다. 그는 급히 수하들을 불러 지시를 내렸다.

"총타에 양경청과 그의 심복들이 있는지 알아보라고 해라!"

몇 시진 후 보고가 들어왔다. 총타에 양경청이 없다는 것이다. 총타에 많은 이들이 있었지만 대부분 일반 제자들일 뿐, 양경청의 심복이나 고수라 할 수 있는 사람들은 거의 남아 있지 않았다.

"당했군!"

여태환은 혀를 찼다.

"총타는 미끼였군. 총타에서는 평안한 모습을 보여 우리에게 충분한 시간이 있다 생각하게 만들고, 칠성방과의 전쟁은 다른 곳에서 준비하고 있었어!"

그는 즉시 사공방을 불러 사실을 전하고 수하들을 불러 모았다. 상황을 전해 들은 사공방은 당황하며 물었다.

"그렇다면 모든 것이 이미 늦은 것은 아니냐?"

"그렇지는 않습니다. 우린 칠성방에도 사람을 파견해 두었습니다. 개방이 공격한다면 칠성방은 대응할 수밖에 없는 법. 양경청의 움직임은 그가 속임수를 쓰는 바람에 놓쳤지만, 칠성방 측에서는 굳이 숨길 필요가 없지요. 칠성방에서 싸우기 위해 출진하지 않았다는 것은 아직 전쟁이 시작되지는 않았다는 이야기입니다."

여태환은 굳은 표정으로 잘라 말했다.

"두 문파가 싸우는 것을 반드시 막겠습니다."

"하지만 우린 어디서 싸우는지도 모르지 않느냐."

"그거야 곧 알 수 있겠지요."

그의 말대로 수하들이 모이고 출발 준비가 끝나갈 때쯤 칠성방에 파견한 제자로부터 전서구가 날아왔다. 칠성방의 정예 팔백이 출전하였다는 것이다.

여태환은 칠성방 정예들이 향한 방향을 듣고 지도를 펴 들었다.

'무장을 한 팔백이나 되는 수가 한꺼번에 움직이면 관의 주목을 받을 수밖에 없다. 뇌물을 먹여 미리 입막음을 한다 해도 개방까지 합쳐 이천에 가까운 인원이 한곳에 모여 전쟁을 벌이는 것까지 수습하기는 힘들다.'

그렇다면 당연히 전투가 벌어질 장소는 인적이 드문 곳일 것이다. 그것도 이천에 가까운 많은 인원이 싸우기에 적당한 공간이 확보되고 나중에 뒷수습도 용이한 장소.

"여기군!"

여태환이 가리키는 지도의 장소를 보고 장소산이 물었다.

"무성산?"

"이 산의 꼭대기에는 상당히 넓은 고원이 있지. 과거 이곳에서는 오절신군과 곤륜의 최고 고수인 청진과의 대결이 있었는데, 당시 오천 명이 넘는 구경꾼이 모여들었다는군. 그 정도 인원이 모여들 수 있을 정도라면 수천이 싸워도 충분한 공간이 있겠지. 두 현의 경계점이라 관의 관심도 적고, 근처에 마을도 없으니 문제가 생길 우려도 적고……."

장소산은 고개를 끄덕였다.

"과연 그곳이 가장 적당할 것 같군요."

"지금 당장 출발하도록 하지. 양경청 무리를 따라잡으려면 서두르지 않으면 안 돼."

사공방이 걱정스럽게 물었다.

"그런데 따라잡은 후에 싸움을 막을 방법은 있느냐?"

사공방과 여태환을 따라 이곳에 모인 개방 제자들의 수는 삼백 명 정도. 반면 칠성방도의 수는 팔백, 양경청이 이끄는 개방도의 수는 이보다 많으면 많지 적지는 않을 것이다.

"우리 숫자로 천이 넘는 수의 싸움을 말리기는 무리다. 게다가 상대는 고르고 고른 정예일 테고……. 자칫 고래 싸움에 새우 등 터진다고 아무것도 못해보고 박살날지도 모른다."

여태환은 고개를 끄덕이고는 말했다.

"사부님 말씀대로 싸움이 벌어진 후라면 늦습니다. 하지만 그전이라면 가능성이 있지요."

"방법이 있느냐?"

"확실히 우리는 양경청 무리든, 칠성방 정예든 어느 쪽에도 상대가 되지 않습니다. 하지만 승부의 추를 기울일 수는 있겠지요."

장소산이 그 말의 의미를 깨닫고 놀라 물었다.

"그 말은 칠성방 측에 붙는다는 것입니까?"

"아니, 우린 아무 쪽에도 붙지 않는다. 다만 부당한 싸움을 막을 뿐이지."

여태환은 설명했다.

"우린 개방이 부당한 트집으로 칠성방을 공격하는 것을 두고 볼 수는 없다. 따라서 개방이 칠성방을 공격하면 우린 칠성방을 돕는다. 대

신 칠성방이 개방을 공격한다면, 우리가 개방도인 이상 개방을 지켜야
겠지.”

그의 말인즉 어느 쪽의 편도 들지 않고 승부를 조율함으로써 어느
쪽도 먼저 공격하지 못하게 하겠다는 것이다.

장소산은 고개를 끄덕였다. 그러나 얼굴에는 걱정이 사라지지 않았
다. 괜찮은 생각인 것 같지만 현실은 말처럼 쉽지 않다.

‘과연 그렇게 될까?’

여태환이 말했다.

“어쨌든 싸움이 벌어지기 전에 우리가 도착하지 않으면 죽도 밥도
되지 않아. 지금 당장 출발하도록 한다.”

볼일을 보고 오겠다고 떠난 강연수는 아직 돌아오지 않고 있었다.
장소산은 수초를 다른 본거지를 지키는 개방 제자들과 함께 남겨둔 채
사공방, 여태환과 함께 무성산을 향해 서둘러 출발했다.

무성산으로 향하는 도중에도 계속해서 새로운 정보가 들어왔다. 여
태환의 예상대로 개방과 칠성방은 무성산에서 결전을 벌이기 위해 이동
하고 있었다. 정보를 분석한 여태환은 조금 안심한 듯한 표정이 되었다.

“이 속도라면 아슬아슬하게 시간이 맞겠군.”

그러나 상황은 그렇게 순탄하게 흘러가지 않았다. 무성산을 하루 남
기고 봉청홍이 앞을 가로막은 것이다.

2

장소산은 혀를 찼다. 양경청이 칠성방과의 결전을 방해받지 않기 위
해 뭔가 준비할 가능성을 생각하지 않은 것은 아니었다. 하지만 눈앞

의 장애물은 예상을 훨씬 넘어섰다. 봉청홍이 이끄는 개방도들의 수는 이쪽의 두 배에 가까운 오백이나 되었던 것이다.

'거기다……'

그는 봉청홍의 뒤로 시선을 돌렸다. 그곳엔 진갑이 무표정한 얼굴로 서 있었다.

"기다리고 있었다."

봉청홍은 사공방 등을 향해 히죽거리며 말했다.

"방주께서 출진하신 후, 며칠 지난 다음 슬쩍 정보를 흘리면 헐레벌떡 이리로 달려올 것이라 예상했지."

사공방이 인상을 쓰며 물었다.

"여기에 이렇게나 많은 전력을 남겨두면 칠성방과의 결전은 어떻게 할 생각이지?"

봉청홍은 피식 웃고는 답했다.

"우리 개방에는 사람이야 넘치도록 많지 않은가. 이 정도 인원쯤 모으는 것이 어려운 일은 아니지. 그리고 어차피 칠성방과는 같은 인원 수로 승부를 결하기로 이미 약속했으니까 사람이야 남고 말이지."

장소산이 앞으로 나서며 물었다.

"칠성방이 같은 수로 싸우는 것을 받아들였나?"

"그야 당연하지. 칠성방이야 숫자 싸움을 하게 되면 우리 개방에 상대가 안 된다는 것을 잘 알고 있으니 받아들이지 않으면 못 배기지. 아니, 애초에 같은 수로 싸우자고 안 했으면 이렇게 승부를 결할 생각조차 못했을걸?"

봉청홍의 대답에 장소산은 속으로 혀를 찼다.

'이것도 양경청의 계획이었군!'

똑같이 천하이대방파로 불려도 개방과 칠성방은 규모 면에서 비교가 되지 않는다. 아니, 수만의 제자를 거느린 개방 앞에서는 그 어떤 문파도 수에 있어서는 상대가 될 수 없다고 할 수 있다. 천하제일문파라 불리는 소림과 무당조차도 개방이 인해전술로 나가면 두 손 두 발 다 들 수밖에 없는 것이다.

'장기전으로 나가면 승산이 없으니 칠성방주의 입장에서는 같은 수로 일거에 승부를 결하자는 말에 응하지 않을 수 없다. 양경청 역시 배후의 반란 세력인 우리가 있는 상황에서 승부가 길어지면 곤란해질 가능성이 높으니 이런 제안을 한 것이겠지.'

사공방이 물었다.

"같은 수로 싸워도 충분히 승산이 있단 말인가?"

"그야 물론이지."

봉청홍은 자신있게 대답했다.

"같은 천하이대방파라 불려도 칠성방은 결국 도마 가규 한 사람의 손에 의해 세워진 방파야. 긴 역사와 전통, 거기에 수만의 제자들을 거느린 우리 개방의 진정한 저력 앞에는 상대가 되지 않는다. 한때 방주였던 당신이라면 충분히 알고 있었을 텐데?"

사공방은 침묵으로 수긍했다. 봉청홍은 어깨를 으쓱하고는 말했다.

"정말 이해가 되지 않는군. 왜 이렇게까지 나서서 방해하려고 하지? 개방 방주 직을 되찾고 싶은 마음이야 이해가 되지만 칠성방과는 상관이 없잖아. 아니, 칠성방을 없애고 개방이 천하제일방파가 되면 나중에 방주 직을 되찾았을 때의 이득이 더 큰 것이 아닌가?"

"어리석은 놈!"

사공방의 일갈에 봉청홍의 표정이 굳어졌다.

“뭐, 뭐라고?”

“그런 식으로밖에 생각하지 못하니 내가 널 내친 것이다. 개방의 형제는 싸우기 위한 전력 따위가 아니다. 살아 있는 생명이란 말이다. 칠성방과 싸우면 많은 개방의 형제들이 무의미하게 피를 흘린다는 생각을 왜 못하느냐?!”

“에잇, 닥쳐!”

봉청홍이 노해 외쳤다.

“그따위 소리로 우릴 동요시키겠다는 속셈임을 모를 줄 알아?! 개방의 형제들이여, 저자는 이제 더 이상 우리 개방의 전 방주가 아니다! 방의 빛나는 역사를 방해하는 반역도의 무리이다! 지금 당장 처단하라!”

봉청홍이 이끄는 개방도들이 명령에 따라 앞으로 나왔다. 여태환이 이끄는 개방도들도 이에 맞서 대응해 나갔다.

지금 상황은 이전 총타에서의 싸움과는 양상이 전혀 달랐다. 당시에는 무사히 도망치는 것이 목적이고, 같은 개방도가 상대라 전력을 다할 생각이 없었다. 그러나 지금은 상황이 다르다. 어떻게든 눈앞의 상대를 물리치고 나아가지 않으면 안 된다.

상대 역시 명백한 살의를 가지고 앞을 막고 있었다. 그것을 증명하듯 그들이 들고 있는 것은 평소에 사용하는 봉이 아닌 날이 선 도, 싸움이 시작되면 원하든 원하지 않든 피를 볼 수밖에 없었다.

“어떻게 할까요? 싸울까요?”

여태환이 사공방에게 물었다. 지금 상황은 그로서도 쉽게 결정할 수 있는 일이 아니었다.

“아니, 싸워서는 안 돼.”

사공방은 고개를 저었다. 같은 개방의 형제가 피를 흘리며 싸우는 것은 그로서는 도저히 두고 볼 수 없는 일이었다.

"그건 그렇군요."

여태환도 수긍했다. 인정도 문제지만 지금 싸우게 되면 현재의 전력 대부분을 잃을 수밖에 없다. 그렇게 되면 개방과 칠성방의 결전을 막을 수가 없다.

그러나 상대편은 그런 사정 따위는 전혀 고려하지 않고 있었다.

"공격하라!"

봉청홍의 명령에 그가 이끄는 개방도들이 일제히 무기를 들고 달려들었다.

"멈춰라!"

사공방이 앞으로 나서며 소리쳤다. 그가 개방 방주였던 것은 오래전 일이 아니다. 그의 위엄있는 외침에 봉청홍이 이끄는 개방도들 중 반수 가까이 되는 이들이 발걸음을 멈췄다. 그러자 다른 개방도들도 어쩔 수 없이 그 자리에 멈추었다.

"뭐 하고 있는 거냐! 저자는 방주도 뭣도 아닌 반역도일 뿐이다. 반역도의 말을 들을 필요는 없다고 내가 그렇게 말하지 않았나!"

봉청홍이 소리 지르자 개방도들은 다시 움직였다. 그러자 사공방은 품에 손을 넣어 뭔가를 꺼내며 다시 외쳤다.

"멈춰라, 이게 보이지 않느냐!"

"아니, 그것은?!"

봉청홍은 놀라 소리쳤다. 사공방이 꺼낸 것은 다름 아닌 타구봉이었다. 봉청홍이 이끄는 개방도들 역시 놀라며 타구봉을 바라보았다.

사공방은 타구봉을 높이 쳐들며 외쳤다.

"개방 방주는 방주 직을 물려줄 때 방주의 상징인 타구봉도 함께 물려주게 되어 있다. 난 아직 양경청에게 이 타구봉을 물려주지 않았다. 그러니 난 아직 개방의 방주인 것이다. 개방의 제자인 너희들이 방주의 명을 듣지 않겠다는 것이냐!"

봉청홍이 이끄는 개방도들은 서로의 얼굴을 쳐다보며 웅성거렸다. 그들은 특별히 양경청을 따르는 이들로만 선발하여 모은 자들이었다. 그래서 전 방주인 사공방이 상대라 해도 칼을 들 수 있었다.

그런데 사공방이 타구봉까지 들어 보이며 양경청이 아닌 자신이 아직 개방 방주라 하니 공격하기가 난감해져 버렸다. 아무리 양경청을 따른다고 해도 방주에게 칼을 들이댈 용기까지는 없었던 것이다.

"어, 어떻게 다시 타구봉을… 잃어버린 것이 아니었나?"

"개방을 바로잡기 위해 하늘이 다시 한 번 나에게 기회를 주신 것이지."

봉청홍의 질문에 대답한 사공방은 봉청홍이 이끄는 개방도들을 향해 외쳤다.

"자, 나를 따르라! 나와 함께 무성산으로 가서 잘못된 싸움을 벌이려는 양경청을 막도록 하자!"

"어림없는 소리!"

봉청홍이 외쳤다. 그는 사공방을 손가락질하며 고래고래 소리를 질러댔다.

"넌 분명 자기 입으로 양경청에게 개방 방주 직을 물려준다고 했다. 그 말을 그 자리에 모인 개방도 모두가 들었다. 그래 놓고 이제 와서 두말하기냐!"

사공방은 말문이 막혔다. 확실히 봉청홍의 말대로 자신의 입으로 방주 직을 물려준다고 한 것은 사실이었다.

"그, 그건……."

"흥! 그럼 그렇지. 넌 개방 방주가 될 수 없어. 그 타구봉은 내가 되찾아 진정한 방주에게 돌려드려야겠다."

봉청홍 측의 기세가 올랐다. 즉각 다시 공격하려고 하는데 여태환이 나서서 소리쳤다.

"그 말은 무효다! 왜냐하면 타구봉을 물려주는 절차가 빠졌기 때문이다. 제대로 된 절차가 빠진 이상 아직 나의 사부님이 개방 방주인 것이다!"

"그런 억지를!"

"뭐가 억지란 말이냐. 타구봉은 개방 방주의 손에 있어야 하는 것. 지금 이렇게 사부님의 손에 있지 않느냐!"

여태환과 봉청홍은 서로 자신 쪽이 옳다고 말다툼을 벌였다. 양측의 개방도들도 의견이 분분하여 결정이 나질 않았다. 한창 그렇게 시끄럽게 돌아가고 있을 때 봉청홍의 뒤에 서 있던 진갑이 갑자기 사공방을 향해 달려들었다.

"앗!"

말다툼을 벌이느라 정신이 없던 사공방 측은 진갑의 움직임을 전혀 신경 쓰지 않고 있었다. 상황을 파악했을 때는 진갑이 이미 놀라운 움직임으로 사공방의 눈앞까지 와 있었다.

"멈춰!"

가장 대응이 빨랐던 장소산이 몸을 날리며 진갑을 향해 장을 날렸다. 진갑은 피하지 않고 그대로 돌진하며 수도로 사공방의 이마를 노리고 찔렀다. 장소산은 공격을 포기하고 급히 사공방의 어깨를 뒤로 잡아 당겨 수도를 피하게 했다.

그러나 그것은 진갑의 허초였다. 진갑은 수도를 조법으로 바꾸어 사공방의 손에서 타구봉을 낚아채고는 곧바로 바닥을 박차 뒤로 물러났다.

당했다는 것을 깨달은 장소산은 즉시 진갑을 쫓아 공격했다. 진갑은 계속 뒤로 물러서며 수비만 하다 벼락같이 일장을 내질렀다. 장소산은 무공총람 수비편의 수법으로 손으로 원을 그리며 공격을 해소하려 했다.

"윽!"

하지만 진갑의 장은 위력이 엄청났다. 수비편의 수법으로도 모두 해소하는 것은 무리였기에 장소산은 간신히 견디며 다섯 걸음을 물러났다.

이렇게 되자 진갑은 무사히 봉청홍의 진영 쪽으로 돌아가게 되었다. 봉청홍은 진갑의 손에서 타구봉을 받아 들어 흔들며 웃음을 터뜨렸다.

"하하, 이제 타구봉은 내 손으로 들어왔군. 그럼 이제 사공방, 당신은 더 이상 방주가 아닌 것 아닌가?"

여태환은 혀를 찼다. 봉청홍 측의 공격을 막을 중요한 구실인 타구봉을 빼앗겨 버렸으니 상황이 심각하게 되어버린 것이다.

봉청홍은 의기양양하여 떠들어댔다.

"사공방, 당신은 정말 구제불능이군. 전에는 애들에게 타구봉을 빼앗기더니, 이번에도 또 뻔히 눈뜨고 뺏기지 않았나. 방수란 자가 타구봉 하나 지킬 능력이 없어서야 어떻게 방주를 할 수 있단 말인가."

사공방은 고개를 숙였다. 생각해 보면 일이 이 지경까지 온 이유는 다 자신의 약한 무공 때문이었다. 그래서 타구봉을 빼앗기고, 심경초에게 잡히고, 양경청에게 방주 직을 넘길 수밖에 없었던 것이 아닌가.

봉청홍 측의 개방도들은 봉청홍의 말에 동의하여 사공방이 방주를 할 자격이 없다 생각했고, 사공방 측의 개방도들도 크게 사기가 저하되어 실망스런 표정이 되었다.

승세를 탔다고 생각한 봉청홍은 타구봉을 쳐들며 외쳤다.

"개방의 형제들이여, 반역도를 처벌… 어?"

소리치던 봉청홍은 갑자기 손이 허전해져 위를 올려다보았다. 그런데 이게 어떻게 된 일인가. 방금 전까지 손에 잡혀 있던 타구봉이 감쪽같이 사라진 것이 아닌가?

"어, 어떻게 된……."

그때 뒤에서 목소리가 들려왔다.

"이게 타구봉이란 물건인가. 광택이나 재질이 범상치가 않은데 팔면 얼마나 할지 모르겠군."

"팔긴 누구 맘대로 팔아! 이건 내 제자 거라고."

봉청홍 측 개방도들이 양쪽으로 썰물 빠지듯 물러섰다. 그러자 그 가운데에는 두 명의 거지가 서 떠들고 있고, 그중 한 명의 손에는 타구봉이 들려 있었다.

"되찾아라!"

봉청홍이 소리치자 진갑이 즉시 달려들어 타구봉을 낚아채려 했다. 타구봉을 든 거지는 한 손으로 타구봉을 들어 살피며 다른 한 손으로는 진갑을 상대했다.

"그런데 진짜 이것의 재질은 뭐야? 천금을 줘도 구하기 힘든 물건

같은데, 도대체 거지들이 어디서 이런 물건을 구했을까?”

같이 있는 다른 거지가 말했다.

“대대로 개방에서 내려오던 물건이야. 처음부터 개방 거라고.”

“아니, 그래도 최초로 구한 사람이 있을 거 아냐?”

지켜보던 사람들은 놀라 눈이 휘둥그레졌다. 절정고수인 진갑의 공격을 타구봉을 든 거지는 한 손으로 막는데도 조금도 여유를 잃지 않는 것이 아닌가!

진갑은 상대의 무공이 상상을 초월함을 느끼고 공격을 포기하고 뒤로 물러서며 외쳐 물었다.

“당신들은 누구요?!”

장소산이 그의 얼굴을 알아보고는 소리쳤다.

“무언계!”

두 명의 거지는 다름 아닌 무언계와 추월락이었다. 무언계는 장소산을 돌아보고는 웃으며 손을 흔들었다.

“어, 여기서 또 만나는구나. 어때, 무공은 많이 늘었냐?”

“아, 예.”

봉청홍이 떨리는 목소리로 물었다.

“당신이 정말 천하제일고수 무언계요?”

무언계는 씨익 웃고는 대답했다.

“그래, 내가 무언계다.”

봉청홍은 믿지 않을 수 없었다. 십대고수 급의 진갑을 한 손으로 상대할 정도의 고수가 무언계가 아니면 또 누구겠는가!

무언계는 실실거리며 말했다.

“여기 추월락하고 변장을 한 채 너희 패거리 속에 숨어 있었지. 감쪽같이 속았지?"

봉청홍은 안색이 변했다. 무언계가 사공방의 사부인 추월락과 함께 있다는 것은 곧 사공방의 편이라는 이야기가 된다. 그렇다면 더 이상 자신 쪽이 이긴다고 장담할 수 없지 않은가.

그는 더듬거리며 말했다.

"이 일은 우리 개방의 문제요. 당신이 상관할 바가 아니오!"

"그럴 수야 없지. 왜냐하면 내 맘이거든."

봉청홍의 얼굴이 일그러졌다.

"아무리 당신이 천하제일고수라고 해도 개방을 적으로 삼고 무사하지는 못할걸!"

"그야 그렇겠지. 천하의 거지가 모두 우리 집에 몰려오면 기둥뿌리가 남아나지 않을 테니까."

"알았으면 어서 타구봉을 돌려주시오."

"그런데 어느 쪽이 진짜 개방이지?"

"뭐요?"

무언계는 물었다.

"이쪽도 거지고, 저쪽도 거지가 아니냐? 난 어느 쪽 개방에 타구봉을 돌려주어야 하지?"

추월락이 소리쳤다.

"당연히 내 제자에게 돌려줘야지! 그러려고 널 여기까지 데려왔잖아!"

그러나 무언계는 시큰둥하게 대꾸했다.

"네 제자는 틀러먹었어. 보물의 주인이 될 자격을 찾을 수가 없다고."

그는 사공방을 쳐다보았다. 사공방은 멍청한 표정으로 그의 시선을 받았다.

"저거 봐, 눈이 갔잖아. 저래 가지고 무슨 놈의 개방 방주를 해먹겠어."

당연히 사공방의 편이라고 생각했던 무언계의 태도 변화에 사람들은 황당해졌다. 여태환이 따져 물었다.

"무 선배님, 당신은 대체 뭘 어쩌려는 겁니까?"

무언계는 웃으며 대답했다.

"어쩌긴 뭘 어째. 보물의 진정한 주인을 가리려는 거지."

"사조님의 부탁을 받고 우릴 도와주려고 온 것이 아닙니까?"

"뭐, 여기 온 경위는 그렇긴 하지만 네 사부란 녀석은 아무래도 틀려먹어서 생각을 수정하지 않으면 안 되겠어."

3

사람들은 이해할 수 없었다. 추월락의 부탁을 받고 왔다면 사공방 측을 도와주려고 왔다는 것이다. 그런데 왜 타구봉을 사공방에게 돌려주지 못하겠다는 것인가.

무언계는 타구봉을 보이며 말했다.

"보물이란 자격이 있는 자가 가져야 하는 법이다. 그렇지 않으면 제대로 쓰지 못하고 썩히거나 화를 입게 되지. 그렇게 보면 사공방이 타구봉을 가질 자격이 없는 것은 명백하다. 안 그런가?"

봉청홍 측뿐만 아니라 사공방 측의 개방도들까지 상당수 그의 말에 수긍하여 고개를 끄덕였다. 확실히 그의 말에는 일리가 있었다. 애초에 사공방이 타구봉을 빼앗기는 일이 없었다면 일이 이 지경까지 오지는 않았을 것이다.

무언계는 말을 이었다.

"난 추가 녀석이 하도 제자 자랑을 하기에 제자란 녀석이 방주가 될 재목인 줄 알았다. 그런데 여기 와서 보니 자기 물건을 빼앗겼는데 되찾을 생각은 안 하고 고개만 푹 숙이고 있으니 이래서야 어디다 쓰겠는가. 그래서 심사숙고한 끝에 결정을 내렸으니, 이 타구봉은 개방 방주가 가질 물건이니 방주 자격이 있는 자에게 넘겨야겠다."

"하하, 잘 생각하셨습니다."

봉청홍이 돌연 박수를 쳤다.

"무 선배님의 말씀대로 사공방은 방주 자격이 없습니다. 방주가 될 분은 양 방주님뿐이지요."

"그래?"

무언계는 웃으며 말했다.

"양경청이 정말 개방 방주 자격이 있는지 난 모르겠다. 언제 본 적이 있어야 말이지. 그래, 양경청은 어디 있지?"

"아, 그게……."

봉청홍은 대답을 망설였다. 뭔가 이상하게 돌아간다는 생각이 든 것이다. 그러나 이곳에 있는 사람들은 모두 양경청이 있는 장소를 알고 있었다.

"무성산입니다."

장소산이 대답했다. 그러자 무언계는 좋아하며 말했다.

"마침 가까운 곳에 있구나. 그럼 우리 모두가 가서 진정한 타구봉의 주인이 누구인지 가리기로 하자."

“아니, 그, 그건…….”

봉청홍은 당황했다. 그는 양경청으로부터 그 누구도 개방과 칠성방의 결전을 방해하지 못하게 하라는 엄명을 받고 있었다. 그런데 한두 명은커녕 여기 있는 사공방 측과 자신 측을 모두 합친 개방도 팔백이 우르르 몰려간다면 명을 어겨도 크게 어기는 것이 아닌가.

“그건 곤란하오. 양 방주께서는 중대한 일을 하시는 중이라 그 누구도 방해할 수 없소.”

그러자 장소산이 나서 소리쳤다.

“아니, 진정한 개방 방주가 누군지 가리는 일보다 중요한 일이 어디 있단 말입니까!”

그는 무언계가 말로는 사공방 편이 아니라고 해도 실질적으론 이쪽 편을 들고 있다는 것을 알아차렸다. 무언계의 말대로 하면 아무도 다치지 않고 무성산으로 갈 수 있으니 이보다 좋은 일은 있을 수 없다.

봉청홍이 반론했다.

“양 방주께서는 이미 방주이시다. 왜 방주가 누군지 가려야 한단 말이냐?!”

무언계가 씩 웃으며 대신 답했다.

“당연히 내 손에 있는 타구봉의 주인을 가려야 하기 때문이지.”

봉청홍은 목소리를 높였다.

“타구봉은 당연히 양 방주님의 것이오. 당연한 일을 왜 따진단 말이오!”

“그야 안 그러면 내가 타구봉을 안 내놓을 것이거든.”

무언계는 말했다.

"아니, 꼭 양경청이 아니라도 상관없다. 스스로 방주가 될 자격이 있다고 생각하는 자는 나서라. 내가 자격이 있다고 판단하면 그에게 주지."

사람들은 서로의 얼굴을 돌아보았다. 이곳에 있는 개방도는 팔백에 달했지만 스스로 방주의 자격이 있다고 나서는 사람은 아무도 없었다.

무언계는 아무도 나서지 않자 말했다.

"여기서 아무도 나서지 않고, 또한 양경청에게로 가지 못하겠다고 한다면 그것도 좋지. 이 물건은 주인 없는 물건이 되니 주운 사람이 임자, 즉 내 것이 되는 거지. 팔아서 내 노후 자금으로나 써야겠다."

봉청홍이 발끈했다.

"줍다니! 내 손에서 빼앗아놓고는!"

무언계는 능청스럽게 대꾸했다.

"무슨 소리냐? 난 분명히 주웠다. 네 손에서 말이야."

"그게 어떻게 줍는 것이 된단 말이오!"

"주운 거지. 진갑이라는 녀석은 사공방 손에서 주웠고, 넌 진갑 손에서 주웠고, 난 네 손에서 주웠지."

봉청홍은 말문이 막혔다. 빼앗긴 거니 돌려줘야 한다는 논리를 펴면 무언계는 자신에게 돌려주고, 자신은 결국 사공방에게 돌려주어야 하는 것이다.

'어떡하지? 힘으로 빼앗아 버릴까?'

무언계가 사공방 측을 도운다고 하더라도 이쪽의 수가 월등히 많은 이상 해볼 만할 것 같았다. 무언계가 천하제일고수라 해도 몇백 명이 달려들면 지가 어쩌겠냐는 생각이 들었다.

'좋아, 그렇게 하자!'

마음속으로 결정을 내린 봉청홍은 입을 열어 말하려 했다. 그런데
그때 손 하나가 그의 어깨 위로 덥석 올려졌다.

"자, 그럼 가보실까?"

어느새 무언계가 다가와 그의 어깨에 손을 올린 것이다. 봉청홍은
심장이 덜컥 내려앉는 것 같았다.

'이 인간이 언제?'

이렇게 되니 말을 할 수가 없었다. 공격하라는 명령을 내리는 순간
무언계의 손에 목숨을 잃을 것이다.

"자, 그럼 무성산으로 모두 가세나!"

무언계는 놀러가는 것마냥 흥겹게 외치며 봉청홍을 끌고 길을 가기
시작했다. 봉청홍은 당황하여 소리쳤다.

"날 놔주시오!"

"하하, 너무 그러지 말게. 난 자네와 친해지고 싶다네."

말과 동시에 봉청홍의 귀에 전음이 전해졌다.

"너 죽을래? 닥치고 따라와."

다른 사람들은 무언계와 봉청홍이 나아가자 그 뒤를 따를 수밖에 없
었다. 봉청홍이 인질이 되었다는 것을 알지만 그 누구도 그를 구할 엄
두를 못 냈다.

4

무언계와 봉청홍을 앞세우고 사공방 측과 봉청홍 측의 개방도들은
무성산을 향해 나아갔다.

반나절을 가자 무성산이 나왔고, 두 시진을 올라가자 산꼭대기의 고

원이 나타났다. 그곳에는 개방과 칠성방의 정예들이 대치하여 막 싸움이 벌어지기 직전이었다.

"잠시 멈추시게!"

무언계의 외침 소리가 고원을 쩌렁쩌렁하게 울려 퍼졌다. 양 진영은 소리와 함께 나타난 무리를 보고 당황하여 웅성거렸다. 특히 칠성방은 나타난 자들이 개방도들이자 크게 당황했다.

칠성방주 가규가 외쳤다.

"이 치사한 양경청 놈아! 같은 수로 싸우자고 약속해 놓고는 비겁하게 무슨 짓이냐!"

양경청 역시 놀라기는 마찬가지라 당황하며 나타난 사람들에게 물었다.

"여긴 어쩐 일이냐?"

곧 그는 무리 속에 봉청홍을 발견하고는 인상이 구겨졌다.

"내가 아무도 방해하지 않도록 하라고 하지 않았느냐?!"

"그, 그게……."

봉청홍은 대답을 못하고 곁눈질로 자신을 잡고 있는 무언계를 쳐다보았다. 양경청은 그가 인질이 된 것을 눈치 채고 봉청홍 무리들이 가까이 오는 것을 기다려 땅을 박차고 달려들었다.

"그를 놓아라!"

그는 말과 동시에 무언계의 정수리를 노리고 내려쳤다. 무언계는 봉청홍을 잡은 오른손은 놔둔 채 왼손으로 양경청의 공격을 맞받아쳤다.

쿠웅!

파공음이 들리며 둘은 서로 세 걸음씩 물러났다. 무언계가 살짝 웃고는 말했다.

"과연 개방 최고 고수로군."

반면 양경청의 얼굴은 굳어져 있었다. 전력을 다했는데도 상대는 자신의 공격을 막아낸 것이다.

"당신은 누구요?"

"이 사람이 누구냐면, 바로 천하제일고수 무언계다."

추월락이 거드름을 피우며 대신 대답했다. 양경청은 흠칫하며 무언계를 살폈다.

"무언계?"

양경청의 나이는 무언계와 비슷했지만 무언계를 만난 적은 없었다. 서른도 되기 전에 천하제일고수로 명성을 떨친 무언계와는 달리, 젊은 시절 그는 무공만 파느라 개방 내에서도 그다지 두각을 나타내지 못했었다.

"그래, 천하제일고수가 우리 개방에는 어쩐 일이오?"

"바로 이것 때문이지."

무언계는 타구봉을 꺼내 보였다. 양경청은 곧바로 알아보고 고개를 숙였다.

"방의 보물을 찾아주셨군요. 감사합니다."

"보물을 찾은 것은 내가 아니니 고마워할 필요는 없소."

무언계는 볼일 끝난 봉청홍을 놓아주고 이 타구봉의 주인이 누구인지 가려야 한다는 주장을 늘어놓았다.

"…그래서 이렇게 모두와 함께 오게 된 것이오."

양경청은 무언계의 말을 들으면서도 한편으로는 진갑에게 전음으로 전후 사정을 들었다. 그는 일이 이상하게 되었다고 생각하며 속으로

허를 찼다.

'하필 일이 이렇게 되다니!'

그는 진갑이 무공은 자신과 별 차이가 없을 정도로 강하지만 일처리가 미숙하고, 손속에 비정함이 모자라다는 사실을 잘 알고 있었다. 그래서 봉청홍에게 일을 맡기고 무조건 그를 따르라는 명령을 내렸었다.

그런데 봉청홍이 잡혀 버리자 진갑은 아무것도 못하고 상대의 의도에 이끌려 여기까지 오고 만 것이다.

'역시 진갑 녀석은 못 쓰겠군!'

양경청은 무언계가 말로는 사공방 편이 아니라고 말하지만 사실은 한쪽 편을 들고 있다는 것을 알아차리고 말했다.

"말씀하시는 뜻은 잘 알겠습니다. 그런데 지금 우리 개방은 칠성방과 자웅을 결하는 자리에 섰습니다. 이 문제는 당면한 일부터 끝내고 처리하도록 하겠습니다."

"허허, 그건 곤란하지. 왜냐하면 지금 이 일은 당신이 결정해서 하는 일이 아닌가. 그런데 만약 당신이 방주 될 자격이 없다고 밝혀지면, 방주가 될 자격이 없는 사람이 저지른 과오로 개방에 누가 될 일이 될지도 모르지 않는가."

양경청은 속으로 웃고는 대답했다.

"말도 안 되는 소리요. 당신이 뭐라 하던 지금 난 개방의 방주요. 내가 방주이기에 여기 모인 개방도들이 내 명을 따라 이곳에 모인 것이 아니겠소. 설사 나중에 내가 방주 직을 잃게 되더라도 방주의 명에 따라 처리된 일이니 하등 문제될 것이 없소."

"허허, 그렇다면 방주는 무슨 짓을 해도 상관없다는 말인가?"

"그런 뜻이 아니라, 지금 일은 아무 문제가 없다는 말이오."

상황을 보고 있던 장소산은 뭔가 도움이 필요하다고 생각했다. 그는 무언계에게 시간을 끌어달라고 전음을 전하고는 즉시 칠성방 무리 쪽으로 달려갔다. 주변의 개방도들은 모두 무언계와 양경청의 대화에 집중하느라 그를 신경 쓰지 않았다.

칠성방의 사람들은 새로운 개방도의 무리가 나타나자 일이 잘못되었다고 생각했다. 그래서 도망갈 생각을 하고 있었는데, 나타난 무리와 원래 있던 무리들이 자신 쪽은 상관도 않고 자기들끼리 뭔가 옥신각신하고 있자 이상해하고 있었다.

그런데 개방 무리 중 한 사람이 이쪽으로 달려오자 모두들 그를 쳐다보았다. 달려온 개방도 장소산은 칠성방 사람들을 둘러보며 물었다.

"여기 가신중 소방주가 계십니까?"

가규 옆에 있던 가신중이 나와 물었다.

"날 왜 찾는 거요?"

"날 몰라보시겠습니까? 개한문에서 다툼이 있을 때 만나지 않았습니까."

가신중이 그때의 일을 떠올리고는 반가워했다.

"절 구해주셨던 은공이 아닙니까!"

장소산은 고개를 끄덕이고는 말했다.

"지금은 사정이 급하니 자세한 이야기는 나중에 하기로 하고, 부탁드릴 것이 있습니다."

"무슨 일입니까?"

"귀 방의 방주님과 몇 명이 저쪽으로 가셔서 오늘 승부를 나중으로 미루겠다고 해주십시오."

장소산은 바로 말을 이었다.

"이는 칠성방을 위해서도 좋은 일입니다. 절 믿고 따라주십시오."

가신중은 놀라는 표정을 짓고는 말했다.

"승부를 미루는 것은 확실히 우리로서도 나쁠 것이 없습니다. 다만, 아버님과 몇 명이서만 저 개방 무리 속으로 간다는 것은……."

"그래야 합니다."

장소산이 방주와 몇 명으로 고집한 이유는 싸움을 막기 위해서였다. 만약 칠성방 무리가 모조리 간다면, 어떻게든 싸움을 벌이고 싶은 양경청이 말을 시작해 보기도 전에 적이 쳐들어오니 싸울 수밖에 없다며 공격할 우려가 크기 때문이었다.

가신중은 망설이다 고개를 끄덕였다.

"일단 아버님께 이야기를 해보겠습니다."

아들에게 이야기를 전해 들은 가규는 잠시 생각하다 말했다.

"오늘 우리는 절벽을 등에 둔 위태로운 상황이라 할 수 있다. 모험을 하지 않는 이상 승리를 바랄 수는 없겠지."

그는 정면 대결로는 개방을 이길 수 없다는 것을 잘 알고 있었다. 장소산의 말대로 그는 몇 명의 고수들만을 데리고 개방 무리로 다가갔다. 그때까지 무언계와 양경청은 언쟁을 벌이고 있었는데, 주로 무언계는 박박 우기고 양경청은 그 말을 논리로써 격파하고 있었다.

"내가 잠시 할 말이 있네!"

이 상황에서 가규가 끼어들었다. 양경청은 가규가 소수의 사람만을 끌고 자신들 진영으로 온 것을 보고 놀랐다.

'저놈이 무슨 속셈이지?'

그가 막을 틈도 없이 무언계가 물었다.

"무슨 말인가?"

"오늘 개방과의 승부는 다음으로 연기해야 되겠소."

양경청의 표정이 굳어졌다. 오늘 승부를 미루면 무언계의 주장대로 타구봉의 주인을 가리는 일을 하지 않으면 안 된다. 그는 따져 물었다.

"우리는 분명 약속을 했소. 그런데 어기겠다는 것이오?"

"허허, 약속을 먼저 어긴 것은 그쪽이 아닌가."

가규는 장소산이 전해주는 전음대로 말했다.

"우리는 정확히 팔백 명씩 같은 수로 자웅을 결하자고 약속했소. 그런데 개방은 그 두 배의 수를 끌고 왔으니 약속을 어겼소."

양경청이 반론을 펼쳤다.

"이 팔백 명은 내가 데려온 것이 아니오. 여기 무언계가 억지로 끌고 온 것이오."

"자의든 타의든 온 것은 온 것이 아닌가."

"나중에 온 사람들은 놔두고 먼저 온 사람들로만 싸우면 될 것이 아니오?"

"허허, 그게 말이 되는 소리요? 분명 당신 편이 이기고 있을 때야 그럴 수도 있겠지. 하지만 우리가 이기고 있다면? 그때도 나중에 온 무리가 구경만 하고 있을 것이라는 보장이 어디 있겠나."

"큭!"

양경청이 이를 악물었다. 확실히 그 말대로라 반론의 여지가 없었다.

무언계가 기다렸다는 듯이 웃으며 말했다.

"하하, 그럼 잘되었군. 승부는 나중으로 미루어졌으니 타구봉의 주인을 가리기로 하지. 마침 명성 높은 칠성방주께서도 있으니 참관인을 해주면 좋겠군."

가규는 웃으며 포권했다.

"영광입니다."

양경청은 상황을 더 이상 피할 수 없다 여기고는 말했다.

"좋소, 타구봉의 주인을 가립시다. 단, 여기 모인 개방도 모두가 납득할 만한 방법이 아니면 안 되오."

"그야 당연한 것 아니겠나. 무림방파답게 무공으로 겨루도록 합시다."

양경청은 사공방 측이 유리한 엉뚱한 수단을 제시할 줄 알았는데 너무나 평범한 방법이라 놀랐다. 또한 혹시나 하는 생각에 물었다.

"무 대협께서 개방 방주 직을 노리는 것은 아니겠지요?"

무언계는 웃으며 답했다.

"난 거지가 될 생각은 없네."

그렇다면 양경청 입장에서 이보다 유리한 조건은 없다. 고수의 실력이나 수에서 자신들 측이 사공방 측보다 압도적으로 우위에 있으니 이건 이기기보다 지기가 힘들 판이다.

양경청은 너무 조건이 좋다 보니 오히려 의심이 갔다.

"자세한 승부 방법이 어떻게 됩니까?"

"간단하네. 전에 말했다시피 난 타구봉의 주인을 가리려는 것이지, 그쪽의 방주 자격을 따지는 것이 아니네. 그러니까 개방도 중에 타구봉을 가지고 싶은 사람들이 나서서 싸우면 되는 것이지."

"몇 명이든 상관없다는 말입니까?"

"그야 그렇지."

말이 가지고 싶은 사람이 나서는 것이라지만, 이건 양경청 측 대 사공방 측의 대결이다. 그렇다면 사공방 측에서는 어떻게든 양경청을 지게 만들기 위해 최선을 다할 것이 분명했다.

'어떻게 하면 좋을까……?

양경청은 아무리 자신의 무공이 강하다 해도 계속해서 고수들과 겨루면 질 수도 있다고 생각했다.

"그렇다면 승자 진출 방식으로 하는 것이 어떻습니까?"

이렇게 하면 혼자서 여러 명과 싸울 일은 없다. 또한 자신들 쪽을 많이 내보내면 더욱 승부가 유리해진다.

"그것도 좋군."

무언계는 의외로 쉽게 고개를 끄덕였다. 이렇게 되자 사공방 측에서 당황해 버렸다. 자신들 쪽이 너무 불리한 승부가 아닌가!

"야, 너 배신 때리는 거야?!"

추월락이 빽 소리 질렀다. 무언계는 퉁명스럽게 대꾸했다.

"닥쳐. 내가 이 정도까지 해주었으면 나머지는 너희들끼리 알아서 해결해."

"뭐, 뭐야?!"

그때였다. 여태환이 앞으로 걸어나오며 말했다.

"그 말대로입니다. 그 정도까지 해주셨으면 충분합니다. 나머지는 저희들이 해결하도록 하지요."

양경청은 웃으며 말했다.

"하하, 훌륭한 생각이군. 그래서 그쪽에서는 몇 명이나 나올 생각이지? 사실상 양측의 대결이라고 할 수 있으니 양쪽에서 수를 정해 싸우는 것이 어떤가?"

"그럴 필요는 없소."

여태환은 고개를 저었다.

"쓸데없이 복잡하게 할 필요는 없으니까 간단하게 끝을 내기로 합시다. 이쪽에서는 내가 나갈 테니 그쪽에서는 당신이 나오시오. 우리 둘이 싸워 누가 이기느냐로 결판을 냅시다."

5

이곳에 모인 모든 사람들이 놀라 눈이 휘둥그레졌다. 양경청이 누구던가? 개방제일고수, 천하를 통틀어도 열 손가락 안에 든다는 초절정 고수가 아닌가. 그런 그를 무림에서 사공방의 제자라는 것만 빼면 무명이라 할 수 있는 여태환이 도전하다니!

사공방이 떨리는 목소리로 물었다.

"태환아, 네가 무슨 소리를 하는지 알고 있느냐?"

"물론 알고 있습니다."

여태환은 담담히 답했다.

"현재 우리 측에는 양경청과 싸울 만한 고수가 없습니다. 그렇기 때문에 제가 나서겠다는 것입니다."

"승산이 있는 거냐?"

"글쎄요. 한 가지 확실한 것은 제가 이기지 못하면 우리 측에서 그 누구도 양경청의 상대가 될 사람은 없다는 것이지요."

사공방은 여태환을 바라보았다. 그의 눈에서 조금의 흔들림도 없는 것을 본 사공방은 고개를 끄덕였다.

"좋다, 너에게 맡기마."

그러나 다른 사람까지도 그 말만으로 납득할 수 있는 것이 아니었다. 추월락이 끼어들며 소리 질렀다.

"잠깐, 너무 무모한 것 아냐? 승자 진출 방식으로 해서 양경청 녀석의 힘을 빼는 방법이 좀 더 가능성이 높잖아! 왜 그렇게 할 생각을 안 하는 거야?!"

그러자 무언계가 말을 툭 내뱉었다.

"멍청한 녀석."

"뭐야?"

"생각해 봐라. 저쪽에 양경청 말고 고수가 없냐? 저긴 고수가 수두룩해. 아까 봉가 녀석 잡을 때 나에게 덤빈 진갑인가 하는 녀석만 해도 양경청과 비슷한 수준이라고. 그 녀석이 진심으로 싸울 생각이 없었기에 망정이지, 제대로 싸웠다면 나조차도 시간 좀 걸렸을걸. 승자 진출 방식으로 하면 힘을 빼기는커녕 양경청과 제대로 싸워보지도 못하고 이쪽이 다 나자빠질 거란 말이야."

추월락은 으르렁거렸다.

"그건 다 네가 무공으로 싸우자고 했기 때문이잖아!"

"그러니까 뭘 모른다는 거야. 그렇게라도 했기에 지금 방주 자리를 놓고 싸우게 된 건 줄 모르냐?"

그 말대로였다. 타구봉이 개방 방주의 상징이라고 하지만, 그것만으로는 방주 자리를 놓고 싸우게 할 수는 없다. 어디까지나 현 방주는 양경청이니 얼마든지 자신의 권리를 주장하고 대결을 거부할 수가 있었다.

그럼에도 양경청이 승낙한 것은 자신 쪽에 필승의 자신이 있기 때문이다. 그렇기에 무언계와 언쟁을 하며 시간을 끄느니 확실히 승리하여 결론을 내릴 생각을 한 것이다.

사공방이 추월락에게 말했다.

"사부님, 이 일은 태환에게 맡겨주십시오. 저와 태환을 믿고요."

제자가 이렇게까지 말을 하자 추월락은 별수없이 고개를 끄덕였다.

"아, 알았다."

여태환은 자신 편에서 결론이 나자 손가락으로 양경청을 가리켰다.

"자, 나와라, 양경청. 설마 개방제일고수라 자처하는 당신이 나 같은 무명소졸의 도전을 피하지는 않겠지?"

진갑이 진지한 표정으로 양경청에게 말했다.

"사부님, 조심하십시오. 뭔가 있는 것이 분명합니다."

양경청이 굳은 표정으로 있다가 돌연 피식 웃었다. 그리고는 하늘을 올려다보며 크게 세 번 웃음을 터뜨렸다.

"하, 하, 하!"

천지를 울리는 듯한 소리가 고원에 울려 퍼졌다. 순간 이곳에 모인 사람들 모두의 안색이 변했다. 무공이 떨어지는 사람들은 비틀거렸고, 몇 명은 버티지 못하고 쓰러지기까지 했다. 여태환 역시 창백한 표정이 되어 한 걸음 뒤로 물러났다.

양경청의 웃음은 자신의 내공을 남김없이 내보낸 것이었다. 이곳에 있는 무공이 뛰어난 자들은 모두 그의 심후한 내공에 감탄하였고, 적이라 할 수 있는 가규조차도 인정하지 않을 수가 없었다.

'그의 무공이 나보다 한 수 위다.'

양경청은 얼굴에 비웃음을 띠며 여태환에게 말했다.

"지금 네가 나와 겨룬다는 말이냐? 참으로 가소롭구나. 넌 뭔가 단단히 착각하고 있는 모양이구나."

"뭘 말이오?"

"넌 자신이 대단한 기재라도 되어 개방 방주였던 사공방의 제자가 된 줄 아느냐? 어림도 없는 소리다."

양경청은 옛일을 꺼냈다.

"우리 개방에서는 수년에 한 번씩 각지의 분타에서 재능있는 어린 개방도를 모아 제자로 삼아 개방의 무예를 전수한다. 너나 내가 기른 십간들 모두 그런 식으로 선발된 자들이지. 그런데 넌 그 당시 모인 어린아이 중에 가장 재능이 형편없는 녀석이었다."

그의 비웃음이 짙어졌다.

"넌 그 누구의 제자도 되지 못할 처지였다. 그런 너를 사공방이 거두어준 것이다. 이른바 동정, 아니, 유유상종이라고 해야 하나? 재능없는 녀석들끼리 말이야. 너 같은 녀석이 나와 싸우겠다고?"

양경청은 호통 쳤다.

"만 년은 이르다! 썩 꺼져라!"

여태환은 담담히 듣고 있다가 퉁명스럽게 물었다.

"그래서 나와 싸우겠다는 거요, 아니오?"

순간 인상을 썼던 양경청은 피식 웃었다.

"좋아, 싸우지, 싸우고말고. 너 같은 녀석과 겨룬다는 것이 웃기는 일이긴 하지만 타구봉을 찾을 기회이니 마다할 수는 없지."

그는 자신이 질 리가 없다고 생각했다. 여태환의 근골이나 재능이 어떤지는 이십오 년 전 제자를 뽑는 자리에서 확실히 확인했다. 확실히 똑똑하긴 했지만 무공 쪽으로는 가망성이 없는 녀석이었다.

'제까짓 게 아무리 대단한 무공을 익혔어도 내 상대는 절대 안 된다.'

진갑의 말도 있고, 혹시나 하는 생각에 일부러 내공을 발산해 웃어 봄으로써 일말의 불안감도 사라진 지 오래였다. 여태환의 내공 수준은 아무리 높게 봐줘도 이십 년을 넘기지 못한다. 삼 갑자에 달하는 내공을 지닌 자신과는 비교조차 되지 않는다.

양경청은 자신있게 앞으로 나서 손을 까닥거렸다.

"선배로서 삼 초를 양보해 주지."

"감사하오. 하지만 그렇게까지 봐줄 필요는 없소. 일 초만 양보해 주시면 감사하겠소."

"하하, 너무 사양할 필요는 없네."

"아니, 필요없소. 그리고 나도 공격하기 전에 몇 마디 하기로 하지."

여태환은 입을 열었다.

"당신 말대로요. 내 무공의 재능은 형편없소. 만 년을 수련해도 당신의 상대가 되지 못하겠지. 한때 그 사실에 좌절해서 수련을 포기할까 생각한 적도 있었소. 그런데 그런 내게 추월락 사조께서 한 권의 무공 비급을 전해주셨소. 바로 저기 무 선배께서 창안하신 무공으로, 나태신공이라고 하지."

"나태신공?"

무언계가 창안한 무공이라는 소리에 양경청은 흠칫했지만 곧 여유를 되찾았다.

"천하제일고수의 무공을 익힌다고 천하제일고수가 될 수 있을 것 같나?"

그는 개방의 정보를 통해 오절신군이 무언계가 창안한 무공총람을 익혀 절정고수가 된 사실을 알고 있었다. 하지만 그건 그에게 그다지 의미가 없었다. 그는 오절신군과 싸워도 충분히 이길 자신이 있었기 때문이다.

무공이 아무리 대단해도 그것만으로는 최고 고수가 될 수 없다. 그것이 가능하다면 소림, 무당의 제자들은 모두 달마, 장삼풍 급의 고수가 되었어야 할 것이 아닌가.

무언계가 천하제일고수가 될 수 있었던 것은 그가 상상을 초월한 무공의 천재이기 때문이다. 재능이라는 것은 무공의 성취를 결정하는 가장 결정적인 요소인 것이다.

노력 안 하는 천재보다 노력하는 범재가 낫다는 말이 있다. 확실히 그 말대로다. 그의 제자인 진갑과 구을을 비교하면 구을 쪽의 재능이 위라고 할 수 있지만, 무공은 끊임없이 노력한 진갑 쪽이 훨씬 우위이다.

그러나 똑같이 노력한다면? 범재가 끊임없이 노력하는 만큼 천재 역시 노력한다면? 범재는 영원히 노력하는 천재를 이기지 못하지 않겠는가!

양경청, 그야말로 끊임없이 노력하는 천재이다. 무언계에 비하면 모자라는 재능이지만 오십 년이 넘는 세월 동안 단 하루도 무공 수련을 쉰 적이 없다. 비가 오나 눈이 오나 수련을 멈추지 않았고, 개방의 일에 선두에 서서 천하 고수와 수백 번이 넘는 생사 결전을 벌였다.

재능, 노력, 수련의 세월, 실전의 경험 등 모든 것에서 여태환과 비교가 안 된다. 도저히 지려 해도 질 요소를 찾을 수 없다.

"아무리 대단한 무공이라도 배우는 자가 형편없으면 형편없는 무공이 될 수밖에 없어."

양경청의 말에 여태환은 고개를 끄덕였다.

"당신 말대로요. 나태신공 역시 이름 그대로 나태한 인간이 거저 고수가 되는 신공은 아니었소. 하지만 한 가지 마음에 드는 것은 있더군. 재능이라는 것을 전혀 필요로 하지 않는다는 것이 말이오.”

“재능을 필요로 하지 않는다고?”

“그렇소. 사조께서 무 선배에게 똑같이 노력해도 누군 고수가 되고 누군 못 되는 것이 불공평하다는 말을 계기로 만들어진 무공이니까. 그래서 무 선배는 만들어내신 것이오. 재능을 가리지 않고 범재가 천재를 이길 수 있는 무공을…….”

“헛소리!”

양경청은 말을 내뱉었다.

“그런 말도 안 되는 무공이 세상에 어디 있나! 세상에 그런 무공이 있다면 다른 천하의 모든 무공은 쓰레기가 되어버릴 텐데!”

여태환은 웃었다.

“물론 그렇게 세상은 쉽지 않지. 확실히 이 무공은 재능이 필요없고 범재가 천재를 이길 수 있게 해주는 무공이지만 한 가지 문제가 있지. 그건 바로…….”

그는 손가락 하나를 들어 보였다.

“딱 한 번만 쓸 수 있다는 것이오.”

“한 번?”

“그렇소. 말 그대로 일회용 무공이오. 내공을 축적할 때 단전에 모아 자신의 내공으로 만드는 것이 아닌 사방에 분산시켜 딱 한 번만 쓸 수 있게 저장하고, 신체까지 그에 맞춰 조절해 두는 것이 요령이지. 약간의 비결만 알면 아무나 다 익힐 수 있소. 일단 한 번 써버리면 완전히 영에서부터 다시 시작해야 하는 문제가 있긴 하지만…….”

양경청은 뭔가 이상하게 돌아간다는 생각이 들었다. 순간 그의 머리

속에 개방 내에서 유명한 여태환의 평소 행동이 떠올랐다. 하루 종일 누워서 빈둥빈둥, 빈둥빈둥······.

"서, 설마?"

"아마 당신이 생각하는 그 설마가 맞을 거요. 사조님으로부터 비급을 받은 것이 이십 년 전, 난 이십 년간 나태신공의 힘을 축적해 온 것이오. 범재인 내가 천재를 쓰러뜨릴 단 한 번을 위해!"

양경청은 소리쳤다.

"말도 안 돼! 정말 그런 무공이 있다고 해도 어떻게 익힐 수가 있지? 한 번 써버리면 끝나 버릴 허망한 무공을 제정신인 사람이라면 익힐 수 있을 리가 없어! 그것도 이십 년이나!"

"당신으로서는 이해하지 못하겠지."

여태환은 웃었다.

"나는 오래전부터 알고 있었소. 당신이 우리 사조, 사부, 나까지 싸잡아 마음속으로 비웃고 있다는 사실을. 나에게는 한 번으로도 충분했던 것이오. 사부의 명예, 나의 자존심과 긍지를 보여주는 데는!"

그의 옷자락이 펄럭이며 그의 몸에서는 희미한 빛이 흘러나오기 시작했다.

"자, 한번 비교해 봅시다. 나의 이십 년이 실린 권과 당신의 잘난 무공, 어느 쪽이 승리하는지!"

말이 끝남과 동시에 여태환의 주변에서 돌풍이 몰아쳤다. 그의 내공이 한꺼번에 뿜어져 나오며 일으킨 현상이었다. 그 안에 담긴 힘을 알아차린 가규가 놀라 소리쳤다.

"엄청난 힘이다!"

양경청 역시 여태환에게서 뿜어져 나오는 심상치 않은 힘을 절실히 느낄 수 있었다. 여태환의 말은 허풍이 아니었다. 엄청난 내공, 자신의 삼 갑자 내공에 능가할 만한 힘이 그의 몸에서 흘러나오고 있었다.

'단 일회용 무공, 일 초만 양보해도 된다고 했던 것은 일 초만 쓸 수 있다는 뜻이겠지. 그 말인즉, 일 초만 어떻게든 견디면 이긴다는 것!'

그는 여태환을 바라보았다. 막을 수 있을까? 아니, 저건 인간이 막을 수 있는 것이 아니다. 피할 수밖에 없다. 그런데 과연 피할 수 있을까?

양경청의 이마에 식은땀이 맺혔다.

'쓰기 전에 해치울 수밖에 없어!'

지금은 삼 초를 양보하겠다는 약속을 따질 때가 아니었다. 죽고 나면 체면이고 뭐고 다 필요 없는 것이 아닌가!

"으아아아아!"

양경청은 외치며 돌진했다. 전력을 다해 권을 뻗었다. 혼신의 힘을 다한 무의 극의에 가까운 권! 이걸 막을 수 있는 사람은 없다!

그러나 그의 주먹이 여태환을 강타하려는 순간 보이지 않는 힘이 그의 주변을 둘러쌌다. 그 힘의 흐름은 그를 속박하고, 그의 권을 막았다. 그의 권은 여태환의 한 치 앞에서 정지했다.

"이, 이건?!"

장소산은 여태환에게서 나온 기의 흐름이 양경청을 붙잡아 속박했다는 것을 알아차렸다. 그것은 이용하는 방식을 달랐지만 예전 무언계가 보여준 그 무공이 분명했다.

'저건 기류!'

여태환의 주먹이 눈부신 빛을 발했다. 이 무공 역시 장소산이 잘 아는 그것이었다.

‘혼의 권!’

여태환이 입을 열었다.

“받아라.”

그의 권이 아래에서 위로 양경청의 가슴에 작렬했다. 타격점에서 광채가 발하는 순간, 양경청은 고통에 눈을 부릅떴다.

“크아아악!”

양경청의 몸을 휘감던 기류가 여태환의 권의 위력과 합쳐지며 강력한 상승 기류를 만들어냈다. 그의 몸은 그 힘에 휘말려 수십 장을 솟구쳐 올랐다. 사람들은 입을 벌리고 고개를 쳐들어 쳐다보았다.

“이것이……”

양경청의 몸이 둔탁한 소리를 내며 바닥에 추락했다.

“나의 이십 년이다.”

여태환은 눈을 감았다. 이십 년, 인생의 삼분의 일을 희생하여 그는 단 한 번의 승부에서 승리한 것이다.

6

이곳에 모인 모든 사람들 모두가 멍하니 죽은 양경청을 내려다보고 있었다. 모두들 방금 전에 벌어진 상황을 이해할 수 없는 듯 머리 속이 백지가 되어 아무 말도 하지 못했다.

그럴 만도 했다. 수십 년간 무패를 자랑하던 초절정의 고수가 단 일격에 죽어버리는 광경을 어디 상상이라도 할 수 있었겠는가!

“훌륭하군.”

정적을 깨는 말소리에 사람들은 정신을 차렸다. 무언계가 웃는 얼굴로 박수를 치고 있었다.

"대단한 일격이었어. 나라도 그걸 막기는 힘들었을 거야."

"감사합니다."

여태환이 꾸벅 고개를 숙였다. 무언계는 고개를 끄덕이고는 주변을 둘러보며 물었다.

"자, 그럼 다음 도전자는 있는가?"

그 말에 사람들은 정신을 차리고 당면한 현실을 생각하기 시작했다. 양경청이 죽어버린 이상 어찌 되었든 새로운 개방 방주를 뽑을 수밖에 없다. 그리고 이대로라면 여태환이 새로운 방주가 되어버릴 판이다.

양경청 측의 개방도들 입장에서는 어찌 되었든 달갑지 않을 수밖에 없다. 적극적으로 양경청의 편이었든, 단지 방주의 명이라 따랐든 사공방 측과 적이었던 것은 변함이 없다. 그러니 여태환이 방주가 된다면 좋은 꼴은 기대하기 어려웠다.

우두머리가 죽었다고 하지만 현재 전력은 여전히 양경청 측이 압도적으로 우세했다. 하지만 정식으로 여태환이 방주가 되어 권력을 잡게 된다면 전력 차는 순식간에 역전될 것이다. 즉, 여기서 확실히 결판을 내지 않으면 안 된다.

"내가 도전하지."

앞으로 나선 것은 십간의 둘째 구을이었다.

"무 대협께서 말씀하시길 최후의 승자가 타구봉의 주인이 된다고 하셨습니다. 그렇다는 것은 아직 주인이 누군지 결론이 안 났다는 뜻이지요. 안 그렇습니까?"

무언계는 고개를 끄덕였다.

"그렇다."

구을은 자신있게 여태환을 가리켰다.

"그럼 제가 이번에 여 소협에게 도전하도록 하지요."

그는 일이 이렇게 된 이상 자신이 방주 자리를 노려봐야겠다 생각하고 있었다. 양경청을 일격에 죽인 여태환의 무공이 무섭긴 하지만, 본인 입으로 한 번밖에 못 쓰는 무공이라고 말했지 않은가. 설사 그 말이 거짓말이라고 하더라도 그런 힘을 쓴 몸이 멀쩡할 리가 없는 이상 승산은 자신에게 있다고 보았다.

"그건 안 된다."

무언계가 고개를 저었다.

"양경청이 승자 진출 방식이라고 하지 않았나. 여태환은 이미 한 번 승리했으니 다음 대전은 다른 사람끼리 해야 한다."

"아, 그건 그렇군요."

구을은 고개를 끄덕였다. 어차피 사공방 측에 자기보다 강한 고수는 없다고 생각한 그는 여유있게 사공방 측을 둘러보며 물었다.

"누가 나오시겠습니까?"

그런데 대답이 나온 것은 그의 뒤에서였다.

"내가 나가도록 하지."

나선 것은 다름 아닌 봉청홍이었다. 구을은 눈살을 찌푸리고는 물었다.

"봉 장로님은 같은 편이지 않습니까?"

봉청홍은 허허 웃으며 답했다.

"방주가 될 수 있는 사람은 한 명뿐인데, 내 편 네 편이 무슨 의미가 있겠는가."

그렇게 되자 다른 양경청 측의 개방도들도 출전하겠다고 나서기 시작했다.

"나도 출전하지!"

"나도 나간다!"

"이 몸께서 방주가 되셔야겠다!"

그들은 이번이 방주가 될 절호의 기회라고 생각한 것이다. 이곳에 모인 양경청 측 개방도들은 양경청이 칠성방과의 결전을 위해 고르고 고른 개방의 정예 중의 정예였다. 그렇기에 평소 다들 자신의 무공에 자신을 가지고 있었다.

양경청이 있을 때야 그의 압도적인 강함에 감히 도전할 엄두를 못 내었지만, 그가 없는 이상 충분히 다른 도전자들을 이기고 방주가 될 가능성이 있다고 생각한 것이다. 방주 직에 대한 열망으로 그들의 눈은 열기를 띠었다.

'기가 막히는군.'

장소산은 그 모습을 보며 환멸을 느꼈다. 자신들의 우두머리가 죽었다. 그런데 그 누구도 그의 죽음을 슬퍼하거나 복수하려 하지 않는다. 아니, 오히려 덕분에 생긴 빈자리를 차지하려고 자기들끼리 싸우려 든다.

'무섭군. 욕망에 빠진 인간이란……'

너도나도 방주가 되겠다고 나서서 출전자의 수는 열한 명이나 되었다. 그중 구을을 포함한 십간은 세 명이고, 봉청홍을 포함한 장로와 일반 제자는 여덟 명으로, 하나같이 개방의 쟁쟁한 고수들이었다.

무언계는 출전자들을 보다가 진갑에게 시선을 돌렸다.

"자넨 안 나가는가?"

다른 사람들도 진갑을 쳐다보았다. 모두들 그야말로 가장 강력한 우승 후보라는 것을 잘 알고 있었다.

"전 방주 직 따위는 관심없습니다. 다만……."

"다만?"

"아무도 돌아가신 사부님을 생각하는 사람이 없다는 것이 슬프군요. 그분의 다른 제자들까지도요."

그 말에 사람들의 안색이 변했다. 진갑은 양경청의 시신을 들고는 사공방에게 꾸벅 고개를 숙였다.

"사부님을 묻어드려야겠습니다."

사공방은 고개를 끄덕였다.

"알겠네."

진갑은 그대로 양경청의 시신과 함께 떠나 버렸다. 봉청홍, 구을 등은 조금 찜찜한 마음이 들긴 했지만 상대하기 싫은 강적이 사라져서 속 시원하다고 생각했다.

"자, 그럼 더 이상 나올 사람은 없소?!"

구을이 소리쳐 물으며 사공방 측을 쳐다보았다. 사공방 측에는 여태환 말고는 나선 사람이 없었다. 여태환이 탈락하면 더 이상 방주에 도전하는 사람이 없는 것이다.

"누구라도 나가야 되는 것 아냐?"

추월락이 걱정스러운 표정으로 물었다. 양경청을 죽였다 해도 이대로 양경청 측에서 새로운 방주가 나온다면 말짱 헛일이 아닌가.

"누구 무공에 자신있는 사람 없어?"

사람들의 시선이 이리저리 돌다가 한 사람에게 꽂혔다. 다름 아닌 장소산이었다. 강연수는 없고—설사 있다고 하더라도 개방도가 아니고—

이중에 그나마 우승 가능성이 있는 것은 장소산뿐이었다.

"너, 나가봐라."

추월락이 장소산을 지목하며 말했다. 장소산은 떨떠름한 표정을 지었다.

"별로 나가고 싶지 않은데요."

"지금 자기 기분 따질 때야? 대장로의 명이니까 무조건 나가!"

그러나 구을이 반대하고 나섰다.

"저자는 파문당한 제자이니 출전 자격이 없소."

동시에 다른 출전자들도 일제히 반대했다. 누구도 강적이 느는 것을 원하지 않았던 것이다. 추월락이 고래고래 소리쳤지만 깨끗이 무시당해 버렸다.

여태환은 일찌감치 더 이상 싸울 수 없다 기권하고, 양경청 측만 남은 그들은 무언계나 사공방도 상관하지 않고 자기들끼리 추첨하여 대진표를 만들어 싸우기 시작했다.

싸움은 상당히 처참했다. 방주가 되겠다는 욕심 앞에 같은 편이었다는 것은 아무 의미가 없었다. 승리를 위해서 살수를 거침없이 사용한 결과, 순식간에 중상자가 속출했다.

"이봐, 도대체 무슨 속셈이야?"

싸움을 지켜보며 추월락은 무언계에게 물었다.

"저들 중에 하나가 방주가 되면 양경청이 되는 것과 별 차이가 없잖아. 아무것도 못 얻고 끝나는 거라고."

무언계는 웃으며 답했다.

"괜찮네."

"아니, 뭐가?"

“다 잘될 테니 걱정하지 말라고.”

싸움은 한참 후에 끝이 났다. 최후의 승자는 구을이었다. 봉청홍은 십간 중 한 명인 하병과의 싸움에서 중상을 입어 탈락했고, 그 하병을 구을이 사지를 부러뜨려 버렸다.

“내가 우승이다! 자, 무 대협, 약속대로 타구봉을 주시오.”

“그래.”

무언계는 순순히 타구봉을 넘겼다. 타구봉을 손에 쥔 구을은 기쁨에 젖어 하늘 높이 쳐들며 외쳤다.

“내가 개방의 방주다!”

그러나 아무도 호응하는 사람이 없었다. 모두들 싸늘한 눈으로 쳐다볼 뿐이었다. 구을은 당황하여 다시 소리쳤다.

“뭐 하고 있는 거냐! 내가 개방의 방주라니까!”

그때 여삼통이 툭 내뱉듯이 말했다.

“그래, 너 잘났다!”

구을이 돌아보며 소리쳤다.

“누구냐? 지껄인 놈, 썩 나와라!”

그러나 여삼통은 다른 개방도들 속에 섞여 있어 찾을 수가 없었다. 이어 다른 곳에서도 야유가 터져 나왔다.

“누가 너 따윌 방주로 인정하겠냐!”

“우우!”

“꺼져라!”

구을은 당황했다. 그는 무언계를 돌아보며 부탁했다.

“무 대협, 한 말씀 해주십시오.”

“뭘?”

"전 정당하게 우승하여 개방 방주가 되었습니다. 그 사실을 천하제일고수이신 무 대협께서 공인하여 주시면……."

그러나 무언계는 귀를 후비며 대꾸했다.

"개방 방주라니 무슨 소리냐?"

"예?"

"방금 싸움은 타구봉의 주인을 가리는 싸움이었다. 언제 방주 쟁탈전이 되었지?"

"무, 무슨 소립니까? 타구봉의 주인이 개방의 방주가 아닙니까?"

"그게 아니라 개방의 방주가 타구봉의 주인이지."

"그게 그거 아닙니까!"

무언계는 고개를 설레설레 젓고는 말했다.

"넌 뭔가 크게 착각하고 있는 것 같구나."

"뭐, 뭘 말입니까?"

"어떤 무리의 우두머리란 그 무리의 대다수가 인정한 사람만이 될 수 있기 마련이다. 나무 막대기 하나 들고 있다고 되는 것이 아니란 말이다."

구을은 허탈한 표정이 되었다. 그렇다면 뭔가. 죽어라 고생하며 싸운 것이 모두 헛수고란 말인가?

"자, 잠깐만요. 분명 이 타구봉의 주인은 접니다. 아닙니까?"

"그래, 맞다. 네 거다."

"그리고 타구봉의 주인은……."

"그리고가 어디 있어. 그게 끝이지."

무언계는 퉁명스럽게 말을 이었다.

"네가 진정 방주가 되고 싶다면 다른 개방의 거지들에게 인정을 받아라. 방주란 것은 그렇게 해서 되는 것이 아니더냐."

"……."

구을은 멍한 표정으로 뒤를 돌아보았다. 온통 싸늘한 눈초리뿐이었다. 스승인 양경청이 죽자마자 방주가 되겠다고 나서고, 또한 그의 잔혹한 손속에 경멸을 느낀 것이다. 함께 활동하던 다른 십간들조차도 우승을 위해 같은 동료인 하병을 불구로 만든 일 때문에 눈빛이 차가웠다.

무언계가 말했다.

"무리를 이끄는 자는 밑에 있는 자들이 스스로 따를 마음이 들게 해야 하는 법이다. 물건이나 칭호 따위가 아닌 스스로의 능력으로 말이다. 넌 방주가 될 그릇이 아니야."

"하, 하……."

그는 타구봉을 떨어뜨리고 힘없이 주저앉았다.

7

개방도들은 더 이상 구을에게 관심을 두지 않고 자기들끼리 웅성거리기 시작했다. 방주였던 양경청이 죽고, 적인 칠성방이 바로 앞에 있다. 누군가 현 사태를 수습해 주지 않으면 안 되었다.

개방도 하나가 무언계에게 물었다.

"양 방주는 죽고, 구을은 자격이 없습니다. 그렇다면 이제 누가 개방의 방주가 되어야 하는 것입니까?"

무언계는 퉁명스럽게 대꾸했다.

"그건 나에게 물어보면 안 되지. 개방의 일은 거지들이 결정할 사항이 아니냐?"

모두들 어쩔 줄 몰라 하며 고민했다. 그러다 시간이 흐르고 어느 순간에 이르자 시선이 자연스럽게 한 사람에게 돌아갔다. 다름 아닌 전 방주 사공방이었다.

양경청 측의 주요 고수 대부분이 타구봉 쟁탈 다툼에 부상을 입고 나가떨어져 버리니, 사공방 편이니 양경청 편이니 하는 것은 이제 더 이상 문제가 아니었다.

한 개방도가 먼저 입을 열었다.

"사공 방주님, 우리를 이끌어 주십시오."

한 사람을 시작으로 너도나도 목소리를 높였다.

"사공 방주님!"

"사공 방주!"

추월락이 흐뭇한 표정을 지으며 고개를 끄덕였다.

"역시 내 제자 말고는 방주가 될 사람이 없지."

사공방이 바위 위에 올라서 주변의 개방도를 둘러보았다. 그는 손을 들어 주변을 진정시키고는 입을 열었다.

"여러분, 전 방주 자격이 없습니다."

모두들 놀란 표정이 되었다. 그는 쓴웃음을 짓고는 말을 이었다.

"저는 개방의 신물을 지키지 못했고, 결국 개방이 잘못된 길을 걷도록 만들었습니다. 전 이번 일을 겪으며 절실히 깨달았습니다. 저에게는 방주가 될 자격이 없다는 것을요."

사람들은 도대체 어떻게 되는 일인가 싶어 웅성거렸다. 그때 사공방의 목소리가 다시 터져 나왔다.

"하지만 덕분에 진정한 문파의 우두머리가 될 자격이란 무엇인지 절실히 알 수 있었습니다. 그래서 예전의 실패를 무릅쓰고 다시 한 번 새로운 방주를 추천하려 합니다. 여러분의 허락을 부탁드립니다."

잠시 침묵이 맴돌았다. 한 사람이 소리쳐 물었다.

"방주가 될 자격이란 무엇입니까?"

사공방은 웃으며 답했다.

"협의와 신뢰만으로는 안 됩니다. 제가 그 기준으로 뽑았다가 일을 망쳤지요. 무공이 강한 것만으로도 안 됩니다. 양경청이 그 좋은 본보기지요. 지략이 뛰어난 것만으로도 안 됩니다."

한 사람이 참지 못하고 물었다.

"아니, 그럼 뭐가 필요하다는 겁니까?"

"다 필요합니다."

"예?"

"방금 제가 말한 그것들을 한 가지만 갖춰서는 안 됩니다. 두 개도 안 되지요. 다리가 하나나 두 개인 의자에 사람이 앉을 수는 없는 것 아니겠습니까. 협의도 있고, 무공과 지략도 뛰어나야 합니다. 어느 한 가지도 모자람이 없어야 합니다."

사공방은 말을 이었다.

"뿐만 아니라 모두와 화합할 줄 알아야 합니다. 여러분 중에는 양경청에게 가담한 것으로 벌을 받을까 두려워하는 분도 계시겠지요. 하지만 그런 문제까지 감싸 안아 과거를 깨끗이 청산하고, 또한 당면한 과제인 칠성방와의 다툼도 원만히 해결할 수 있어야 합니다."

나서서 물었던 개방도가 다시 물었나.

"정말 그런 사람이 있단 말입니까?"

"있다면 방주로 인정하겠습니까?"

"그야 물론이지요. 인정하지 않고 싶어도 안 할 수가 없을 것 같습
니다. 안 그렇소, 형제들?!"

모두들 소리 높여 찬동했다.

"옳소!"

"그 사람이 누군지 빨리 말해보시오!"

개방도들의 시선이 구석에 앉아 있는 여태환에게로 향했다. 많은 사
람들이 아마 그일 것이라고 생각한 것이다.

하지만 사공방은 웃으며 고개를 저었다.

"내 제자 녀석은 너무 게을러 틀려먹었습니다. 또한 녀석이 익힌 무
공은 일회용이라는데, 방주가 일회용일 수는 없지 않습니까."

곳곳에서 간간히 웃음이 터져 나왔다. 여태환 역시 웃으며 말했
다.

"사부님, 감사합니다. 사부님이 저보고 방주가 되라고 하신다면 전
숨 쉬는 일까지 포기하고 말았을 겁니다."

나서서 묻던 개방도가 다시 물었다.

"사공 장로님의 제자도 아니라면 도대체 그 대단한 방주감은 누구란
말입니까? 사람 속 그만 태우시고 빨리 말씀해 주십시오."

"예, 말하지요. 바로 저기 있습니다."

사공방이 손가락으로 한곳을 가리켰다. 모두의 시선이 그곳으로 향
하고, 그 자리에는 황당하다는 표정의 장소산이 서 있었다.

"에?"

사공방이 설명했다.

"대부분의 분들이 아실 것입니다. 개방 대회때 저를 구하고 심경초
의 음모를 분쇄한 아이이지요. 협의, 무공, 지혜, 삼박자를 모두 갖추었

으니 제가 장담하건데 이 이상의 방주 재목은 없다고 자신있게 말할
수 있습니다."

모두들 웅성거렸다. 장소산일 것이라고는 상상도 못한 것이다. 한
사람이 나서서 물었다.

"제가 듣기로 장소산은 마교와 소통하고, 숭산장문 임한정을 살해했
다고 하여 방에서 파문당했다고 하는데⋯⋯."

"그건 모함입니다."

사공방은 장소산을 쳐다보았다. 스스로 해명하란 뜻임을 알아차린
장소산은 나서서 말했다.

"현재 무림맹에서는 자신에게 거역하는 문파나 인물은 무조건 마교
와 한패라고 몰아세워 없애려 들고 있습니다. 저뿐만 아니라 칠성방
역시 그와 마찬가지의 경우입니다."

그는 가규를 향해 물었다.

"가 방주님, 무림맹의 천명회라는 곳에서 자기편이 되라고 찾아온
것을 거절한 적이 있지 않았습니까?'

가규는 고개를 끄덕였다.

"그래, 한 일 년쯤 전이다. 어딘지는 밝히지 않았지만 천하 문파를
통일한다고 자신 편에 들면 큰 이익을 주겠다고 해댔지. 하는 짓이 수
상하기도 하고, 같잖은 소리 한다고 무시하다가 계속 귀찮게 굴기에 쫓
아버렸지. 도망치며 하는 소리가 나중에 후회할 거라는데, 그런 말이
야 그냥 하는 소리라 신경 쓰지 않았지."

한 사람이 이의를 제기했다.

"그들이 정말로 무림맹의 자들인지 확실한 것은 아니지 않소!"

장소산이 설명했다.

"확인해 보는 것은 간단합니다. 양경청이 무림맹에 가서 얼마 되지 않아 칠성방의 마교 결탁 소문이 퍼졌습니다. 양경청은 소문을 퍼뜨린 자와 관계가 있는 것이 분명합니다."

"그걸 어떻게 증명한단 말이오? 이미 양경청은 죽고 없는데."

"그는 죽었어도 그와 관련된 사람 중에는 아는 자가 있겠지요."

사람들의 시선이 구을에게로 향했다. 구을은 깜짝 놀라 손을 저었다.

"난 아무것도 모르오. 그저 사부가 시키는 대로 했을 뿐이오. 아마 봉청홍이라면 잘 알 것이오. 자주 만나 둘이서만 의논하는 것 같았으니."

시선이 봉청홍에게 옮겨졌다. 그는 중상을 입고 쓰러져 있었는데 상황이 안 좋게 돌아가자 도망치려 했다. 그러나 중상 입은 몸이라 얼마 못 가서 다른 개방도들에게 붙잡혔다.

이곳의 사람들은 그 모습을 보고 생각했다.

'해명하기보다 도망을 택한 것을 보니 분명 뒤가 구린 뭔가가 있을 것이다.'

사공방이 말했다.

"보신 대로 장소산에게 더 이상의 의혹은 없소. 아니, 반대로 목숨을 걸고 무림맹과 양경청의 음모를 알아낸 공이 있소. 뿐만 아니오. 타구봉을 되찾아온 것도 다름 아닌 그요."

추월락이 물었다.

"타구봉을 어디서 찾았느냐?"

장소산은 간단히 답했다.

"무림맹에서입니다."

그 말만으로도 충분했다. 사람들은 무림맹과 양경청이 결탁하여 타구봉과 방주 직을 빼앗았다고 생각했다. 양경청 측이었던 개방도들은 자신들이 무림맹과 양경청의 음모에 놀아났음을 부끄럽고 분하게 여겼다.

여태환이 손을 들고 외쳤다.

"난 장소산이 방주가 되는 데 찬성하오!"

이어 가규가 나서서 헛기침을 하고는 말했다.

"개방은 우리 칠성방이 마교와 결탁했다는 터무니없는 모함으로 우릴 공격했네. 덕분에 방의 지부 중 다섯 곳이 무너졌고, 사상자도 백 명이 넘었지."

개방도들의 안색이 변했다. 가규는 주변을 둘러보고는 말을 이었다.

"하지만! 여기 장소산은 칠성방의 후계자인 내 아들의 목숨을 구했다. 그가 개방의 방주가 되면 은혜와 원수가 절충되어 모든 일을 없었던 것으로 하겠다."

"와아아아!"

개방도들은 환호했다. 양경청 측이었든 사공방 측이든 가리지 않고 너도나도 손을 들기 시작했다.

"방주가 되는 것에 찬성하오!"

"나도 찬성하오!"

"방주가 될 사람은 그밖에 없소!"

개방도들은 일제히 외치기 시작했다.

"장 방주! 장 방주!"

장소산은 난감한 표정이 되었다. 개방 방주가 된다는 것은 상상조차 해본 적이 없었다. 그리고 무엇보다 방주 직에 전혀 욕심이 없었다.

'어떻게 하지?'

그가 고민하고 있는데 돌연 전음이 전해져 왔다.

"어서 받아들이지 않고 뭐 하느냐? 이럴 때 너무 빼면 욕먹는다."

무언계의 전음이었다.

"하지만 전 솔직히 방주가 되고 싶지 않습니다. 하고 싶은 생각이 없는 사람에게 무슨 자격이 있겠습니까."

"누가 되고 싶어서 되는 줄 아느냐. 나도 천하제일고수 같은 거 전혀 할 생각이 없었다. 상황이 그렇게 돌아가니 그렇게 된 거지."

"하지만……."

"넌 천뢰란 놈과 싸울 생각이지? 개방 방주라도 되지 않으면 무슨 수로 무림맹주와 싸우겠느냐."

확실히 그랬다. 자신의 혼자 힘으로는 아무것도 할 수 없음을 깨닫고 개방으로 찾아온 이유도 개방의 힘을 얻기 위해서가 아닌가.

장소산은 결심을 하고 앞으로 나섰다.

"여러분……."

환호성이 사라지고 주변에는 조용함이 감돌았다.

"제가 방주가 되기 위해서는 한 가지 확실히 할 것이 있습니다."

그는 잡혀 있는 봉청홍에게로 시선을 돌렸다.

"양경청과 무림맹의 천뢰가 어떤 음모를 꾸몄는지 아는 대로 말하시오."

봉청홍은 모든 것을 포기하고 술술 사실을 불었다. 사공방의 타구봉을 빼앗은 소년이 천뢰였다는 것과 양경청이 천뢰가 속한 천명회와 손을 잡고 강호 정복을 노렸다는 사실 등등.

"양경청은 개방을 천뢰에게 넘길 생각이었소. 칠성방을 노린 것은 개방을 천하제일방으로 값을 올려 장차 강호 일통을 했을 때 천명회에서 천뢰 다음가는 이인자가 되기 위해서였소. 잘은 모르지만 어쩌면 나중에 천뢰까지 쓰러뜨리고 일인자가 되려고 했을지도 모르지.”

모두들 개방을 팔려고 했다는 말에 분노하여 양경청을 욕했다. 장소산은 사람들을 진정시키고는 말했다.

“현재 무림맹의 천뢰는 마교란 누명으로 거역하는 자들을 없애고, 약점을 잡아 문파를 삼키는 등 강호 정복을 꾀하고 있습니다. 전 목숨을 걸고 그와 싸울 생각입니다. 그것은 제가 방주가 되면 개방 전체가 무림맹과 적이 된다는 뜻입니다.”

“어차피 무림맹이 강호 일통을 노리면 개방과 적이 될 수밖에 없소. 어차피 적이 될 바에는 방주를 중심으로 하나가 되어 싸우는 편이 낫소!”

“옳소!”

개방도들은 한목소리가 되어 싸우겠다고 외쳤다. 장소산은 고개를 숙이고는 말했다.

“감사합니다. 여러분의 뜻이 그러하다면 방주가 되겠습니다. 함께 천뢰의 음모를 막도록 합시다!”

한 사람이 소리쳤다.

“개방 방주는 타구봉을 드시오!”

사람들이 구을을 쳐다보았다. 이미 대세는 정해진 후였다. 구을은 한숨을 내쉬고는 자기 발밑의 타구봉을 주워 들고 장소산에게로 다가갔다.

“방주께 바칩니다.”

“고맙소.”

장소산은 타구봉을 치켜들었다. 구을이 들었을 때와는 달랐다. 이

자리에 모인 개방도들은 한목소리로 외쳤다.

"개방 방주 만세!"

새로운 개방 방주가 탄생하는 순간이었다.

방주는 같은 편뿐만 아니라
적까지 배려하지 않으면 안 된다

방주가 된 장소산은 칠성방주 가규와 동맹을 맺어 함께 무림맹과 싸울 것을 약속한 후 헤어져 개방 총타로 돌아왔다. 총타에서 그는 정식으로 방주 직을 물려받았음을 선언했다.

그가 처음 방주가 되어 한 일은 양경청이 사들인 크고 화려한 총타를 팔아치운 것이다. 그렇게 해서 생긴 돈의 반은 가난한 자에게 나눠주고, 반은 개방도들을 모아 큰 잔치를 벌여 다 써버렸다. 그리고 잔치 자리에서 옛일을 모두 잊고 함께 미래로 나아갈 것을 선언했다.

강제로 점거한 타 문파의 건물을 원래의 주인에게 돌려주고 모든 것을 양경청이 방주가 되기 이전으로 되돌렸다. 불만을 보이는 자들도 있었지만 대부분의 개방도와 주변의 강호 문파들은 그의 결정을 환영했다.

어느 정도 방이 정리가 되었을 때 강연수가 돌아왔다. 그녀는 장소산이 방주가 된 갑작스런 상황에 상당히 놀라고 있었다.

"어떻게 된 거야? 총타 공격 준비를 하는 것이 아니었어?"

"어쩌다 보니 이렇게 되었소."

장소산의 설명을 들은 강연수는 한숨을 내쉬었다.

"내가 한발 늦어버렸군."

"그건 그렇고, 무엇을 하다 온 것이오?"

"이거."

강연수가 내민 것은 무공총람 퇴편과 점혈편이었다.

"화산으로 가서 장문인에게 지금까지의 일과 천명회에 대해 말씀드렸어. 겸사겸사 내가 가지고 있던 무공총람도 가져왔고."

장소산은 두 권의 무공총람을 보고 놀랐다.

"원래 이 책은 최진방의 동료였던 자들이 가지고 있었던 것이 아니오?"

"그게… 사정상 내가 가지게 되었어."

강연수는 책을 얻게 된 경위를 설명하고는 말했다.

"방주까지 되었으니 더욱 무공에 정진해야겠지? 열심히 수련하라고."

"고, 고맙소."

하지만 장소산의 표정이 떨떠름해 보이자 강연수는 의아해하며 물었다.

"무슨 문제라도 있어?"

"아니, 그게… 당신의 무공이 강해진 것이 이 두 권의 무공총람 때문이라는 것을 알게 되었소."

"그런데?"

"그런데 내가 훨씬 많은 무공총람을 가지고 있지 않소. 그런데 실제 무공은 당신이 나보다 위라고 할 수 있으니 나란 놈은 재능이 없구나하고……."

"참 한심한 소리네."

장소산은 어색하게 웃었다.

"그렇소?"

"네 무공은 충분히 강해. 그 나이에 그 정도 경지에 이르는 것이 어디 쉬운 일인 줄 알아?"

"하지만 천뢰에 비하면 한참 모자라지."

"그야 그렇지만 남과 비교해서 스스로를 비하하는 것은 좋지 않아. 자신감이 떨어지면 자칫 무공 수준까지 함께 떨어져 버린다고."

"아, 알았소."

장소산은 화제를 바꾸었다.

"그런데 화산 장문인께 고한 결과는 어떻소?"

"별로 좋지는 않아. 하지만 그나마 내 말을 들어준 것만으로도 다행이랄까. 처음에는 날 마교와 한패 취급해서 잡아 가두려고까지 했으니까."

"호오! 그런데 잘도 장문인을 대면하고 여기로 돌아올 수 있었군."

강연수는 자신있게 웃었다.

"호호, 그야 화산파의 재정에 우리 집의 비중이 상당히 크거든."

장소산의 표정이 묘해졌다.

"…돈이란 무섭군."

"어쨌든 장문인 말씀이, 대놓고 무림맹과 적으로 돌리기는 곤란하다고 하더군. 현재 무림맹의 세력이 워낙에 크고 지지도가 높아서 말이야."

"그건 좀 이상하군. 어차피 무림맹의 세력은 육대문파에서 파견한 전력이 상당수를 차지할 텐데. 육대문파가 단결해서 전력을 빼버리면 무림맹의 힘은 당장 절반 이하로 떨어질 텐데?"

"그런가? 어쨌든 아직 뭐라고 답을 줄 수는 없다 하더라."

장소산은 화산 장문인의 속셈을 짐작할 수 있었다.

'결국 상황을 봐서 유리한 쪽으로 붙겠다는 거군.'

그는 이 일은 제쳐 두고 문파를 정리하는 일에 힘을 기울이기로 했다. 그는 낮에는 방의 업무를 하고, 밤에는 사공방으로부터 개방 방주의 전승 무공을 배우고 강연수가 준 무공총람을 수련했다.

그런데 새로 상승의 무공을 배우는데도 좀처럼 확실한 무공의 성장은 보이지 않았다. 사공방은 원래 그런 때가 있는 법이라고 했지만 당사자인 장소산은 점점 초조해졌다.

'뭐가 문제지?'

열 권의 무공총람 중 두 권을 제외한 여덟 권을 익혔다. 또한 방주에게만 전승되는 상승의 개방 무공까지 배웠다. 그런데도 벽에 막힌 듯 도무지 진전이 없다.

'도대체 뭐가 부족한 거야?'

무언계에게 물어보니 그는 이렇게 답했다.

"넌 이미 충분히 강해져 있어. 네 문제는 내공이 쓸데없이 너무 강하다는 거야."

그는 그 말만을 남기고 추월락과 함께 어디론가 사라져 버렸다. 장소산으로서는 도무지 이해가 안 가는 말이었다.

'이미 강해져 있다고? 아직 이 정도밖에 안 되는데? 내공이 강해서

안 된다고? 내공이란 강하면 강할수록 좋은 것 아닌가.'

풀리지 않는 이 문제에 그가 고민하고 있을 때 무림맹에서 서신이 날아왔다.

"무림 대회?"

무림맹의 서신에는 무림 대회를 열어 천하 문파들을 초대하니 개방 방주도 참석해 달라는 내용이 쓰여 있었다.

"드디어 천뢰가 본색을 드러내려는 모양이군."

장소산은 개방의 장로와 주요 제자들을 모아놓고 서신을 보였다.

"여러분의 생각은 어떻습니까?"

사공방이 말했다.

"먼저 자네의 생각을 말해주게나."

장소산은 고개를 끄덕이고는 말했다.

"아마 모인 자리에서 천하 문파 통합을 선언하려 할 것입니다. 아울러 싫다고 거부하는 문파는 축출하겠지요."

여태환이 물었다.

"하지만 그게 말처럼 쉬울까? 자신의 문파를 없앤다는 것은 엄청난 큰일이야. 거의 대부분의 문파가 싫다고 할걸?"

"물론 그렇겠지요. 하지만 바보가 아닌 바에야 그쪽도 그 점을 잘 알 테니 뭔가 방법을 준비하지 않았겠습니까."

"그게 뭘까?"

"그야 지금으로서는 알 도리가 없지요."

여태환은 웃었다.

"확실한 대답이군."

장소산은 말했다.

"알 수 없는 것을 끙끙대며 고민할 수는 없지 않습니까."

말하는 순간 장소산은 한 가지를 깨달았다.

'그러고 보니 내 무공의 진전이 없는 것도 결국 마찬가지로군. 끙끙대 봐야 소용없는 일이 아닌가.'

정 장로가 말했다.

"그렇다면 문제는 초대에 응하느냐 마느냐로군. 무림맹에서는 분명 통합에 반대하는 우리를 가만 놔두지 않을 테니까. 적이란 것을 뻔히 알면서 초대하는 것이니 분명 함정이 있겠지."

사공방은 걱정스런 표정이 되었다.

"문제가 되는 것은 인원수일세. 너무 많은 사람이 몰리는 것을 방지하기 위해서라는 명목상 참석자는 한 문파당 열 명을 넘지 않도록 되어 있네. 이 정도 수로는 다수의 공격을 받았을 시 위험하지."

"확실히 그건 그렇지요."

장소산은 고개를 끄덕였다.

"하지만 천명회 역시 수가 적은 것은 마찬가지입니다. 또한 그들과 싸울 상대가 우리만은 아니지요. 칠성방이 우리와 함께하기로 약속했고, 대회장에서도 뜻을 같이하는 다른 문파가 있을 테니 그들과 힘을 합치면 수에서 밀리지는 않을 겁니다."

사공방은 고개를 끄덕였다.

"방주의 뜻은 참석하겠다는 것이군."

"그렇습니다. 참석하지 않았다가 문파 통합이 결정나 버리면 모든 것이 틀려 버리는 것이니까요. 일단 가서 무슨 수를 써서라도 방해를 해야겠지요."

"방주의 뜻이 그렇다면 나는 따르겠네."

다른 사람들 역시 고개를 끄덕였다. 최종적으로 무림 대회에 참석하는 열 명도 장소산이 결정하기로 했다.

"그럼 이대로 하겠습니다."

회의가 끝나고 모두 돌아가려 할 때 장소산은 사공방을 불렀다.

"사공 장로님, 잠시 할 말이 있습니다."

장소산과 사공방은 둘만의 자리를 마련했다.

"무슨 일인가?"

"진갑 형은 무엇을 하고 있습니까?"

"양경청의 묘를 만들고, 묘를 지키고 있네."

"장로님이 그를 만나주시지 않겠습니까?"

사공방은 무슨 뜻인지 곧바로 알아차렸다.

"그를 이번 무림맹 행에 동행시킬 셈이군."

"예, 이번 일에는 무엇보다 강한 고수가 많이 필요합니다. 진 형은 명실공이 개방 최강의 고수라 할 수 있으니까요. 또한 다른 십간들을 이끌 만한 사람은 그밖에 없지요."

사공방은 놀랐다.

"다른 십간들도 동행시킬 셈인가?"

"예, 누가 뭐래도 십간은 개방의 젊은 고수 중 가장 뛰어난 자들입니다. 이번 일에 그들보다 적합한 사람들은 없다고 봅니다."

"하지만 양경청의 제자들이 아닌가. 자칫하면 내부에 적을 만드는 꼴일 텐데."

장소산은 웃었다.

"그만한 위험도 감수하지 못하면 천명회와 싸우는 일은 시작도 못합니다."

"하하, 대단하시군. 하지만 그들이 명령을 거부할지도 모르는데. 왜 사부의 원수를 도와야 하느냐고 말이야."

"아니, 그들은 할 겁니다."

장소산은 자신있게 말했다.

"현재 그들은 개방 내에 있을 곳이 없습니다. 방을 팔려 한 배신자인 양경청의 제자라고요. 하지만 그들로서는 억울할 겁니다. 조사 결과, 양경청의 뜻을 알고 협력한 자는 봉청홍밖에 없더군요. 그들도 속은 거죠."

"공을 세워 의심을 풀려 한단 말이군."

"예, 그리고 그들을 제어하기 위해서는 십간의 우두머리가 필요한 것이고요."

사공방은 고개를 끄덕였다.

"알겠네. 내가 그를 설득하지."

"부탁드립니다. 원래는 여태환 형에게 부탁드리려 했는데, 친구라 해도 양경청을 죽인 장본인이다 보니 문제가 생길지도 모르겠다는 생각이 들어서."

"알았네."

사공방이 나가고 장소산은 다른 십간들을 불렀다.

2

원래 열 명이었던 십간이지만 불러서 모인 사람은 네 명에 불과했다. 심경초에게 가담했던 세 명이 죽고, 두 명은 무성산의 타구봉 주인을 가리는 시합에서 부상을 입어 오지 못했다. 한 명은 시간은 걸려도 치료가 가능하다지만 다른 한 명은 구을의 손에 사지가 부러져 앞으로 무공을 쓰는 것이 불가능했다.

장소산은 모인 네 명을 둘러보았다. 구을, 신기, 추경, 청신. 이상이 모인 네 명의 십간이었다.

"그래, 위대하신 개방 방주님께서 우리에게는 무슨 볼일이신가."

구을이 빈정거리는 말투로 물었다. 신기와 추경 역시 예전에 사공방을 구출할 때 장소산에게 당한 적이 있어 표정이 좋지 못했다. 장소산은 표정 변화 없이 무림맹에서 온 서신을 보여주고는 말했다.

"이번 무림맹 행에 당신들 십간을 동행시킬 생각이오."

구을이 놀라 물었다.

"우리 넷을 전부?"

"진갑까지 해서 다섯이오."

십간들은 놀란 얼굴로 서로를 돌아보았다. 청신이 나서서 물었다.

"방주께서는 무림맹으로 가는 일행의 절반을 우리 십간으로 채울 생각이십니까?"

"도중까지의 인원은 더 있겠지만, 최종적으로 무림 대회에 참석하는 인원은 그렇게 될 거요."

신기가 말했다.

"우리가 양경청 전 방주의 제자들이라는 것을 알 텐데요."

"그건 중요하지 않소. 중요한 것은 당신들이 개방의 젊은 고수들 중 으뜸이라는 것이지."

구을이 참지 못하고 물었다.

"무림맹에서 우리들 손에 죽을지도 모른다는 생각은 안 드나?"

장소산은 오히려 되물었다.

"왜 그런 생각을 해야 하지?"

구을은 기가 막히다는 표정이 되었다.

"제자로서 사부의 원수를 갚는 것이 당연한 것 아닌가!"

"그럼 묻겠소. 왜 지금까지 여태환을 가만 놔두었지?"

"……!"

"원수를 갚는 것이 당연하다면 여 형을 죽였어야 할 것 아니오? 여 형을 죽이는 것은 여러분 중 한 명만 나서도 충분했을 것이오. 그런데 왜 아무도 나서지 않았소?"

"그건……."

장소산은 잘라 말했다.

"솔직히 말해 사부의 원수 따위는 아무래도 상관없는 것이었겠지."

십간들의 고개가 숙여졌다. 장소산은 웃고는 말을 이었다.

"부끄러워할 필요 없소. 내가 당신들 입장이었어도 그랬을 테니까."

추경이 물었다.

"무슨 뜻입니까?"

"애초에 양경청과 당신들은 일반적인 사제지간이 아니었소. 십간은 개방의 전투 부대, 양경청이 여러분의 사부가 된 것은 그가 개방에서 가장 강한 고수였기 때문이지. 양경청은 주어진 임무대로 여러분을 가르쳤고, 여러분은 배웠을 뿐, 그런 사이에 사제지간의 정을 기대하긴 어렵지."

장소산은 설명했다.

"그 증거로 양경청은 자신의 계획을 당신들에게 말하지 않고 봉청홍에게는 말했지. 애초에 당신들을 전혀 신뢰하지 않았던 것이오."

청신이 고개를 끄덕였다.

"방주님 말씀대로입니다."

장소산은 예상대로 되자 살며시 웃고는 말했다.

"아마 지금 여러분은 대단히 억울한 상황일 것이오. 그다지 사부로 생각하지도 않던 양경청의 제자였다는 이유만으로 개방의 배신자 취급을 받고 있으니까. 안 그렇소?"

십간들은 고개를 끄덕였다. 장소산은 그들에게 어떤 처벌도 내리지 않았다. 하지만 주변 다른 개방도들의 시선은 싸늘했다. 이건 어떤 처벌보다도 괴로운 일이었다.

"그러니까 이번 일로 증명해 보시오. 자신들이 개방의 배신자가 아니라는 사실을."

장소산의 말은 끝을 맺었다. 십간들은 잠시 침묵하며 생각에 잠겼다.

"공을 세워 의혹을 씻어내라는 말이로군요. 알겠습니다."

청신을 시작으로 신기, 추경이 명을 따를 것을 밝혔다. 남은 것은 구을뿐, 모두의 시선이 자신을 향하자 그는 못마땅한 표정을 짓더니 입을 열었다.

"조건이 있소."

장소산은 웃으며 물었다.

"뭔가?"

"이번 일이 끝나면 우리에게도 직책을 주었으면 좋겠어. 우리 정도의 무공과 공이라면 분타주에서 장로쯤은 되어야 옳지만, 십간이라는 이유만으로 음지에서 아무 대우도 받지 못했어. 겸정 같은 녀석들이 심경초에 넘어간 것도 생각해 보면 다 그 때문이야."

구을은 가슴에 막힌 것을 토해내듯 목소리를 높였다.

"우리도 살아 있는 사람이야. 평생 무공만 익히고 방의 도구가 되어 살고 싶지는 않단 말이다."

장소산은 고개를 끄덕였다.

"알겠소. 약속하지."

며칠 후 사공방이 진갑을 데리고 돌아왔다. 진갑은 오자마자 장소산 앞에 무릎을 꿇었다.

"진갑, 십간으로서 방주의 명을 충실히 따를 것을 맹세합니다."

장소산은 웃고는 그를 일으켰다.

"진 형, 예전처럼 편히 대하십시오."

진갑이 말했다.

"한 가지 청이 있습니다."

"무엇인가요?"

"저의 사부 양경청을 개방 방주로서 정식으로 장례를 치러주시기 바랍니다."

거지들의 문파라지만 방주쯤 되면 거지 나름대로 정성을 다해 장례를 치러주기 마련이다. 그러나 양경청은 그에 해당하지 않았다. 왜냐하면 개방의 배신자였기 때문이다.

장소산은 잠시 생각하다 고개를 끄덕였다.

"알겠습니다. 그렇게 하도록 하지요."

"감사합니다."

고개를 숙이는 진갑을 보며 장소산은 생각했다.

'양경청은 열 명에게 무공을 전수했지만 그중 진정한 제자는 진 형 하나뿐이었구나.'

장소산은 자신과 강연수, 수초, 두 명의 장로와 다섯 명의 십간으로 구성된 무림 대회 참석자를 구성했다. 이어 칠성방에 사람을 보내 상호 협력을 약속하고, 주변 다른 문파들에도 사람을 보내 동맹을 제안했다.

그런데 돌아온 결과는 예상 밖이었다. 사람을 보낸 서른 개 문파 중 대다수인 스물네 개의 문파는 무림맹의 초대를 받지 못했다는 것이다. 상당수가 아직 무림 대회가 있는지조차 모르고 있었다.

"천뢰 녀석, 천하 문파를 초대한다 하더니 반도 안 불렀군."

초대받지 못한 문파들은 세력이 미미한 소문파들이었다. 대세에 전혀 영향을 미치지 못하고 무림 대회에서 뭔가 결정이 내려지면 따를 수밖에 없는 약한 문파라서 무시해 버린 모양이었다.

'아니, 그보다는 너무 사람이 많으면 곤란하다는 이유일지도.'

천명회는 소수 집단이다. 그렇다는 것은 너무 많은 수가 모였을 시 상황을 통제하지 못하게 될 위험을 생각했을지도 모른다.

'이것이야말로 천명회의 약점일지도 모르겠군.'

며칠 후 장소산은 사공방에게 뒷일을 맡기고 무림 대회가 열리는 무림맹으로 출발했다.

3

일행이 출발한 지 삼 일째 되는 날이었다. 때는 초여름, 그러나 그날따라 한여름 날씨로 무더위가 기세를 떨치고 있었다. 덕분에 길에는 일행 외에 다른 사람들은 보이지 않고, 일행들 역시 잠시 시원한 정자에서 쉬어 갔으면 좋겠다 생각하고 있었다.

그런데 그때 일행의 눈앞에 한 광경이 눈에 들어왔다. 한 무리의 사람들이 수레나 봇짐 등으로 짐을 가득 싣고 오는 광경이었다.

"전쟁이라도 났나?"

의아해진 일행은 사람들이 가까이 오는 것을 기다려 물었다.

"무슨 일이 있습니까?"

장소산의 질문을 받은 중년 남자가 손사래를 치며 말했다.

"말도 말게. 자네들도 살고 싶으면 어서 되돌아가는 것이 좋을 걸세."

"대체 무슨 일입니까? 무슨 일인지 알아야 돌아가든 말든 할 것 아닙니까?"

"도적단이라네."

"도적단?"

그의 말인즉 도적단이 나타나 마을 전체가 피난을 가는 중이라는 것이었다. 장소산은 놀라워하며 물었다.

"관에 신고는 했습니까?"

"하면 뭐 하나. 세금은 꼬박꼬박 받아 가면서 이런 일이 터지면 코빼기도 보이지 않는걸."

당신들도 조심하라는 말을 남기며 사람들은 지나갔다. 그리고 기다렸다는 듯이 강연수가 기대에 찬 목소리로 말했다.

"우리가 나설 때네."

장소산이 황당하다는 말투로 물었다.

"그게 무슨 소리요?"

"아니, 무슨 소리냐니? 너야말로 무슨 소리야. 양민들이 도적 무리에게 고통받고 있는데 모른 척하자는 말이야? 너, 그러고도 개방의 방주라고 할 수 있어?"

"개방의 방주로서 볼 때 우리는 무림 대회에 참석해야 하는 중대한 일이 있으니 다른 위험한 일은 피하는 것이 좋을 것 같소."

"말도 안 되는 소리!"

강연수는 목소리를 높였다.

"무슨 이유가 있든 고통받는 백성들을 외면하는 것은 협객으로서 있을 수 없는 일! 아무리 천명회와의 싸움이 중요하다고 해도 그 정신을 잊어서는 안 된다는 것을 몰라?"

장소산은 퉁명스럽게 중얼거렸다.

"애초에 난 그다지 협객이라는 것이 되고 싶은 생각이……."

"어서 도적 무리를 물리치러 가자."

강연수는 아예 듣지 않고 있었다. 장소산은 머리를 긁적였다.

"하긴 아까 노인 말대로라면 길을 가다 보면 마주치겠지."

계속 길을 가다 저녁때쯤이 되자 마을이 나타났다. 그런데 마을을 둘러본 장소산이 의아해하며 중얼거렸다.

"이상한데?"

강연수가 물었다.

"뭐가 이상하다는 거야?"

"마을이 말이오."

"마을이 뭐가 이상해. 내가 보기에는 평범한 마을이구만."

"그러니까 이상하다는 말이오. 아까 낮에 한 무리의 사람들과 지나치지 않았소. 그들은 도적단을 만나 피난 간다고 했는데, 왜 이 마을은 멀쩡한 거지?"

"듣고 보니 그러네."

의문을 느낀 일행은 마을 사람 하나를 붙잡고 물어보았다. 그러자 돌아오는 마을 사람의 대답은 충격적인 것이었다.

"말도 마시오. 바로 어제저녁에 도적단이 들이닥쳐 살림살이와 여자들까지 빼앗아 오늘 아침에 떠났소."

"……."

장소산 일행은 서로의 얼굴을 돌아보았다. 그렇다면 낮에 만난 그 사람들이 도적단이었단 말인가?

"속았다!"

강연수가 펄쩍 뛰며 외쳤다.

"어서 쫓아가자! 지금이라면 잡을 수 있을 거야."

장소산은 난색을 표했다.

"하지만 곧 어두워질 테고, 이미 늦었을지도 모르는데……."

"그럼 뻔히 눈뜨고 놓치잔 말이야? 재산은 그렇다 치고 여자들까지 납치당했는데? 난 무슨 일이 있어도 갈 거야."

"할 수 없군."

현재 일행은 각각 두 마리의 말이 끄는 두 대의 수레와 강연수 혼자 타는 말로 이동하고 있었다. 수레를 타고 가다간 놓칠 것이 뻔한지라, 장소산은 수레의 말까지 풀어 다섯 명이 말을 타고 쫓아가게 했다.

"여기서 기다릴 테니 되도록 빨리 돌아오시오. 만약 하루가 지나도록 도적들을 찾지 못하면 그냥 돌아와야 하오."

강연수에게 맡기기에는 못 미더워 장소산은 정 장로에게 일을 부탁하고, 세 명의 십간을 동행하게 했다.

"맡겨줘!"

자신있게 말하며 강연수를 포함한 다섯 명은 떠나갔다. 남겨진 일행

은 마을에서 묵기 위해 객점을 찾았지만 워낙 작은 마을이라 따로 객
점이 없었다. 할 수 없이 일행은 마을의 집 몇 곳에 나누어져 따로 묵
기로 했다. 민가에 약간의 돈을 주고 부탁하니 쉽게 승낙이 나왔고, 먼
길을 가느라 피곤했던 일행은 각각의 집에서 일찍 잠자리에 들었다.

그런데 밤이 깊고 장소산이 한창 잠을 자고 있을 때였다.

"이보슈, 이보슈."

일어나 보니 그가 묵고 있는 집주인이었다.

"무슨 일입니까?"

"같이 온 일행이 부릅니다."

장소산은 일어나 옆자리를 돌아보았다. 진갑이 잠들어 있었다. 깨울
까 하다가 단잠을 방해하는 것 같아 그만두고, 그는 집주인의 재촉에
밖으로 나왔다.

"부른 사람은 어디 있습니까?"

"저기요."

집주인이 가리키는 곳은 십 장쯤 떨어진 집의 뒤편이었다. 캄캄한
밤인데다가 집의 그림자에 가리니 사람의 형체만 보일 뿐 누군지는 알
수 없었다.

"무슨 일입니까?"

장소산은 다가가며 물었다. 상대는 대답 대신 손으로 입을 가리며
조용히 하라고 한 다음, 어서 오라는 손짓을 했다.

"……?"

장소산은 의아해하며 다가갔다. 그렇게 바로 앞에 이르렀을 때 갑자
기 상대는 검을 뽑더니 찔러왔다.

"……!"

이미 경계를 하고 있었기 때문에 장소산은 급히 허리를 틀어 피했다.

"누구냐?"

상대가 대답 대신 몸을 돌려 도망치자 장소산은 즉시 쫓아갔다. 그런데 상대의 경공이 놀라워 좀처럼 잡을 수가 없었다.

'안 되겠군.'

장소산은 쫓는 것을 깨끗이 포기하고 집으로 돌아가려 했다. 그런데 그가 몸을 돌리자 도망치던 습격자가 다시 공격해 오는 것이었다.

'날 붙잡아두겠다는 거냐?'

장소산은 반격했다. 수십 초의 공방 끝에 장소산의 공격이 상대에게 적중했다. 패색이 짙어지자 습격자는 다시 도망쳤다.

장소산은 다시 쫓을까 하다가 다른 사람들이 걱정되어 습격자를 뒤로하고는 집으로 돌아갔다. 집주인 가족과 진갑의 모습은 보이지 않고 집 안은 텅 비어 있었다. 장소산은 한숨을 내쉬었다.

"한패였나?"

그는 다른 일행이 묵고 있는 집도 뒤져 보았으나 아무도 보이지 않았다. 장소산은 곰곰이 생각해 보았다.

'낮에 만났던 자들은 도적단이 와서 피난 간다고 했다. 이 마을의 사람들은 도적단이 다 쓸어갔다고 했다. 지금으로서는 어느 쪽이 도적단인지 알 수가 없구나.'

그때였다. 갑자기 어디선가 여인의 비명 소리가 들려왔다.

"까아아아아악!"

소리가 들려오는 곳으로 달려가 보니 소리의 진원지는 한 집 안이었다.

"살려주세요!"

장소산은 즉시 문짝을 발로 차 날려 버렸다. 그런데 그때 비명 소리가 다시 들려왔다.

"까악!"

장소산이 발로 찬 문에 부딪쳤는지 한 여인이 쓰러져 있었다.

"괜찮습니까?"

"사, 살려……."

"무엇으로부터 말이오? 문짝?"

그때 집 안에서 칼을 든 장정 둘이 튀어나오며 달려들었다. 장소산은 칼을 피하고 둘을 발로 차버렸다. 아까 전의 습격자와는 달리 이번의 적들은 무공이 평범해 일격을 버티지 못하고 쓰러졌다.

정리가 끝나자 장소산은 집 안으로 들어갔다. 바닥에 떨어진 손수건이 눈에 띄었다. 들어 살짝 냄새를 맡아 보니 약 냄새가 짙게 났다.

'내가 들어오면 약으로 정신을 잃게 하고 칼로 난도질할 셈이었군.'

그런데 장소산이 문을 발로 차버려 몽혼약을 쓰려 했던 여인이 그만 문과 충돌해 버린 것이었다. 장소산은 쓰러져 있는 여인의 얼굴을 툭툭 치면서 물어보았다.

"당신들 뭐요?"

여인은 정신을 잃은 듯싶었다. 하지만 장소산은 좀 전에 여인이 내뱉은 말을 기억하고 있었다.

"이보슈, 이보슈."

계속해서 여인의 얼굴을 툭툭 쳤다. 결국 견디다 못한 여인은 소리쳤다.

"그만 좀 해요!"

"그러니까 당신들이 뭔지 말해보라니까."

"우린 구음채 사람들이에요."

구음채는 녹림칠십이채 중에 하나였다.

"구음채가 왜 이런 곳에 있는 거요?"

"몰라요. 채주에게 물어봐요."

여인의 말인즉, 보름 전 어떤 자들이 채로 찾아와 채주에게 뭔가 의뢰를 했다. 의뢰 내용은 그들로서는 알 수가 없고, 그저 채주가 시키는 대로 이곳에 와서 한바탕 연극을 했다는 것이다.

"그럼 한바탕 쓸어갔다는 도적 무리는 뭐요?"

"그들도 우리 채 사람들이죠."

"그럼 원래 마을 사람들은?"

"오래전에 도망쳤어요."

장소산은 고개를 끄덕였다. 누구의 짓인지 대충 짐작이 갔다.

"좋소, 그럼 나의 동료들은 어디 있지?"

"모두 이 방에서 약으로 잠재워 끌고 갔죠. 당신이 부른다고 하니 모두 의심 없이 따라오더군요."

"그럼 나와 같은 방을 쓴 사람은? 그 사람도 당했나?"

"그 사람에게는 몽혼약이 통하지 않더군요. 다행히 의뢰자 중에 하나가 함께 있어 그와 싸웠어요. 양쪽 다 무공이 정말 대단하더군요. 서로 치고받으며 둘 다 어디론가 사라져 버렸어요."

장소산은 인상을 찌푸렸다.

'진갑과 호각으로 싸웠다니 대체 누구지?'

그는 일단 잡혀간 동료들을 구해야겠다고 생각했다.

"동료들을 끌고 간 곳으로 안내하시오."

여인은 의외로 순순히 승낙했다.

"좋아요. 단, 당신 목숨을 걱정해야 할걸요?"

"그건 내 문제니 당신이 신경 쓸 필요 없소."

4

장소산은 여인을 앞장 세워 마을 뒤편의 산으로 올라갔다. 한참을 올라가자 시끄러운 소리와 불빛이 보였다. 다가가 보니 오십여 명쯤 되는 사람들 무리와 짐승을 가둬두는 우리에 갇혀 있는 일행들의 모습이 보였다. 일행들은 약에 당해 모두 정신을 잃은 상태였다.

"두목님!"

여인이 소리쳤다. 장소산은 상관하지 않고 그대로 걸어가 무리의 가운데 앉아 있는 거한에게 다가가 물었다.

"당신이 구음채 두목이오?"

"그래, 내가 구음채 두목 호치 호강이다."

"난 개방 방주 장소산이오."

"장소산? 개방 방주는 양경청이 아니었나?"

"그는 죽고 내가 새로운 방주가 되었소."

호강은 피식 웃고는 물었다.

"그래, 신임 개방 방주께서 무슨 일이신가?"

"내 동료들을 풀어주시오."

호강은 빈정거렸다.

"내가 왜 그래야 하지?"

장소산은 말했다.

“순순히 동료들을 풀어주고, 당신에게 사주한 인물이 누군지 말하면 목숨만은 살려주지.”

구음채의 도적들은 배를 잡고 웃었다. 호강이 간신히 웃음을 참고는 말했다.

“무슨 수로 우리 모두를 죽이겠다는 건지 가르쳐 주지 않겠나?”

“이렇게면 어떻겠나.”

장소산은 말이 끝남과 동시에 손을 뻗어 호강의 목을 움켜잡았다. 눈앞의 젊은 그가 이 정도의 고수인 줄은 예상하지 못했던 호강은 피하지 못하고 그대로 잡혔다.

“자, 죽겠소, 아님 동료들을 풀어주겠소?”

호강은 괴로워하며 간신히 말을 꺼냈다.

“꺼, 꺼내…….”

그러나 그의 말을 막는 목소리가 있었다.

“그렇게는 안 되지.”

소리가 들리는 방향을 돌아보니 유자건이 서 있었다. 장소산은 담담한 목소리로 말했다.

“역시 당신이었군.”

“그렇다. 이번에야말로 널 죽여 버리겠다.”

장소산은 유자건 뒤쪽의 여덟 명을 훑어보았다. 하나같이 평범치 않은 기도를 풍기는 젊은 고수들이었다. 장소산은 그중 하나가 아까 전에 자신을 습격하고 도망친 자라는 것을 알아차렸다.

“모두 천명회의 사람들인가 보군.”

“맞다. 모두 천명회에서 길러진 영재들로, 강호의 미래를 책임질 자들이지.”

장소산은 웃었다.

"강호의 미래? 자기 권력만 챙기는 놈들이 아니고?"

"까불고 있군. 어디 네 목이 떨어져도 지껄일 수 있는지 확인해 보자."

유자건은 검을 뽑아 들고 다가갔다. 장소산은 호강을 끌어당겨 앞을 막고는 말했다.

"나에게는 인질이 있다는 것을 잊었나?"

"하하, 그런 쓰레기 녀석에게 인질의 가치가 있다고 생각하는가? 죽이고 싶으면 얼마든지 죽이지 그래."

유자건의 말에 호강의 얼굴이 일그러졌다. 장소산은 그럴 줄 알았다는 듯이 웃고는 호강에게 말했다.

"당신이 어떤 인간과 손을 잡았는지 잘 알겠지? 자, 살고 싶으면 내 동료를 풀어주시오."

호강은 소리쳤다.

"우리를 열어라!"

구음채의 도적들이 우리를 풀려 하자 유자건이 외쳤다.

"그렇게는 안 되지!"

유자건 뒤에 있던 천명회의 셋이 달려들어 우리를 풀려는 도적들을 죽이려 했다. 고수의 공격을 감당할 수 없는 도적들은 화급히 도망쳤고, 천명회 고수들은 그대로 우리 안의 사람들을 죽이려 했다.

"너야말로 그렇게는 안 되지!"

장소산이 외쳤다. 말이 끝나자마자 구음채의 도적 다섯이 천명회 고수의 공격을 막았다. 일사불란한 동작으로 검을 완벽히 막아내는 것이 천명회 고수들과 비교해 조금도 뒤지지 않았다.

“아니?!”

유자건은 깜짝 놀랐다. 자신이 특별히 골라온 여덟 명의 천명회 고수의 무공은 모두 초일류로, 자신과 비교해도 큰 차이가 없을 정도이다. 그런데 고작 도적 무리가 그 공격을 막아내다니?

“어떻게 된 거지?”

장소산은 피식 웃고는 말했다.

“얼굴을 보여주시오.”

다섯 명의 도적이 얼굴을 잡아 뜯었다. 그러자 드러난 얼굴은 구을, 신기, 추경, 세 명의 십간과 정 장로, 그리고 강연수였다.

유자건은 놀라 소리쳤다.

“이럴 수가! 분명 저들은 도적 무리를 쫓아…….”

“쫓는 척했을 뿐이지.”

장소산은 웃으며 대답했다.

“쫓는 척하고 다시 돌아온 것이오.”

“그럴 리가! 분명 쫓고 있다는 것을 확인했는데?”

“그건 다른 사람들이오.”

“다른 사람이라니…….”

유자건은 믿을 수 없다는 표정으로 둘러보았다. 장소산, 구을, 신기, 추경, 정 장로, 강연수, 그리고 우리에 갇혀 있는 청신, 수초, 진 장로까지. 진갑을 빼고는 모두 있지 않은가.

장소산이 말했다.

“간단한 이치를 모르는군. 당신들이 열 명만 오라고 했다고 우리가 꼭 시키는 대로 할 의무는 없다는 것을 모르나?”

“그, 그럼?”

"도적 무리를 쫓아 떠난 다섯 명은 따로 우리 뒤를 따르던 다른 개방도와 교대한 거요. 당신이 믿던 미행자는 멀리서 본 인상착의만으로 동일 인물로 착각한 것이겠지."

"그렇다면 잡힌 자들도?"

"물론 가짜지."

강연수가 웃으며 우리 안에 잠들어 있는 사람들의 얼굴을 잡아 뜯었다. 그러자 다른 얼굴이 드러났다.

"저자들은?"

그들은 장소산 일행을 잡기 위해 나섰던 구음채 고수들이었다. 유자건는 급히 고개를 돌렸다. 장소산과 싸우다 잡힌 구음채의 두 명의 남자와 여인이 어느새 장소산의 뒤에 서 있었다.

"내 변장술이 대단하죠?"

여인이 변장을 풀자 수초의 얼굴이 드러났다. 다른 두 명도 우리에 갇혀 있는 줄 알았던 진 장로와 청신이었다. 순간 유자건의 표정이 보기 싫게 일그러졌다.

"당했군."

장소산이 말했다.

"우린 당신들이 언제쯤이나 우릴 노릴까 기다리고 있었소. 그런데 이 정도의 얕은 수에 당할 것 같소?"

"그런데 왜 당한 척한 거지?"

"그래야 당신들이 모습을 드러낼 것이 아닌가."

장소산은 설명했다.

"잡아 보니 도적들이더군. 당신은 이들을 이용해서 성공하면 좋은 것이고, 실패하면 도마뱀 꼬리 자르듯 잘라낼 속셈이었겠지. 그래서 우리도 당한 척 한바탕 연극을 한 것이지. 당신들이 이대로 끝내 버리기에는 아까워 나설 수밖에 없도록 말이오.”

유자건은 분을 참지 못해 식식거리다 외쳤다.

“모두 공격!”

천명회 고수 여덟 명이 일제히 공격해 왔다. 개방의 고수들도 이에 대응하여 상대했다. 유자건은 다른 자들은 상관하지 않고 장소산만을 노렸다. 장소산도 잡아두었던 호강을 놓아주고 타구봉을 들고 대항했다.

유자건은 어떻게든 장소산을 죽이기 위해 자신의 무공을 총동원하여 맹렬히 공격했고, 이에 장소산은 새롭게 배운 타구봉법으로 대응했다. 둘은 호각의 승부를 벌이며 팽팽하게 대결했다.

유자건은 아무리 전력을 다해도 장소산을 어찌할 수가 없자 호강을 향해 소리쳤다.

“뭘 하고 있는 거냐! 너희들도 도와라! 약속대로 한 사람 해치울 때마다 만 냥을 주겠다!”

그러나 호강은 목을 쓰다듬으며 퉁명스럽게 대꾸했다.

“아무짝에도 쓸모없는 쓰레기에게 왜 도움을 청하시나?”

“큭!”

그사이 다른 곳에서도 치열한 승부가 전개되었다. 천명회 고수 여덟과 장소산 측 여덟의 대결! 그중에서 유독 눈에 띄는 인물이 하나 있으니, 바로 강연수였다.

“하압!”

기합성과 함께 강연수의 검이 수백 개의 빛줄기로 화해 번뜩였다. 천명회의 고수 둘이 힘을 합쳐 막는데도 방어의 틈을 뚫고 빛은 그들의 몸에 상처를 새겨놓았다. 놀랍게도 강연수는 천명회의 고수 둘을 상대하면서도 밀리기는커녕 우세를 보이고 있었다.

지금까지 모인 여덟 권의 무공총람, 그다지 진전을 보지 못한 장소산과는 달리 그녀의 재능은 순식간에 무공총람의 정수를 터득하여 근래 놀라운 성장을 보였다. 그녀의 무공은 이제 절정을 넘어 천하에 적수가 드물 지경이었다.

강연수는 무공이 떨어지는 수초의 빈자리를 메우고도 남을 활약을 보였다. 그러나 천명회 고수 측도 만만치는 않았다. 양측의 대결은 팽팽했다.

승부의 추를 기울인 것은 의외로 구음채의 산적이었다. 그들은 주변을 둘러싸고 남의 일인 양 구경하고 있었는데, 그들이 물건을 던지며 천명회 고수들에게 야유를 퍼부은 것이다.

그들이 이런 행동을 한 것은 쓰레기라는 유자건의 말과 장소산이 호강을 놓아주고 개방도들이 우리에 갇혀 있던 구음채 도적들을 천명회 고수들의 공격으로부터 막아주었기 때문이다. 그들로서는 양쪽 다 적이라 할 수 있지만 양쪽의 행동거지에서 호감도가 달라진 것이다.

도적들답게 그들은 온갖 지저분한 욕을 쉴 새 없이 퍼부었다. 원래 밑바닥 인생이라 욕도 많이 하고 많이 듣는 개방도들은 도적들의 욕 따위는 신경 쓰지 않았지만, 명문정파 출신의 천명회 고수들은 상스러운 욕들이 여간 신경 쓰이는 것이 아니었다. 게다가 돌멩이 같은 것을 집어 던지기까지 하니 위험하기도 했다.

돌멩이 하나가 천명회 고수의 머리를 때렸다.

"윽!"

그다지 큰 타격은 아니었지만 그를 상대하던 구을은 이 순간을 놓치지 않았다. 그는 그 틈을 타 상대의 손목을 잡았다.

그것으로 끝이었다. 상대는 손목뼈가 박살나며 검을 떨어뜨렸다. 이어 구을의 손이 그의 가슴에 올려지자 갈비뼈가 으스러져 피를 토하며 쓰러졌다.

“천명회가 뭐냐. 십간이야말로 최강이다!”

구을은 기세 좋게 외치며 이어 청신과 싸우던 천명회의 고수에게 달려들었다. 한 명을 상대하기도 힘든 판에 하나가 더 덤비니 당해낼 리가 없다. 천명회의 고수는 구을에게 목을 잡혀 일격에 절명해 버렸다.

팽팽하던 승부의 균형이 기울어지기 시작하자 결판이 나는 것은 시간문제였다. 구을은 손가락으로 우드득 소리를 내며 히죽 웃었다.

“내 손에 다 죽었다.”

그 말을 듣는 순간 천명회 고수들은 하나같이 모골이 송연해지며 식은땀이 났다. 전의를 상실한 그들은 구을이 공격을 하기도 전에 무너지기 시작했다.

승리를 확신한 장소산은 히죽 웃고는 유자건에게 말했다.

“천명회도 별거 아니었군.”

“큭!”

유자건의 얼굴이 일그러졌다. 그런데 그때였다. 수풀 속에서 갑자기 누군가가 튀어나와 막 한 명을 잡아 끝장내려던 구을에게 달려들었다.

“넌 뭐야?!”

구을은 외치며 목표를 변경하여 의문의 인영에게 공격을 날렸다. 그와 인영은 한순간 교차했다.

“으악!”

비명을 지르는 구을은 팔뼈가 부러져 있었다. 비명 소리를 듣고 고개를 돌린 강연수가 인영의 정체를 알아보고 놀라 소리쳤다.

"연사랑?!"

연사랑은 검을 뽑지 않고 검집째로 들고 있었다. 구을에게 부상을 입힌 것도 뽑지 않은 검이 분명했다. 그는 강연수를 흘긋 보고는 다시 검집째로 추경을 향해 휘둘렀다.

"컥!"

추경이 비명을 지르며 날아갔다. 십간의 일 인을 검도 뽑지 않고 단 일격에! 모두들 놀라 눈이 휘둥그레졌다.

"연사랑, 너도 천명회였냐?!"

강연수가 외치며 그에게 달려들었다. 연사랑은 여전히 검집째로 그녀의 공격을 막았다.

챙! 챙! 챙! 챙!

소나기가 두드리듯 쉴 새 없이 부딪치는 소리가 들리더니 연사랑이 위로 일 장을 물러섰다. 그의 검집은 강연수의 맹공에 너덜너덜해져 있었다.

"놀라운 성장이군. 재능만이라면 천뢰에 필적할 만해."

연사랑의 말에 강연수는 대꾸하지 않았다. 그녀야말로 너무나 놀라고 있었다. 예전에 함께 어울리던 연사랑이 천명회의 인물인 것도 놀랍지만, 더욱 놀라운 것은 그의 무공이었다.

'기껏해야 가신풍 정도일 줄 알았는데 이렇게나 강했단 말인가?

5

장소산이 연사랑에게 말했다.

"진갑과 호각으로 겨루었다는 사람이 당신이었군."

연사랑은 고개를 끄덕였다. 구음채의 도적들이 함정을 파다가 반대로 개방 사람들에게 공격당할 때 연사랑은 구음채를 감시할 겸 돕기 위해 그곳에 있었다. 서로 강적이라는 것을 알아본 진갑과 연사랑은 싸우기 시작했고, 그만 양쪽 다 일행과 동떨어지게 되었던 것이다.

유자건이 소리쳤다:

"연사랑, 네가 제대로 못해서 우리가 함정에 빠지게 되었잖아!"

연사랑은 꾸벅 고개를 숙였다.

"미안하군. 상대가 너무 강해 떨쳐 내기 힘들었다."

장소산은 눈살을 찌푸렸다. 말을 들어보니 진갑이 지지는 않은 모양인데, 이곳에 없어서야 아무 도움이 되지 않는 것이 아닌가.

유자건이 짜증스러운 말투로 말했다.

"네가 지은 잘못은 확실히 책임지겠지? 어서 개방도 녀석들을 없애 버려."

"알았다."

연사랑은 시선을 돌려 강연수에게로 향했다. 강연수도 검을 겨누며 시선을 받았다. 연사랑은 손을 뻗어 너덜너덜해진 검집을 벗겨내자 푸른 빛을 발하는 눈부신 검신이 모습을 드러냈다.

"이 창공검은 절세보검이니 조심하시오. 위험해서 되도록 뽑지 않으려 했지만 상대가 상대이니 만큼 쓰지 않을 수 없겠소."

"흥! 영광이군."

강연수는 코웃음을 치며 대꾸했다.

이미 주변의 사람들은 싸움을 멈추고 둘의 대결을 주시하고 있었다.

모두의 시선을 받으며 대치하던 강연수와 연사랑은 한순간 돌진하며 충돌했다. 순간 무수한 섬광이 폭발하듯 터져 나왔다.

수십, 수백 줄기의 섬광이 허공에 춤추며 충돌했다. 빛줄기가 튀어 오르고, 서로 쫓고, 부딪쳐 사라지니 마치 하늘의 별들이 축제를 벌이는 것 같았다. 이 자리에 있는 사람들 모두 현란한 빛의 축제를 멍하니 바라보았다.

한순간 빛이 모두 사라졌다. 강연수와 연사랑은 동시에 뒤로 물러섰다.

승부의 결과는 한눈에 알 정도로 확연했다. 담담한 표정으로 서 있는 연사랑과는 달리 강연수는 창백한 안색으로 완전히 박살나 검 자루만 남은 검을 들고 있었다.

"안타깝군."

연사랑이 입을 열었다.

"좀 더 좋은 검이었다면, 승부의 결과가 달라졌을지도 몰랐을 텐데."

강연수는 입술을 깨물었다.

"내 검도 보기 드문 보검이었어. 그런데도 이렇게 산산이 부서진 것은 내공에 있어 당신이 우위였기 때문, 완벽한 나의 패배다."

그녀가 입가를 소매로 닦아내자 내상을 입은 듯 피가 묻어났다.

"하하하, 잘했다!"

돌연 웃음소리가 터져 나왔다. 그 장본인은 유자건이었다.

"늦게 온 것이 문제이긴 하지만 훌륭한 무공이었다. 과연 우리 천명회의 제이인자다운 솜씨다."

그는 장소산을 향해 비웃음을 날렸다.

“어떠냐, 우리 천명회의 힘이! 개방 따위와는 비교가 안 되지?”

장소산은 그를 무시하고 생각에 잠겼다.

‘전에 연사랑에게 잡혔을 때의 일을 생각해 보면 그는 천명회 일에 협력할 생각이 없어 보였다. 그런데도 이렇게 나선 것은 뭔가 이유가 있어서가 아닐까?

유자건이 소리쳤다.

“자, 연사랑, 거지 녀석들을 싹 쓸어버려!”

연사랑이 검을 들고 정 장로에게 다가갔다. 깜짝 놀란 정 장로가 물러섰지만 연사랑의 신법 앞에서는 너무나 느린 움직임이었다. 순식간에 바로 앞으로 다가온 연사랑은 검을 휘둘렀다.

깡!

쇳소리가 울려 퍼지며 연사랑이 뒤로 물러났다. 그의 공격을 막은 것은 어느새 나타난 진갑이었다.

“왔군.”

진갑은 연사랑의 검을 막은 오른 손목을 만지작거렸다. 손목에 채워진 철환이 잘려져 떨어지며 피가 배어 나왔다.

그가 찬 철환은 단지 두껍고 무거울 뿐, 평범한 강철이었다. 그래서 연사랑의 보검 앞에 간단히 잘려지고 손목까지 상처가 생긴 것이다. 그것도 진갑이 뛰어났기에 그 정도에 그쳤지, 평범한 고수였다면 손목이 날아가 버렸을 것이다.

유자건은 한 번의 충돌에서 연사랑이 우위를 보인 것을 확인하고는 히죽 웃었다.

“그렇군. 아직 십간의 우두머리께서 남아 있었군. 어디 개방 최고 고수라는 자의 실력을 보기로 할까?”

"진 형, 이걸 쓰시오."

장소산이 외치며 타구봉을 던졌다.

"개방의 신물이라면 어떤 보검에도 지지 않을 것이오."

"고맙네."

진갑은 봉을 잡았다. 연사랑이 즉각 검을 휘두르며 공격해 갔다.

깡!

맑은 소리가 울려 퍼지며 봉과 검이 충돌했다 떨어졌다. 진갑은 봉을 훑어보고 흠집 하나 없는 것을 확인하고는 중얼거렸다.

"과연 신물이로군."

방주의 신물에 흠이 갈까 하는 염려가 없어지자 진갑은 안심하고 본격적으로 봉술을 펼치기 시작했다. 막고, 후리고, 돌리고, 찌르고, 넘기는 등의 기본적인 동작들, 하지만 하나하나의 동작에는 빈틈이 없어 마치 봉법의 정석을 보는 듯한 움직임이었다.

반면 연사랑은 화려하고 빠른 검법을 선보였다. 푸른 빛의 검신이 단지 섬광으로밖에 보이지 않았다. 보기만 해도 정신이 어지러울 정도의 빛의 폭풍우였다.

순식간에 승부가 결정된 좀 전의 대결과는 달리 이번 승부는 수백 초가 지나도 결론이 나지 않았다. 그러나 어떤 승부든 결국 끝날 수밖에 없는 것. 천 초가 가까워질 무렵, 수비에 치중하던 진갑이 기합성과 함께 엄청난 기세로 봉을 휘두르기 시작했다.

"하압!"

마치 수백 마리의 살아 있는 뱀이 달려드는 것 같았다. 연사랑은 급히 치밀하게 검막을 만들어내며 봉의 공격을 막아냈다. 그러나 그 순간, 봉의 궤적이 변화하며 땅바닥을 후려쳤다.

콰앙!

폭탄이 터지듯 땅이 갈라지며 돌이 튀었다. 돌덩이들은 무서운 기세로 연사랑에게 쏘아졌고, 연사랑은 급히 옆으로 피했다. 그러나 그것은 진갑의 노림수로, 연사랑도 그 사실을 알고 대비했지만 이번 공격은 막을 수 있는 것이 아니었다.

"합!"

진갑은 봉을 양손으로 잡고 온 힘을 실어 수평으로 내려쳤다!

"……!"

너무나 단순한 공격이었다. 평소라면 가볍게 피하고 반격까지 할 수 있을 정도로 단순했다. 그러나 회피 동작 중인 연사랑에게 있어 이보다 더 시기적절한 공격은 없었다.

피억!

방어에 나섰던 연사랑의 검이 날아가고, 이어 연사랑의 몸도 날아갔다. 그의 몸은 십 장을 날아가 뒤에 있던 나무에 부딪치고 나서야 간신히 멈추었다.

"커억!"

연사랑은 그대로 피를 토하며 쓰러졌다.

"……."

주변에는 잠시 침묵이 감돌았다. 장소산이 웃으며 침묵을 깨뜨렸다.

"개방이 이겼군. 천명회도 별거 아닌데."

"큭!"

유자건이 얼굴이 일그러졌다. 그는 패한 연사랑에게 분노를 퍼부었다.

"저런 거지에게 지다니, 한심하게!"

진갑이 고개를 저었다.

"그의 무공은 훌륭했소. 그러나 너무 많은 힘을 소모했지. 그는 나와 싸우다 무리하게 이곳까지 전력으로 달려왔고, 다시 강 소저와의 대결에서 많은 내공을 소모했소. 그래서 나와의 대결에서 힘이 달린 것이오."

그러나 유자건은 그의 말 따위는 듣지 않았다. 그는 계속해서 연사랑을 다그쳤다.

"일어나! 이대로 질 거냐?"

사람들은 유자건의 모습을 한심하다는 듯 바라보았다. 패배하고도 인정하지 않아 추해 보였다. 쓸데없는 집착으로 스스로의 가치를 떨어뜨린다고 생각했다.

그런데 그때 쓰러져 있던 연사랑이 나무에 몸을 기대며 일어났다. 그는 입가의 피를 닦고는 진갑을 노려보았다.

"난… 아직 지지 않았다."

사람들은 놀랐다. 연사랑은 갈비뼈가 부러진 듯 똑바로 서지도 못했고, 계속해서 입에서 피가 나오는 것이 내상까지 심해 보였다. 도저히 싸울 수 있는 상태가 아닌 것이다.

유자건은 자신이 싸우지 않으니 계속 싸우라고 할 수 있겠지만, 장 본인은 자신의 상태를 알 텐데 패배를 인정하지 않는단 말인가?

연사랑은 비틀거리며 걸어가 바닥에 떨어진 검을 주워 들고는 진갑을 향해 쳐들었다.

"자, 계속해서 싸우자."

강연수가 보다 못해 말리려 들었다.

"사랑, 당신 지금 뭐 하고 있는 거야? 졌다는 것을 보면 알잖아!"

"시끄러, 난 아직 싸울 수 있어!"

연사랑은 외치며 검을 휘둘렀다. 그러나 그 상태로 제대로 베기가
될 리 없었다. 진갑은 간단히 뒤로 물러나 피했다.

"더 이상의 싸움은 무의미하오. 지금 당장 치료를 받으시오. 그렇지
않으면 평생 후유증이 남을지도 모르오."

그러나 연사랑은 검을 놓지 않았다.

"아니, 충분히 의미가 있어."

연사랑은 계속 검을 휘두르고 진갑은 피했다. 진갑으로서는 상당
히 난처한 상황이었다. 어차피 적인 이상 죽여 버리면 되는 일이지만,
그는 순수하게 무공을 즐기는 사람일 뿐 살인은 좋아하지 않았다. 무
엇보다 좀처럼 만나기 어려운 호적수인 그를 이대로 끝내긴 아까웠
다.

지켜보고 있던 구을은 진갑의 의중을 알아차렸다. 그는 짜증을 내며
생각했다.

'천명회와 우린 적이다. 적의 고수를 죽일 절호의 기회를 왜 뻔히
두고 놓친단 말인가. 저자를 살려 보내면 나중에 우리가 위험해질지도
모르지 않는가!'

그는 참다 못해 소리쳤다.

"진 형, 물러서시오. 내가 대신 싸우겠소! 나 역시 한쪽 팔이 부러졌
으니 불공평하다고는 못하겠지."

말은 그래도 구을의 상태가 활씬 양호했다. 이길 것 같으니까 싸우
겠다고 하는 것이었다.

"……."

진갑은 어찌해야 될지 모르는 난감한 표정으로 장소산을 바라보았다. 장소산도 이런 식의 싸움은 보고 싶지 않아 유자건에게 말했다.

"그만 졌다고 인정하지 그러시오?"

그러자 유자건은 코웃음을 치며 말하는 것이 아닌가?

"무슨 소린가? 우리 사랑이 공격을 퍼붓고, 당신네 고수는 피하기에만 급급하지 않은가. 명백히 우리가 유리한데 왜 진다고 하겠나. 당신네나 패배를 인정하시지."

사람들은 황당하다는 표정이 되었다. 지금 그걸 말이라고 하는 소리란 말인가?

강연수가 기가 막혀 하며 외쳤다.

"저 자식, 지금 제정신이야?"

물론 유자건은 제정신이었다. 아니, 제정신이기에 억지 주장을 하고 있는 것이었다.

지금은 어쩌다 무공 승부 같이 되어버렸지만 사실 지금 양쪽은 서로 죽고 죽이는 판이었다. 연사랑이 패하면 다시 전면전이 시작될 것이다.

완전히 전투불능인 자신 쪽의 연사랑과는 달리, 개방 측의 최고 고수 진갑이 건재하고, 강연수도 약간 내상을 입은 것 빼고는 싸우는 데별 문제가 없었다. 전면전이 다시 벌어진다면 사실상 승산이 전혀 없다.

그래서 유자건은 어떻게든 이 상황을 모면할 방법을 찾기 전까지 시간을 끌기 위해 우길 수밖에 없었던 것이다.

장소산은 곰곰이 생각하며 연사랑을 바라보았다. 유자건이 우기는 것이야 충분히 이해가 간다지만, 문제는 연사랑이 왜 이렇게까지 싸우려 드는가였다.

'혹시?'

짚이는 것이 있었다. 장소산은 고민했다.

'연사랑은 천명회 사람이다. 하지만 날 죽일 수 있으면서도 놓아준 적이 있지 않은가. 하지만 지금이야말로 유자건을 없앨 절호의 기회인데……..'

한참을 고민하던 그는 결정을 내렸다. 그는 속으로 한숨을 내쉬고는 유자건에게 말했다.

"그럼 우리 무승부로 하는 것이 어떻겠소?"

"무승부?"

"오늘은 승부가 나지 않았다 치고 양쪽 다 이대로 물러나는 거요."

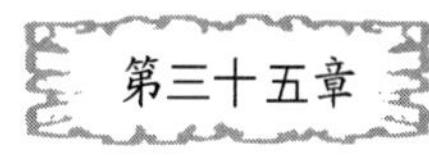

第三十五章

씻을 수 없는 과거가 앞을 막는다

유자건은 놀라 장소산은 쳐다보았다. 대체 뭐가 아쉬워 다 이긴 판을 포기한단 말인가?

'무슨 속셈이지?

그는 장소산의 눈치를 살피며 물었다.

"왜 무승부로 하겠다는 것이지?"

장소산은 그가 납득할 설명을 해주어야 했다.

"연사랑은 예전에 날 죽일 수 있으면서도 놓아준 적이 있었소. 대장부는 은원을 분명히 하는 법이니 나 역시 한 번 그를 놓아주려는 것이오."

유자건은 고개를 끄덕였다. 일단 듣기에는 그럴듯한 이유이긴 하다. 하지만 상대가 장소산인 이상 의심을 풀 수는 없었다.

장소산은 그가 의심하는 것을 눈치 채고 차갑게 말했다.

"싫으면 마시오. 그냥 여기서 결판을 냅시다. 나도 솔직히 그 편이
좋으니까."

유자건은 급히 손을 저었다.

"아니, 자네가 대장부의 도리를 다하려는데 그 마음을 모른 척할 수
는 없지."

그는 이유는 나중에 생각하기로 하고 일단 이 상황을 모면하기로 했
다.

"좋아, 오늘은 무승부로 하기로 하지. 그럼 나중에 보자."

혹시나 생각이 바뀔까 싶어 그가 신호하자 천명회의 고수들은 연사
랑을 포함한 부상자들을 들쳐 업고 서둘러 떠나갔다.

"그럼 우리도 가겠네. 가도 되겠지?"

호강이 눈치를 보며 물었다. 장소산은 웃으며 고개를 끄덕였다.

"얼마든지."

"고맙네."

호강이 이끄는 구음채 도적들은 천명회 고수들의 반대쪽으로 떠났
다. 모두가 떠나가 개방 쪽 사람만이 남게 되자 구을이 불평을 터뜨렸
다.

"다 잡은 적을 놓아주다니 나중에 크게 물리겠군."

그는 방주의 말이라 아무 소리도 못하다가 이제야 한소리 하는 것이
었다. 장소산은 웃으며 고개를 숙였다.

"미안합니다. 내가 찜찜한 것은 놔두지 못하는 성격이라."

장소산은 가볍게 휘파람을 불었다. 그러자 수풀 속에서 검은 옷을
입은 사람이 튀어나와 부복했다.

"명을 받습니다."

"유자건 일당을 미행하시오."

"예."

대답과 동시에 검은 옷의 남자는 사라졌다. 강연수가 그자의 신법에 놀라며 물었다.

"저 사람은 누구야?"

"무음이라고 하여 개방의 정보 수집과 잠행의 고수 중 최고로 치는 사람이지."

장소산은 대답하고는 말을 이었다.

"연사랑은 천명회 사람이나 천명회의 강호 통일에는 관심이 없는 인물이오. 그런 그가 죽음을 무릅쓰고 우리와 무리하게 싸우려 한 것은 천명회에 뭔가 약점을 잡혔을 가능성이 높소."

강연수는 고개를 끄덕였다.

"아아, 그래서 미행해서 조사하려는 것이구나."

"그렇소. 하지만 유자건도 충분히 경계하고 있을 테니 전문가를 쓰는 편이 낫겠지."

장소산은 일행에게는 계속 길을 가도록 지시하고, 자신은 진갑, 청신과 함께 유자건 일당을 추격하기로 했다. 정 장로가 위험하다고 말렸지만 장소산은 고개를 저었다.

"천명회의 일인 이상 내가 나서지 않으면 안 됩니다. 또한 유자건은 분명 우릴 다시 노리고 함정을 팔 테니, 오히려 그들을 지켜보는 쪽이 안전할 수도 있습니다."

방주가 이렇게까지 말하니 정 장로는 물러섰다. 그런데 강연수가 손을 들고 끼어들었다.

"나도 함께 갈래."

그녀는 말했다.

"나와 연사랑은 이 년 동안이나 함께 여행했어. 통 말이 없고 무슨 생각을 하는지도 알 수 없는 사람이지만, 한 가지만은 확실히 알아. 남을 배려하며 도울 줄 아는 좋은 사람이라는 것만은 말이야. 난 그를 도와주고 싶어."

"알겠소. 당신도 갑시다."

장소산은 진갑 대신 강연수와 동행하기로 했다. 진갑을 뺀 것은 자신 쪽으로 너무 전력이 몰리면 부상자도 있는 다른 일행들이 위험해질 가능성이 있었기 때문이다.

"그럼 갑시다."

장소산과 강연수, 청신은 일행과 떨어져 유자건 일당이 간 방향으로 향했다. 무음이 남긴 개방의 표식을 따르니 도중에 놓칠 염려는 없었다.

"과연 이렇게 길을 바꾸었군."

표식은 몇 번이고 같은 길을 빙빙 돌고 있었다. 유자건이 얼마나 미행을 신경 쓰고 있었는지를 보여주는 증거였다. 하지만 그는 핏자국들과 꺾인 나뭇가지들이 곳곳에 널려 있고, 무음이 미행하며 흔적을 남기고 있다는 사실조차 모르고 있었다.

유자건이나 다른 천명회 고수나 정파에서 자란 인물들이라 남을 미행하는 것이나 미행당하는 것을 경험하거나 배운 적이 없어 전문가인 무음의 상대가 되지 않았다.

"꽤나 고생했겠네."

강연수가 잎사귀에 묻은 핏자국을 만지며 중얼거렸다.

"아무리 미행당하지 않기 위해서라지만 부상자를 데리고 힘들게 가다니, 못할 짓이군."

장소산도 고개를 끄덕이며 긍정했다.

"그렇지. 나라면 어차피 못하는 것은 깨끗이 포기한 후 부상자들을 먼저 보내고, 멀쩡한 사람이 길을 막는 것을 택할 텐데 말이오."

강연수가 피식 웃었다.

"유자건 같은 녀석에게 동료를 위해 희생할 마음이 있을 리가 없지."

한참을 가니 동굴이 나왔고, 유자건과 천명회 고수들은 동굴 앞 공터에서 휴식을 취하고 있었다. 그런데 그곳엔 습격했던 사람들 외에 두 명이 더 있었다.

'역시 그녀가 문제였군.'

두 명 중 하나는 주아리였다. 그녀는 바닥에 쓰러져 있는 연사랑의 상처를 살피며 걱정하고 있었다. 다른 한 명은 체구가 작은 노인으로 유자건과 대화를 나누고 있었다.

"자신만만하게 나서더니 돌아온 꼬락서니가 한심하기 그지없군."

노인의 말에 유자건은 인상을 썼으나 대놓고 뭐라 하지는 못하고 돌려 말했다.

"유 선배께서 도와주셨으면 지지 않았을 텐데 말입니다."

"케케, 물론 내가 있었으면 이겼겠지. 하지만 안심하라고. 자네들로 역부족인 것이 판명난 이상 확실히 도와줄 테니까. 개방 거지들 따위는 한 수면 충분하지."

유자건은 속으로 욕을 퍼부었다. 저자는 자신들이 당하기를 은근히 바라고 있었을 것이다. 그런 후에 나서서 성공해야 자신의 가치가 올라갈 테니까.

'구더기 같은 놈!'

　숨어서 보고 있던 장소산은 의아하게 생각했다. 저 노인이 얼마나 대단한 인물이기에 한 수만에 개방 고수들을 없앨 수 있다는 것일까?
　그때 주아리가 말했다.
　"누가 물 좀 길어다 주세요."
　그러나 유자건을 포함한 천명회 고수들 중 누구도 일어나지 않았다. 주아리는 목소리를 높였다.
　"당신 동료인 사랑의 상처를 닦고 목을 축일 물이 필요하단 말이에요!"
　"시끄러워!"
　유자건이 외쳤다. 그는 주아리를 노려보며 차갑게 말을 내뱉었다.
　"지금 기분 나쁘니까 조용히 있어."
　주아리는 분개했다.
　"사랑의 부상이 심하다고요!"
　"알게 뭐야."
　유자건은 투덜거렸다.
　"천명회의 이인자라고 해서 기대했더니만 개방 녀석에게 패해 저 꼴이라니. 이렇게 쓸모없을 줄은 몰랐어."
　주아리를 기가 막혀 하며 물었다.
　"당신, 연사랑과 같은 조직의 사람이잖아요. 동료가 아니었어요?"
　"동료는 무슨……."
　유자건은 냉정했다.
　"저 녀석은 오래전에 천명회에서 나와 멋대로 돌아다녔어. 우리와는 상관없다고 말이야. 그러고서 무슨 놈의 동료야?"
　그는 주변의 다른 천명회 고수들을 돌아보며 물었다.

"자, 우리의 사랑스런 동료 연사랑을 위해 물을 떠다 줄 사람?"

아무도 나서지 않았다. 개방과 싸우고 이곳까지 오느라 피곤한 그들은 대꾸할 기운도 아깝다는 듯 고개를 돌려 외면해 버렸다.

그럴 줄 알았다는 듯 피식 웃은 유자건은 빈정거리듯 말했다.

"물이 필요하면 네가 떠다 주지 그래? 널 위해 목숨을 걸고 싸워주신 용사를 위해 그 정도도 못하면 안 되지."

주아리는 입술을 깨물며 목발을 집고 일어섰다. 움직이지 않는 다리를 목발로 받치고 물통을 옆구리에 낀 채 그녀는 힘겹게 멀리 떨어진 개울가로 향했다. 다른 사람들은 그녀가 가든 말든 신경도 쓰지 않았다.

'도망칠까 걱정도 안 되나? 하긴 저래서는 멀리 도망치기 힘들겠지만.'

장소산은 강연수와 청신에게 자릴 지키게 하고 자신은 주아리의 뒤를 쫓았다. 어느 정도 가서 유자건 등에게 들키지 않을 거리에 이르자 그는 말을 걸었다.

"주 소저."

뒤를 돌아보고 장소산을 발견한 주아리는 순간 놀라는 표정을 지었다가 곧 굳은 표정이 되었다.

"여긴 무슨 일이죠?"

"당신들을 도와주러 왔소."

주아리는 빈정거렸다.

"연사랑을 저 꼴로 만들어놓고 이제 와서 도와주시겠다고요?"

"그때야 공격해 오니 싸울 수밖에 없었소. 개인적으로 연사랑에게는 아무 유감도 없소. 아니, 오히려 도와주고 싶소."

"어째서죠? 당신과 그는 적일 텐데?"

"연사랑이 공격하지 않으면 우리도 싸울 이유가 없지. 그리고 당신과 그는 날 한 번 놓아준 적이 있지 않소. 받는 것이 있으면 돌려주지 않으면 안 되지."

주아리는 잠시 생각하다가 물었다.

"어떻게 도와주겠다는 거죠?"

"연사랑이 유자건의 말을 듣는 것은 당신이 잡혀 있기 때문이 아니오?"

"그래요."

"그렇다면 간단하지. 당신과 연사랑을 함께 빼내면 되는 거지. 당신 둘은 강호와는 연관이 없는 곳에 가서 둘이 행복하게 살면 되는 것이오."

주아리는 살짝 웃었다.

"그것 좋네요."

그녀는 말했다.

"마침 좋은 생각이 있어요. 내가 그들이 먹을 음식에 약을 타겠어요. 그러면 손쉽게 도망칠 수도 있고, 놈들을 없앨 수도 있겠죠. 당신 혹시 몽혼약 같은 것 가지고 있어요?"

"아니, 없소."

그런데 그때 생각나는 것이 있었다.

"당신의 것이었던 만년수면산은 가지고 있소."

만년수면산은 주아리가 주가장에서 살인을 할 때 사용했던 것으로, 당시 사건을 풀 때 장소산이 슬쩍하여 지금까지 가지고 있었던 것이다. 전에 추월락과 함께 겸정을 상대할 때 조금 사용한 것 외에는 대부분 그대로 가지고 있었다.

"그것 잘됐군요. 그 독은 마시는 것으로는 제대로 효과를 낼 수는 없지만, 그래도 몇 시진 동안 몸이 마비되기는 할 거예요."

장소산은 만년수면산을 주아리에게 넘기고 개울로 가서 물을 긷는 것을 도와주었다.

"친절하군요."

난데없는 말에 장소산은 놀랐다.

"응?"

"아니, 아무것도 아니에요. 이제 그만 가봐요. 유자건 일당이 올지도 모르니까."

"알겠소."

장소산은 주아리와 헤어져 강연수, 청신에게로 돌아왔다. 그는 둘에게 주아리의 계획을 설명한 후 동굴에서 떨어져 준비를 갖추고 때가 되기를 기다렸다.

2

저녁이 되었다. 장소산, 강연수, 청신은 동굴로 다가갔다. 유자건 일당은 모두 동굴 안에 들어갔는지 보이지 않고, 동굴 안에서는 불빛이 흘러나오고 있었다.

순간 불빛이 연속으로 두 번 깜박였다. 주아리가 약속한 신호였다.

"갑시다."

셋은 동굴로 다가갔다. 동굴 앞에는 주아리가 나와 있었다.

"모두 약에 당해 정신을 잃고 있어요."

장소산이 물었다.

"연사랑은?"

"동굴 안쪽에 있어요. 부상 때문에 움직이지 못하니 당신이 업어줘요."

"알겠소."

동굴을 넓었지만 바닥에 유자건 일당들이 쓰러져 있어 움직이기 불편했다. 장소산은 혼자 주아리의 안내를 받아 안으로 들어갔다. 생각보다 깊은 동굴 안에는 연사랑이 벽에 기대앉아 있었다.

"연사랑."

장소산이 작은 소리로 부르자 연사랑은 깨어났다. 그런데 연사랑은 장소산을 보자마자 말하는 것이었다.

"도망치시오. 함정이오."

"……!"

놀라는 순간 등 뒤에서 습격하는 기척이 있었다. 장소산이 급히 돌아보자 유 선배라는 노인이 공격해 오고 있었다.

장소산은 몸을 옆으로 틀어 노인의 손톱을 피해내고 장을 날렸다. 노인은 낮의 자신만만한 태도와는 달리 의외로 공격을 피하지 못하고 얻어맞았다.

"쿨럭! 젊은 놈이 제법이군!"

장소산은 기세를 날려 결정타를 날리려 했다. 그런데 그 순간 머리가 아찔하며 바닥이 뒤집히는 것 같았다.

'앗차!'

독에 당한 것이다. 장소산은 벽에 손을 기대 간신히 쓰러지는 것을 면했다. 노인은 얻어맞은 가슴을 어루만지며 히죽 웃었다.

“무공은 제법이지만 노부를 상대하긴 멀었다.”

동굴 밖에서 뭔가 이상한 것을 깨달은 강연수가 소리쳐 불렀다.

“무슨 일이야?!”

대답이 없자 강연수는 안으로 들어가려 했다. 그런데 막 동굴 안으로 들어서려는 순간 쓰러진 줄 알았던 천명회 고수들이 일어나 앞을 가로막는 것이 아닌가?

그들 중에는 유자건도 있었다. 그는 천명회 고수들로 강연수를 포위하고는 말했다.

“오늘이야말로 너희들의 제삿날이다.”

장소산은 고개를 돌려 주아리를 바라보았다.

“날 속였군.”

“그래요.”

주아리는 서슴없이 대답했다.

“당신 잘못이에요. 나 같은 악녀를 구해주려 하니까 하늘이 벌을 내리신 거라고요.”

장소산은 숨을 쉬어 보았다. 다행히 독은 치명적인 것이 아닌 모양이었다. 동굴 안에서 강한 독을 쓰면 같은 편까지 당할 우려가 있었기 때문이다.

‘이 정도면 싸울 만하다.’

그는 타구봉을 들었다. 노인은 장소산이 전의를 잃지 않자 물러서며 뒤의 천명회 고수에게 말했다.

“네가 처리해라.”

내키지 않은 표정이었지만 천명회 고수는 마지못해 나섰다. 그는 검을 휘둘러 장소산을 공격해 갔고, 장소산은 타구봉을 들어 막았다. 둘은 십여 초 정도를 겨루었다.

그런데 갑자기 장소산은 옆구리가 따끔한 것을 느꼈다. 장소산은 안색이 창백해짐과 동시에 무릎을 꿇었다.

"헤헤, 맞았다, 맞았어!"

노인이 손뼉을 치며 좋아했다. 싸우는 틈에 독침을 던진 것이다.

"자, 어서 죽여라!"

안에서 들려오는 소리를 듣고 다급해진 강연수가 맹공을 퍼부었지만 유자건 일당은 맞서 싸우지 않고 피하면서 그녀가 동굴 안으로 들어가는 것을 교묘하게 막았다. 유자건은 승리를 확신하며 외쳤다.

"어서 죽여!"

장소산을 상대하던 천명회 고수는 검을 쳐들었다. 그런데 그 순간,

"컥!"

천명회 고수의 가슴에서 검이 튀어나왔다. 모두들 놀라 쳐다보니 검을 찌른 것은 연사랑이었다. 유자건이 놀라 소리쳤다.

"사랑, 네가!"

연사랑은 천명회 고수를 죽이고 주아리를 쳐다보며 말했다.

"주 소저, 더 이상 스스로에게 괴로움을 주지 마시오."

"……"

주아리는 고개를 돌리며 시선을 피했다. 연사랑은 장소산에게 물었다.

"움직일 수 있겠소?"

"그럭저럭."

"그럼 갑시다."

연사랑이 검을 들고 일어섰다. 그는 앞을 막고 있는 유 노인에게 말했다.

"비키시오."

유 노인은 연사랑의 기도에 눌려 자신도 모르게 뒤로 물러섰다. 다른 천명회 고수들 역시 공격할 엄두를 내지 못하고 자리를 내주었다. 유자건이 분통을 터뜨리며 외쳤다.

"저놈은 부상이 심해 싸우지 못해! 허수아비에 불과하니 겁먹지 말고 공격해!"

그러자 연사랑이 그를 쳐다보며 차갑게 말했다.

"그럼 네가 먼저 덤벼보시지."

"……!"

흠칫하는 유자건을 보며 연사랑은 웃었다.

"어서 덤벼라. 내가 허수아비라며? 우두머리가 허수아비 하나 베지 못하나?"

유자건은 덤비지 못했다. 그저 이를 갈다가 말을 내뱉었다.

"배신하다니!"

"배신이 아니지. 너흰 애초에 날 동료로 생각하지도 않았지 않느냐?"

연사랑은 장소산과 주아리를 이끌고 동굴 밖으로 나갔다. 그런데 막 동굴을 빠져나가려는 순간, 유자건이 고함을 지르며 공격해 왔다.

"죽엇!"

깡!

연사랑이 급히 검을 들어 막았지만 얼마 버티지 못하고 비틀거렸다. 자신감을 찾은 유자건이 소리쳤다.

"봐라, 역시 허수아비다! 모두 어서 공격해!"

그제야 천명회 고수들이 움직였다. 장소산이 외쳤다.

"무음!"

파공음과 함께 암기가 날아들었다. 천명회 고수들은 황급히 피했다. 그사이 연사랑, 주아리, 장소산은 동굴 밖으로 나왔다. 유자건이 공격하려 했지만 강연수가 막아서자 움찔하며 물러섰다.

"갑시다!"

후위를 강연수에게 맡기고 일행은 도망쳤다. 천명회 고수들이 뒤를 쫓았지만 어디서 날아오는지 알 수 없는 무음의 암기가 이어지고, 바짝 쫓던 한 명이 강연수의 검에 찔려 중상을 입자 추격의 기세가 무뎌졌다.

"일단 잠시 쉬자."

어느 정도 동굴에서 멀어지자 강연수가 일행을 살피고는 말했다. 아직 추격을 걱정해야 할 때이지만 장소산과 연사랑의 상태가 좋지 않고, 멀쩡한 그녀와 청신도 그 둘과 함께 다리를 못 쓰는 주아리를 데리고 달리다 보니 많이 지쳐 있었다.

말이 나오자마자 장소산은 주저앉아 내공으로 독을 몰아내자 강연수가 이를 도왔다. 잠시 후 장소산은 한 모금의 자주색 피를 토했다.

"지독하군!"

무공총람 심공편의 적힌 방법대로 독을 몰아내긴 했지만 독기가 아직 몸 전체에 남아 있었다. 장소산은 투덜거리며 독을 쓴 장본인에게 욕을 퍼부었다.

"그 영감은 대체 뭐야?"

연사랑이 대답했다.

"스스로를 독왕 유고라고 하더군."

장소산은 생각했다.

'최진방과 같은 식으로 천명회에서 끌어들인 인물인 모양이군.'

그는 고개를 위로 쳐들고 물었다.

"적은 어디까지 쫓아왔지?"

무음이 답했다.

"일각 후면 이곳에 도착할 것으로 보입니다."

"그럼 지금 바로 움직여야겠군."

일행은 자리에서 일어났다. 그런데 모두가 발걸음을 옮기는 가운데 연사랑만이 우뚝 서 있는 것이었다.

"당신!"

주아리가 놀라 소리쳤다. 연사랑은 그녀를 향해 웃어주고는 장소산에게 말했다.

"나에게 맡기고 자네들은 가게. 그녀를 부탁하네."

혼자 남아 적을 막으려는 것을 알아차린 장소산은 고개를 저었다.

"추적을 막는 것은 무음에게 맡기면 됩니다."

"아니오. 우리 때문에 일이 이렇게 되었으니 우리가 책임져야지. 그리고 꼭 해야 할 일이 있소."

연사랑은 말도 듣지 않고 그대로 가버렸다. 주아리는 쫓아가려 했지만 움직이지 않는 발로는 무리였다. 서두르다 몇 걸음 가지 못하고 쓰러진 그녀는 장소산을 바라보며 애원했다.

"사랑을 도와주세요."

장소산은 눈살을 찌푸리고 물었다.

"애초에 왜 우릴 속인 거요? 그렇지 않았다면 잘되었을 텐데."

"그건……."

주아리는 대답하지 않았다. 장소산은 입을 다물고 말하지 않으면 안 도와주겠다는 태도를 취했다. 망설이던 주아리는 마침내 입을 열었다.

"당신 말대로 했다면 우린 도망칠 수 있었겠죠. 하지만 곧 연사랑은 날 떠났을 거예요."

장소산은 의아했다.

"그건 무슨 소리요?"

"연사랑은 지수란 여자와 날 겹쳐 보고 있는 것뿐이에요. 그래서 사랑하는 지수와 닮은 내가 불쌍해 보이는 모습을 차마 외면하지 못해 날 도와주는 것이죠. 그러니 날 더 이상 도와줄 필요가 없으면 진짜 지수에게 가버리겠죠."

장소산은 어이가 없었다.

"그러니까 그가 당신을 도와줄 수밖에 없는 상황을 만들기 위해서였단 말이오?"

주아리는 고개를 끄덕였다.

"그래요. 그 사람은 나를 동정하고 있을 뿐이에요. 하지만 동정이라도 그 사람이 옆에 있어주기만 한다면, 난 불쌍한 여자를 연기해 줄 수밖에요. 그렇기 때문에 난 당신의 구함을 받을 수 없어요. 당신이 날 도와준다면, 자신은 도와줄 필요가 없다. 즉, 그는 나와 있을 필요를 느끼지 못할 테니까."

강연수가 물었다.

"당신은 그 사람을 사랑하는군."

주아리는 대답하지 못했다. 침묵을 긍정으로 판단한 강연수는 다시 물었다.

"이해할 수 없군. 왜 당신은 그에게 사랑한다고 말하지 못하는 것이지? 그렇게 서로 괴로운 짓을 하는 것보다 함께 있어 달라고 솔직히 말하면 되잖아."

"당신이 나라면 말할 수 있겠어요? 동생과 할아버지를 죽이고, 아버지를 자살하도록 만든 나 같은 여자가… 무슨 염치로 날 사랑해 달라고 말할 수 있겠어요."

3

주변엔 잠시 침묵이 자리했다. 견디다 못한 강연수가 머리를 긁적이며 소리쳤다.

"아, 정말 못 봐주겠네!"

그녀는 벌떡 일어났다.

"내가 연사랑을 끌고 오겠어. 둘이서 결론을 내게 해야지 정말 짜증나서 못 보겠어!"

장소산도 웃으며 일어났다.

"그럽시다."

"괜찮겠어?"

"그럭저럭 싸울 만합니다. 게다가 상대 측도 절반 이상이 죽거나 다쳤으니 못 이길 것도 없겠지요."

장소산은 주아리에게 말했다.

"여기서 기다리시오. 우리가 연사랑을 데려올 테니."

장소산, 강연수, 청신은 연사랑을 쫓아 내려갔다. 조금 내려가니 유자건 일당과 연사랑, 무음이 대치하고 있는 모습이 보였다. 유자건 일당은 유자건, 유고를 포함해 전부 여섯으로, 나머지는 부상 때문에 오지 못한 모양이었다.

"유자건!"

장소산은 타구봉을 뽑아 들고 호통 쳤다.

"나와라! 너와 나, 지겨운 인연에 결판을 내자!"

장소산 등이 기세등등하게 나서자 유자건은 조금 당황했지만 곧 침착함을 되찾고는 웃었다.

"좋다, 어디 끝장을 보자!"

그는 장소산이 유고의 독에 당했다는 것을 기억하고는 승산이 높다고 판단한 것이다. 그는 누가 방해할까 싶어 천명회의 고수와 유고에게 다른 자들을 맡을 것을 명하고 자신은 장소산에게 덤벼들었다.

"죽어라!"

장소산은 찔러오는 검을 타구봉으로 흘리고 장을 내뻗었다. 유자건은 몸을 회전시켜 피하며 삼검을 날렸다. 장소산은 타구봉을 회전시켜 검을 막아냈다.

챙! 챙! 챙!

검을 막을 때의 충격이 몸을 뒤흔들었다. 장소산은 살짝 눈살을 찌푸렸다. 역시 몸에 남은 여독 때문에 제대로 내공을 쓸 수가 없었다.

유자건은 장소산의 문제를 알아차리고 회심의 미소를 지었다.

'이 승부, 내가 이겼다!'

그가 결판을 내기 위해 맹공을 퍼붓자 장소산은 막기에 급급해 수세에 몰려 연신 뒷걸음질쳤다.

"큭!"

그런데 그때 유고와 싸우던 연사랑이 외쳤다.

"힘을 빼!"

장소산은 의아했다. 죽을힘을 다해도 막기 힘든데 오히려 힘을 빼라니? 유자건이 검을 찌르며 외쳤다.

"그래, 힘을 빼고 순순히 죽어라!"

장소산은 있는 힘껏 검을 막았다. 그러자 연사랑이 다시 외쳤다.

"진정한 고수는 삼 푼의 힘으로 천 근을 들어올리는 법! 네가 무공총람을 익혔다면 이미 그 방법을 알고 있을 것이다!"

장소산은 흠칫 놀랐다. 순간 무언계가 한 말이 떠올랐다.

'넌 너무 내공이 강해서 안 되는 거야.'

그때 유자건의 검이 빛을 발했다. 검강을 시전한 것이다. 산을 가를 듯한 엄청난 위력이 빛이 장소산을 향해 내려쳐 왔다.

"……."

장소산은 자신도 모르게 타구봉을 돌리며 빛을 감쌌다. 순간 검광이 타구봉의 회전을 타고 방향을 틀더니 땅바닥에 박혔다.

"……."

"……."

순간 유자건과 장소산은 놀란 표정을 지으며 멈추었다. 검강이 너무나 어이없이 해소되어 버린 것이다.

'이건?'

장소산은 자신이 쓴 것이 무공총람 수공편과 심공편의 구결이었다는 것을 깨달았다. 지금까지 수련한 무공이 힘을 빼고 공격을 받자 자신도 모르게 너무나 자연스럽게 펼쳐진 것이다.

"이익!"

유자건이 버럭 외치며 다시 공격해 왔다. 장소산은 다시 타구봉으로 공격을 해소했다. 별로 힘도 쓰지 않았는데 너무나 간단히 유자건의 검이 튕겨 나갔다.

'이럴 수가!'

장소산은 자신의 무공에 놀라 버렸다. 그동안 좀처럼 진전이 없어 초조했던 마음을 비웃기라도 하듯 상상을 초월할 정도로 강해져 있지 않는가!

'어떻게 된 거지? 머리로 생각하지 않아도 몸이 자연스럽게 반응한다. 이건 설마?'

그는 깨달았다. 그동안의 수련으로 육체 속에 무공총람의 무공이 각인되어 무의식 속에서도 완벽히 펼칠 수 있는 경지에 이른 것이다.

무공의 위력이 전혀 강해지지 않아 진전이 없다고 생각했다. 그런데 그것은 큰 착각이었으며, 위력은 중요한 것이 아니었다. 무공과 육체가 완벽히 일체화됨으로써 최소의 힘으로 최대의 효과를 낼 수 있는 경지야말로 진정한 무공의 진수였던 것이다.

무공뿐 아니라 어떤 일을 할 때도 요령껏 적당한 힘을 배분해야 최적의 효과를 낼 수 있다. 너무 많은 힘을 줘도 안 되는 법이다.

지금까지 장소산은 늘 전력을 다해 무공을 시전했기 때문에 초식에 쓸데없는 힘이 많이 실리곤 했다. 그랬던 것이 내공을 제대로 쓰지 못해 힘이 빠지자 그제야 최적의 힘을 쓸 수 있게 된 것이다.

물론 아무나 힘을 뺀다고 최적의 힘을 낼 수는 없다. 그 경지에 이를 수 있는 것은 진정한 고수뿐이다.

예전에 장소산은 그 경지에 이르기 위한 기초가 부족하여 너무 많은 시간이 걸린다고 다른 방법을 찾았었다. 그런데 무공총람을 익히며 자연스럽게 부족한 점이 메워지며 십 년 이상이 걸릴 것이라 생각했던 경지를 오 년도 안 돼 이루고 만 것이다.

주사회는 탄식했다.

‘그래, 그러고 보니 무언계가 말했지. 원래 무공총람은 태어난 자기 자식을 위해 만든 무공비급이라고. 즉, 무공을 처음 배우는 사람을 위해 기초부터 준비된 것이었어.’

이 순간 장소산은 마침내 벽을 넘어 진정한 절정의 경지에 이르렀다. 이제 그와 유자건의 무공과는 넘어설 수 없는 격차가 생긴 것이다.

장소산은 유자건의 검공을 흘려냈다. 자연스러운 움직임에 군더더기라고는 없는 반면, 유자건의 검공에는 쓸데없는 움직임이 남아 있었다. 이 약간의 움직임의 차이로 장소산에게는 순간의 여유가 생겨났다.

그 여유를 살려 타구봉을 내려치자 유자건은 급히 막았다. 이번에도 마찬가지였다. 완벽한 움직임과 군더더기가 있는 움직임, 순간의 여유는 좀 더 늘어났다.

장소산은 계속해서 공격했고, 유자건은 다급히 막았다. 순식간에 전세는 역전되었다. 여유를 가지고 초식을 펼치니 내공을 제대로 못 쓰는 것은 전혀 문제가 되지 않았다. 아니, 굳이 내공을 많이 쓰지 않아도 충분했다.

반대로 유자건은 여유를 잃고 다급히 초식을 펼치니 평소보다 몇 배나 많은 힘과 정신을 쏟아야 했다. 싸움이 백 초가 넘어가자 그의 호흡은 흐트러지기 시작했다.

“끝이다.”

장소산의 타구봉이 유자건의 복부를 후려쳤다.

“커억!”

비명을 토하며 유자건은 뒤로 날아가 쓰러졌다. 우두머리가 패하는 것을 본 천명회의 고수들은 전의를 상실했다.

"한심한 놈들!"

유고가 분통을 터뜨렸다. 그러나 그 자신도 상황이 나빠지자 도망칠 생각을 했다.

"어딜 가느냐."

연사랑의 검이 유고의 목을 겨누었다.

"주 소저에게 먹인 독의 해약을 내놓아라."

강연수의 검이 춤을 추며 전의를 상실한 천명회 고수들의 요혈을 찔러 순식간에 쓰러뜨렸다.

승부는 장소산 측의 승리로 결정 났다.

유자건이 비틀거리며 일어나 연신 기침을 내뱉으면서도 이를 갈며 장소산을 노려보았다.

"네까짓 놈에게… 네까짓 놈에게……."

장소산은 감상적인 마음으로 유자건을 바라보았다. 지금으로부터 이 년여 전, 자신과 임한정은 유자건을 당해내지 못해 도망칠 수밖에 없었다. 당시의 유자건은 도저히 당해낼 수 없는 무서운 고수였기 때문이다.

그런데 지금은 이렇게 그를 압도하며 승리한 것이다. 장소산은 이 순간 그 어느 때보다 절실히 실감할 수 있었다.

'난 강해졌다!'

그때였다. 돌연 유자건이 벌떡 일어나 도망치기 시작했다. 동료들을 버리고 도망치다니! 어이없어 하며 장소산은 뒤를 쫓으려 했다. 그런데 하필이면 그때 유자건이 도망치는 방향에서 주아리가 내려오는 것이 아닌가?

그녀는 상황이 걱정되어 살피러 온 것이었다. 유자건은 기회다 싶어 재빨리 그녀를 잡아챘다.

“꼼짝하지 마!”

4

장소산은 눈살을 찌푸렸다.

“추한 짓은 그만두시지.”

“닥쳐!”

당황한 연사랑이 유고를 내버려 두고 달려왔다. 그는 성난 목소리로 유자건에게 외쳤다.

“그녀를 해치면 가만두지 않겠다!”

유자건은 피식 웃었다.

“가만두지 않으면 어쩔 건데?”

“죽인다!”

“흥! 할 수 있으면 해보시지.”

유자건은 말하며 주아리를 잡고 뒤로 슬금슬금 물러났다. 장소산이 일정 거리를 두고 쫓아가자 그는 외쳤다.

“따라오지 마!”

장소산은 대꾸했다.

“그럴 수는 없지.”

유자건은 이를 갈다가 연사랑에게 말했다.

“장소산을 죽여라!”

연사랑은 고개를 저었다.

“지금 내 상태로 그를 죽이는 것은 불가능해.”

“닥치고 하라면 해! 이 여자가 죽는 꼴은 보고 싶지 않겠지?”

장소산이 말을 내뱉었다.

"그녀를 죽이면 넌 죽은 목숨이야."

"큭!"

유자건은 당황하다가 일단은 현 상황을 모면해야겠다고 생각했다. 그는 뒤편에서 슬금슬금 도망치려는 유고를 발견하고 소리쳤다.

"유고, 당신 이리 와!"

사람들의 시선이 유고에게 쏠렸다. 유고는 멋쩍은 웃음을 짓고는 유자건에게 다가왔다.

"왜 그러나."

유자건은 전음으로 지시를 내렸다. 유고를 고개를 끄덕이고는 품에서 액체가 담긴 병을 꺼내 던졌다.

치이이이이익!

타는 듯한 소리와 함께 연기가 퍼져 나갔다. 장소산은 깜짝 놀라 연사랑을 잡고 뒤로 물러섰다.

"독이다!"

그 틈을 타서 유자건과 유고는 주아리를 끌고 도망쳤다. 장소산이 연기 틈으로 그들이 도망치는 것을 발견하고는 소리쳤다.

"쫓자!"

연사랑은 독 연기 속으로 뛰어들며 쫓아갔다. 장소산은 혀를 찼다.

"저런!"

그렇게까지 위험을 감수할 생각은 없었던 장소산은 다른 사람들에게 뒷일을 부탁하고 연기가 나는 곳을 돌아 추격을 했다. 잠시 산을 오르니 유자건 등과 연사랑을 바로 찾을 수 있었다. 연사랑은 유자건에게 부상을 입었는지 한쪽 무릎을 꿇고 주저앉아 있었다.

사실 연사랑은 상당히 위험한 상황이었다. 진갑에게 일격을 맞아 중상을 입고, 그 몸으로 장소산 일행을 구한 후 유고와 싸우느라 무리를 했다. 게다가 독 연기를 통과하며 중독까지 되었으니 당장 쓰러져도 이상하지 않을 상태였다.

그런 몸으로 인질까지 잡혀 제대로 저항하지 못하고 유자건의 공격에 맞고 만 것이다.

유자건은 의기양양해하며 말했다.

"정말 한심한 꼬락서니군. 이것이 천명회 이인자이자 절정고수인 사랑의 모습인가?"

그는 유고가 잡고 있는 주아리를 힐끔 보고는 비웃었다.

"이까짓 여자 하나에 빠져 인생을 망치다니. 너처럼 한심한 놈도 없을 것이다."

장소산이 달려가며 외쳤다.

"유자건, 그만둬라!"

유자건은 장소산을 돌아보고는 웃었다.

"왔군."

그는 장소산을 노려보며 말했다.

"정말 그때 무림맹에서 임한정과 함께 죽여 버렸어야 했는데, 살려두니 두고두고 후환이 되는구나."

그는 돌연 피식 웃었다.

"하지만 아직 늦은 것은 아니야."

그는 연사랑을 바라보았다.

"사랑, 한 가지만 묻지. 여기 이 여자가 그렇게 중요한가? 네 모든 것을 걸 정도로?"

연사랑은 고개를 끄덕였다. 안심했다는 듯 웃은 유자건은 말했다.

"좋아. 사랑, 장소산을 죽여라."

장소산은 인상을 쓰며 말했다.

"네 맘대로 될 것 같으냐?"

"아니, 그럴 수밖에 없을걸? 현재 사랑이 목숨보다 아끼는 여자가 우리 손에 있잖아. 우리의 빈틈을 노려 구해내겠다는 수작 따위는 통하지 않아. 이 여자는 유고의 독에 중독되어 있으니까 구해내더라도 해독약을 얻지 못하는 한 결국 죽을 수밖에 없어."

연사랑은 장소산을 힐끔 보고는 고개를 저었다.

"다시 한 번 말하지만, 내 현재 상태로는 장소산의 적수가 되지 못해."

유자건은 고개를 저었다.

"그건 중요하지 않아. 네가 얼마나 성의를 보여주느냐가 중요하지."

그는 연사랑에게 자신의 검을 던졌다.

"자, 장소산에게 상처 하나라도 낼 수 있다면 여자를 풀어주고 해독약도 주지. 어떤가?"

유자건은 도망치는 동안 미리 검에다 유고의 독을 발라두었다. 일단 약간이라도 검으로 상처를 낼 수만 있다면 장소산을 죽일 수 있다는 계획이었던 것이다.

연사랑은 망설이다 검을 집어 들었다.

"미안하네."

그는 검으로 장소산을 찔러갔다.

"쳇!"

장소산은 검을 피하며 봉으로 연사랑을 후려쳤다. 연사랑은 비틀대며 뒤로 넘어졌다.

유자건이 빈정거렸다.

"잔인하군, 장소산. 사랑하는 사람을 위해 목숨을 걸고 싸우는 남자를 이토록 잔인하게 때리다니."

장소산은 대꾸하지 않았다. 그는 유자건이 검에 수작을 부려두었음을 짐작하고 있었다. 그렇기 때문에 아무리 연사랑의 몸이 약해져 있다고 해도 조금도 방심할 수 없었다.

'이렇게 된 이상 혈을 짚어 멈추게 하는 수밖에.'

하지만 유자건이 미리 짐작하고 소리쳤다.

"사랑, 네가 더 이상 공격하지 못하면 여자를 지킬 의사가 없는 것으로 판단하고 죽이겠다!"

연사랑의 공격이 세차졌다. 장소산은 피하는 것만으로는 버틸 수 없어 별수없이 공격을 할 수밖에 없었다. 결국 그의 발길질에 연사랑은 나뒹굴었다.

"쿨럭! 쿨럭!"

연사랑의 기침에 피가 섞여 나왔다. 본신진기가 크게 손상된 것이 분명했다. 장소산은 또다시 공격했다가는 그가 죽을 것 같아 난감해졌다.

그때였다. 지금까지 아무 말 없던 주아리가 입을 열었다.

"그만둬요."

그녀는 말했다.

"나 같은 여자 때문에 목숨을 걸 필요는 없어요. 나에게는 그만한 가치가 없어요."

연사랑은 비틀거리며 일어나면서 답했다.

"가치는 당신이 아닌 내가 판단하는 거요. 나에게는 당신이 충분히 그럴 만한 가치가 있소."

주아리는 외쳤다.

"당신도 알고 있잖아요! 내가 무슨 짓을 했는지! 세상 사람들에게 물어봐요. 친동생과 할아버지를 죽이고 아버지까지 자살하게 한 여자에게 살 가치가 있다고 대답할 사람은 한 사람도 없을 거라고요!"

"아니, 있소."

연사랑은 웃었다.

"여기 한 사람 있소."

그는 떨어뜨린 검을 주워 들며 말했다.

"나에게는 검뿐이었소. 나란 존재를 깨닫기 전부터 나의 손에 쥐어진 것, 나는 오직 검을 휘두르며 살았소. 휘두르고, 휘두르고, 또 휘두르고… 의미 따위는 없었소. 아무 의문도 가지지 못하고 검을 휘두를 뿐인 삶. 살 가치가 없다면 나 역시 마찬가지겠지. 하지만……."

그는 주아리를 바라보았다.

"당신과 함께 있으면 검을 휘두르는 것 말고도 다른 것이 있었소. 당신은 내게 살 가치를 준 것이오."

"거짓말……."

주아리는 외쳤다.

"거짓말, 당신이 사랑하는 것은 지수잖아요. 당신이 가치를 발견한 것은 그 여자잖아요. 난 그 대용일 뿐이잖아요!"

연사랑은 고개를 저었다.

"지수에게는 천뢰가 있소. 그녀에게는 내가 필요없소. 날 필요로 하는 것은 당신이오."

그는 웃었다.

"당신과 나는 꼭 닮았소. 그래서 이렇게 서로를 필요로 하는 모양이오."

주아리는 눈을 감았다. 눈물이 볼을 타고 흘러내렸다.

"아니에요. 당신은 나와 달라요."

그녀는 말했다.

"당신이 천명회 안에서 외톨이였듯이 나 역시 가족 중에서 외톨이였죠. 하지만 당신은 남을 원망하지 않았어요. 홀로 꿋꿋이 살았어요. 하지만 난 모두를 원망하고 씻을 수 없는 죄를 지었어요."

그녀는 연사랑을 바라보며 웃었다.

"왜 난 당신처럼 되지 못했을까? 왜 나만 불행하다고 생각했던 걸까? 나도 당신처럼 꿋꿋했다면 좋았을 것을. 그랬다면 당신에게 지금쯤 당당하게 말할 수 있었을 텐데."

그때였다. 그녀를 잡고 있던 유고가 돌연 비명을 지르며 뒤로 물러섰다. 그의 가슴에는 작은 바늘이 꽂혀 있었다.

"이년이!"

바늘에는 그녀가 장소산에게 받은 만년수면산이 발라져 있었다. 유고는 독이 퍼지는 것을 느끼고 당황하여 해독약을 먹으려 했지만, 만년수면산은 자신의 독이 아니라 해독약이 없었을 뿐 아니라 심장과 너무 가까운 곳을 찔려 이미 독이 손쓸 수 없는 곳까지 퍼지고 말았다.

"아, 안 돼!"

주아리는 당황하여 어쩔 줄 모르는 유고를 힐끔 보고는 연사랑에게 말했다.

"봤지? 난 남을 불행하게밖에 할 줄 모르는 여자야. 당신은 좀 더 좋은 여자를 찾아."

"이 죽일 년!"

자신은 이미 틀렸다는 것을 깨달은 유고는 자신의 고통과 분노를 주아리에게 쏟아냈다.

"안 돼!"

연사랑이 막으려 했지만 이미 늦었다. 유고의 조법에 주아리의 목이 꺾이며 피가 튀어올랐다.

"아리!"

달려간 연사랑이 휘두르는 검을 피하지 못한 유고는 목이 베여 쓰러졌다. 연사랑은 죽은 주아리를 안고 울부짖었다.

"아리!"

유자건은 일이 잘못된 것을 알고 도망치려 했다. 그러나 장소산이 그 앞을 가로막았다.

"유자건, 이제야말로 끝장을 내자!"

유자건은 분노하여 권을 날리며 외쳤다.

"이 거지 새끼가!"

그러나 그의 권이 닿기 전에 먼저 타구봉이 그의 가슴에 박혔다. 갈비뼈가 부서지며 그의 몸은 하늘로 치솟았다 떨어졌다.

털썩!

그의 고개가 힘없이 돌아갔다. 무당파 제일기재이자 천뢰의 심복이었던 무당일수 유자건의 최후였다.

사태는 끝이 났다. 하지만 누구도 승리를 기뻐할 수는 없었다. 연사랑은 주아리의 시신을 수습해 땅에 묻었다. 장소산 일행은 그를 도와주었다.

　묘를 만드는 것을 끝내고 묘 앞에 앉은 연사랑은 한참을 멍하니 보고 있다가 입을 열었다.

　"모르겠네. 그녀의 말처럼 처음에 난 그녀에게서 지수의 모습을 보았네. 지수에게는 천뢰가 있어 내가 필요없었지만, 그녀에게는 지켜줄 사람이 필요했어. 그래서 그녀의 곁에 있었어."

　연사랑은 고개를 저었다.

　"난 그녀를 도와주고 싶었지만 실패했어. 그녀는 내 마음을 알고는 자신의 재산과 하인들을 모두 버리더군. 나만이 그녀를 돕고 지킬 수 있도록, 그래서 떠나지 못하도록, 그녀는 나와 함께하기 위한 방법으로 스스로 불행해지는 것을 택했어. 난 그녀를 지키지 못했네. 아니, 오히려 더 불행하게 만들었어."

　장소산은 잠시 생각하다 입을 열었다.

　"하지만 그녀는 당신에게서 찾았던 모양입니다. 남을 원망하고 탓하는 지금까지의 삶과는 다른 구원을 말이지요. 자신만을 알고 이기적이었던 그녀는 당신을 사랑함으로써 지금까지의 자신을 돌아볼 수 있었던 것이지요."

　"아니, 나야말로 구원받았던 것이지. 그녀만이 날 필요로 해주었으니까."

　장소산은 물었다.

　"우린 무림맹으로 가서 천뢰와 결판을 낼 것입니다. 당신은 어떻게 하겠습니까?"

　연사랑은 고개를 저었다.

　"모르겠네. 이제 난 무엇을 해야 할까. 잠시 그녀의 무덤을 지키며 생각해 보는 것이 좋겠군."

그는 떠나는 장소산에게 말했다.

"천뢰는 불쌍한 녀석이야. 그도 나와 마찬가지이네. 타인에게 인정받는 것만으로 존재를 인정받을 수 있는 인간. 무공이 아무리 강해도 사실은 너무나 약한 인간일 뿐이야. 부디 그것을 잊지 말게나."

『무공총람』 6권으로 이어집니다